MW00916015

Florecer a través del propósito: El poder de mirar adentro

©R. Marlión 2024: Todos los derechos reservados.

Ilustraciones: Alejandra Copete / @_ateyacopete

Diseño de portada: Alejandra López

Kindle Direct Publishing

ISBN: 9798337850481

Paperback edition 2024

FLORECER
a través del
PROPÓSITO
El poder de mirar adentro

R. MARLIÓN

*A todas esas almas
que desean dar un mayor
sentido a sus vidas y
buscan incansablemente
su propósito para lograrlo.*

*A todas esas almas
que desean mirar adentro,
con o sin miedo, para sanar sus
heridas y así, brindar a los suyos,
amor, compasión y empatía.*

PRÓLOGO

Alguna vez has lidiado con pensamientos como: *«No tengo lo suficiente para triunfar en la vida.»* o *«Mis relaciones siempre fracasan, primero es pasión y amor y, en poco tiempo parece que se acaba la conexión. ¿Qué hago mal?»* ¿Sientes vacío, temor a la soledad, o dudas de tu valor? ¿Te asusta dar el paso hacia lo desconocido, o te preguntas por qué a otros les va bien y a ti no?

Ruth, la protagonista de esta novela de ficción, a lo largo de su vida ha experimentado estas inquietudes y más. Como muchos, ha tenido que luchar con sus inseguridades y críticas constantes hacia su apariencia y personalidad. Un día su mundo se desmorona y pierde todo lo que creía que le daba estabilidad. Cansada de relaciones fallidas y de cuestionarse qué estaba mal en ella, que, a pesar de esforzarse por mantener una relación de pareja, siempre terminaba sintiéndose sola y rechazada. Agotada de perseguir expectativas ajenas, Ruth decide cambiar el rumbo de su vida y seguir una llamada del corazón hacia lo desconocido. En este viaje, se enfrenta a un encuentro sobrenatural que le transformará para siempre.

Este libro es para todos aquellos que alguna vez han sentido un vacío existencial. No pretende darte un manual para encontrar las respuestas, sino simplemente compartir lo que ocurrió a Ruth, con la esperanza de inspirar a otros en su propio camino.

Aquí encontrarás una historia que te divertirá con sus inesperadas aventuras, vibrar con sus escenas apasionadas y, por supuesto derramar alguna que otra lágrima en los momentos de drama y desamor de Ruth. Pero, más allá de todo, te dejará con el mensaje más hermoso de esperanza y fe —primero, fe en ti mismo y, luego, en algo Superior, como tú decidas llamarlo.

Ruth te mostrará el poder que hay en el autoconocimiento y el amor propio. En fin, te mostrará una cara fascinante de la vida a pesar de sus adversidades, porque definitivamente en ellas yacen grandes oportunidades.

Un tiempo para matar MIS MIEDOS.
y un tiempo para sanar MIS HERIDAS.
Un tiempo para derribar VIEJOS PATRONES.
y un tiempo para construir ALAS PROPIAS Y VOLAR MUY
ALTO

Eclesiastes 3:3 (modificado)

1

CÓMO CUESTA SOLTAR

*"Un buen viajero no tiene planes fijos
ni la intención de llegar"* Lao Tse

Finalmente llegó el día. Comenzaba mi viaje y partiría muy temprano.

Una mezcla de sentimientos encontrados invadía mi cuerpo creándome confusión. Por una parte, la excitación que siempre me producía viajar, pero por otra, el dolor de dejar todo lo conocido, lo que amaba y lo que representaba mi hogar, mi seguridad.

Me costó despedirme de mis amadas mascotas: Rocco, un labrador negro de ocho años que adopté cuando tenía cuatro; Rouss, una gatita hermosa que apenas llevaba seis meses con nosotros y mi perrita mestiza de cuatro años y medio, la que desde cachorrita llevé a casa y los primeros días se dormía en mi cuello como buscando el calor de la madre, esa era Rain. Desde la edad de tres meses no nos habíamos distanciado, más que por algunos momentos que tenía que viajar, pero dejarla por un tiempo indefinido, jamás. Los dejaba en buenas manos y en un lugar conocido y seguro, pero seguía siendo difícil la separación. Nunca pensé que me tocaría hacer algo así. Eran como mis hijos y solo algo de mucha importancia podría hacer que una madre tenga que separarse de sus hijos. Quien ha tenido una mascota, me puede entender.

Viajar no era el problema, era una de mis pasiones, pero en

esta ocasión no era para ir de vacaciones, para ir a visitar familiares o amigos, como era de costumbre. Este viaje era muy diferente. Era un llamado del corazón. Necesitaba desconectar de todo para conectar conmigo, pero lo que no imaginaba es que este viaje no tendría vuelta atrás.

«¿Por qué me tengo que ir? ¡Aquí me siento tan bien y tengo todo lo que necesito!» —pensé, haciendo berrinches.

Siendo honesta, no es que me sintiera bien, hacía mucho tiempo que la paz se había esfumado de mi vida y se habían instalado la ansiedad y la tristeza, pero la realidad es que en el fondo prefería estar así en mi zona de confort que emprender un camino hacia lo desconocido. El dicho *"más vale malo conocido que bueno por conocer"*, no es famoso nada más porque sí. A todos nos cuesta siempre dar ese paso hacia algo que nos quita la seguridad. Le tenemos miedo al cambio, pero en el fondo sabía que necesitaba hacer este viaje. Era de gran importancia para mí y para mi futuro, aunque en ese momento no lo entendiera. Una voz dentro de mí me decía —"Date la oportunidad Ruth. No es sano aislarse del mundo y dejar que esa herida se haga cada vez más grande"

Llevaba un nudo en el estómago, no solo dejaba a mis mascotas, sino el lugar al que sentía que pertenecía y no porque hubiera nacido ahí, sino porque me adoptó y yo a él. Mi energía encajaba completamente en este lugar. Para mí era el paraíso. Tenía todo lo que había soñado.

Estoy segura de que llegué aquí porque lo decreté con tanta confianza, que el destino no pudo más que hacerlo realidad. En una ocasión, diecisiete años atrás, regresando a mi oficina después de visitar a uno de mis clientes más importantes, agobiada por el ruido de la ciudad, el tráfico y el ritmo de vida acelerado, dije: — "¡Un día no muy lejano estaré viviendo en un lugar de playa turístico!"

Cuando llegué a vivir a Rekinha, mi lugar soñado, seis meses después, sentada frente a ese majestuoso mar, contemplando sus diferentes tonalidades de azul y sintiendo el abrazo del sol, recordé que tres años antes decreté lo que estaba viviendo en ese instante. Me asombré y medité en lo que acababa de aprender: El poder que tienen las palabras y por ende hay que cuidar lo que se dice y piensa. Había hecho realidad mi sueño de vivir en un lugar de playa turístico y jamás imaginé que sería Rekinha. Para mí era la sucursal del cielo. Desde que llegué, así lo bauticé. Su clima cálido, que para algunos era muy caluroso y pegajoso, me encantaba, sus aguas cristalinas que me permitían ver los pies y hasta los peces sin usar visores acuáticos me enamoraba, y lo mejor, es que todo eso lo tenía cerca de mi casa.

Desde niña amé el mar, pero tenía que esperar siempre a las vacaciones o un fin de semana que mis padres decidieran ir. El día que decían que iríamos a la playa, no dormía desde la noche anterior esperando el momento de subirnos al coche y recorrer el largo camino para llegar. Ahora no era necesario, no solo ya no tenía que esperar a que mis padres eligieran un día para ir al mar, ahora ya era una adulta y no necesitaba recorrer tan largo camino para llegar a él. En máximo veinte minutos ya estaba en el lugar que seguía siendo mi preferido, y que aún me emocionaba cuando planeaba ir. Ya no me quedaba en vela toda la noche porque dormir era para mí no solo un lujo, sino una necesidad, pero si me acostaba con la ilusión de que al día siguiente iría a visitar mi lugar preferido del planeta.

A pesar de que sabía que Rekinha era el lugar que soñaba para vivir, ya no me brindaba el mismo bienestar que sentía desde que llegué. No solo me habían invadido la tristeza y la ansiedad, sino que ya tenía padecimientos físicos como dolores de espalda y cuello, incluso por momentos me paralizaban. A veces el dolor era tan fuerte que no me permitía mirar a un lado o al otro de la calle cuando conducía y me incorporaba a ellas sin ver si venía algún coche.

Algo me decía que ese estado físico tenía conexión con mi estado emocional, y aunque mejoraba yendo al mar y tomando largos baños de sol, regresaba el malestar tan pronto llegaba a la casa. Sabía que, en sí, la casa tampoco era el problema, me brindaba la seguridad y el confort que necesitaba, pero la soledad que sentía al entrar a ella me atravesaba como una daga y me invadían pensamientos de derrota, de culpa, miedo e incertidumbre.

La paz que antes sentía en Rekinha, la sucursal del cielo y, mi casa, mi templo, había desaparecido y fue lo que me llevó a escuchar y hacerle caso a esa llamada de mi corazón, y lo confirmé cuando en una conversación telefónica con mi amiga Rebeca, me dijo:

—Amiga lo que necesitas es salir un tiempo de Rekinha y respirar un aire nuevo. No te preocupes por tus mascotas, van a estar bien y tú tienes que estar bien, para ti y para ellas.

No soy mujer de tomar decisiones precipitadas, siempre pongo en una balanza las razones por las que debo o no tomar una iniciativa. El llamado a darme un tiempo para mí hacía mucho que lo escuchaba en mi interior. Por muchas razones, no había podido hacerlo antes, sin embargo, después de perderlo todo y tocar fondo, terminé de convencerme que había llegado el momento y aquí estoy, rumbo al aeropuerto a tomar un avión que me llevará a un destino que está a doce horas de distancia, con el estómago revuelto por el miedo que siento, pero decidida a hacerle caso al corazón. Este viaje es para encontrarme, para sanar heridas recientes y antiguas, respirar un nuevo aire y regresar renovada, fuerte y lista para emprender una nueva aventura, así que preferí no planear…Solo fluir.

Si algo había aprendido hasta ahora, es que los planes de nada sirven. Una pareja puede programar su vida para amarse y cuidarse hasta que la muerte los separe, pero como ya me había dado cuenta, eso es imposible sin el compromiso de ambos. Después de doce años de matrimonio e intentar de muchas maneras sostener algo que realmente ya me estaba pesando demasiado, lo confirmé. Solté todo, trabajo, planes e intereses personales, para poder sostener lo que era para mí el proyecto de vida más importante, mi matrimonio, pero como era de esperarse, aunque en ese momento no lo sabía, no pude más con la carga y también lo solté. El matrimonio debe ser sostenido por ambos miembros y si no es así, puede que pase muchos años tambaleando y manteniéndose en pie, pero finalmente cae, se derrumba y a veces de la manera que uno menos se lo espera, porque generalmente no tomamos la decisión de terminar la relación, no solo porque pretendemos que podemos hacer que la otra persona despierte y cambie, si no que, lo que pretendemos es controlar. Tampoco tomamos la decisión de irnos para no herir al otro, aunque nosotros seamos los que vivamos heridos dentro de ella.

Al menos ese fue mi caso, lamentablemente por muchos años preferí ser yo la que me estuviera dañando en una relación que no iba para ningún lado y en la que me sentía sola, pero lo peor es que terminamos todos heridos y cuando hablo de todos, no me refiero solo a los dos.

Conclusión: Nada se puede controlar y es una tontería pasarse la vida haciendo tantos planes.

Mi viaje no tenía un itinerario definido. Solo una corazonada me indicó que el mejor lugar para empezar la travesía, sería visitando a mi amiga Roxana, en Monte Rourbante, una ciudad que llevaba ese nombre, gracias a la majestuosa montaña que la coronaba.

Sentí que este era el momento de visitar a mi amiga, a quien estimaba y que muchas veces habíamos planeado vernos, pero las prioridades de cada quien no nos lo había permitido.

2

COINCIDIR

"De eso se trata, de coincidir con gente que te haga ver
cosas que tú no ves, que te enseña a mirar con otros ojos."
Mario Benedetti

—Buen día, ¿Me permite pasar por favor? —le comenté al
hombre que se sentaba en la fila de mi asiento, del lado del pasillo,
ya que siempre que viajo escojo la ventana.

Eso también es algo que desde niña procuro, volar en un
avión en el asiento pegado a la ventana y me cuesta despegar la
vista de afuera, aunque esté viendo por mucho tiempo mar,
montañas o nubes. Uno nunca sabe lo que puede suceder y no me
lo quiero perder. Y en esta ocasión quería la ventana también
porque deseaba aislarme y ahí se siente más la privacidad.

—Sí, con mucho gusto —contestó el hombre.

Me acomodé, abroché mi cinturón y dirigí la mirada hacia
la ventana. De vez en cuando giré mi cabeza con un poco de
dificultad a ver las demás personas que se iban acomodando en
los asientos cercanos al mío. Noté que el dolor de espalda y cuello
se había intensificado desde que desperté esa mañana, pero no le
hice mucho caso. Traté de mantener la calma y no pensar mucho
en algo que me preocupara para que no se agudizara.

Finalmente, ya cada quien estaba en su asiento, por las
bocinas se escuchó la autorización para el cierre de puertas y el
aeroplano empezó a marchar hacia la pista de despegue, mientras
alguien por el altavoz comenzaba a dar las instrucciones de rigor
y los asistentes del vuelo inspeccionaban que cada pasajero
hiciera lo que se le indicaba. Abrocharse cinturones reclinar

asientos, replegar la mesita que está en la parte trasera de los asientos, apagar el móvil o dejarlo en modo avión. Después nos indicaban lo que había que hacer en caso de una emergencia. Esta vez sí puse atención a esas indicaciones porque pensé «Después de todo lo que me ha pasado, cualquier cosa podría ocurrir, así que mejor saber qué hacer»

Jamás he tenido miedo de viajar en avión, para mí es el lugar más seguro hasta ahora, por eso nunca he hecho mucho caso a esas indicaciones, me siento como pez en el agua y la verdad nunca temo porque algo grave suceda. Recuerdo en uno de mis viajes de trabajo, de repente dejé de escuchar los motores y fue la única ocasión que me asusté, pero a mi cabeza llegó el pensamiento: «Antes de que entres en pánico, observa a los asistentes del vuelo» como dándome a entender que, si los veía a ellos en estado de emergencia, corriendo o algo así, sí había razón para preocuparse, pero si estaban tranquilos, algo desconocido para mí estaba pasando. Después de ese vuelo se lo conté a alguien y me dijo que había momentos en los que el avión planea y apaga sus motores para ahorrar combustible. La verdad, no sé si ese dato es real porque no me dio la curiosidad confirmarlo, pero en este vuelo en particular, como mi mente últimamente me atacaba con pensamientos que no eran los de costumbre, puse atención en caso de que fuera necesario tomar las medidas de emergencia.

—¡Qué bueno que tendremos al menos doce horas para escondernos de todo el mundo allá afuera! —comentó el hombre sentado a mi lado y al girar con rapidez mi cabeza, porque me sacó del trance en el que estaba, no pude evitar el quejido que salió de mi boca cuando sentí el pinchazo en el omóplato derecho y vi que mientras decía eso, apagaba su celular y me sonreía.

—Disculpa ¡¿te asusté?! —preguntó.

— No, no te preocupes, no me asustaste, solo que tengo dificultad para girar la cabeza. Me duele el cuello —comenté sin girarme a verlo esta vez.

Él se inclinó hacia adelante para hacer contacto visual conmigo y no tuviera que volverme yo y dijo —¿Es el cuello lo que te duele, o más bien la espalda?

—Es cierto, es la espalda la que me duele, pero no me permite mover con libertad el cuello —comenté.

—¿En qué parte exactamente te duele? ¿Arriba, o espalda media? ¿Desde dónde inicia el dolor? —preguntó.

«Bueno, ¿a qué vienen tantas preguntas? ¿eres fisioterapeuta acaso? ¿me darás un masaje o qué?» pensé un poco ya fastidiada.

—Como a nivel de los omóplatos, pero donde más dolor tengo es en el derecho. —finalmente le contesté.

Se me quedó mirando, no comentó nada más y volvió a su lugar con la espalda pegada a su asiento.

«¡*Oh my God*! Creo que le contesté mal o le puse mala cara» pensé.

—He tenido ese dolor por semanas, pero creo que hoy se ha agravado más —dije como queriendo seguir la conversación o al menos terminarla de manera agradable, por si había sido grosera. Intenté girar mi cabeza con el torso entero cuidando que no me doliera para ver sus gestos.

Como meditando en lo que le dije asentó con la cabeza y se mantuvo en silencio.

Él tomó una bolsa pequeña de papel que había puesto en el bolsillo que está en la parte trasera del asiento de enfrente, donde generalmente ponen el instructivo para casos de emergencia (o al menos antes de la pandemia ahí iba) y sacó algo de allí.

—¿Te apetece un chocolate? Pensaba comerlos más tarde como postre después de la comida, pero creo que a ti te vendría bien ahora uno —comentó, reclinándose nuevamente hacia adelante para que yo lo viera y sonrió.

Era la segunda vez que me sonreía y realmente podía ver una dulzura inexplicable en su rostro cuando lo hacía. Era un hombre como de unos cuarenta años, con un cabello color castaño oscuro ondulado y peinado hacia atrás, de tez morena clara, ojos cafés, mandíbula recta y una hermosa sonrisa con dientes blancos y cuidados. En este momento lo menos que yo buscaba era pareja, pero de haber tenido intenciones, era un buen partido. No se me hacía extremadamente guapo, pero si muy atractivo y lo más bonito era precisamente esa dulzura que emanaba al sonreír.

—Muchas gracias, pero no te quiero dejar sin el postre— respondí.

—¿Y quién dijo que me dejarías sin postre? Traigo suficientes, no te preocupes. Siempre estoy preparado para que nunca me falte. —sonrió y esta vez lanzó una pequeña carcajada.

—Bueno, si es así, muchas gracias. Sí, te acepto un chocolate ya que dices que me vendría bien —respondí.

—Un chocolate es una buena medicina para el alma —contestó dejándome sorprendida.

«¿Cómo sabe que estoy enferma del alma?» pensé.

Al ver su mirada, supe que sabía algo que aún no me decía y le sonreí tímidamente, pero no comenté nada.

—El cuerpo siempre somatiza lo que hay en el corazón. Si callamos mucho tiempo lo que estamos sintiendo, el cuerpo habla. ¿de dónde crees que vienen tantas enfermedades? —comentó y continuó— y en mi experiencia, los dolores de espalda alta definitivamente vienen por problemas familiares o con personas allegadas, por las cargas que a veces nos ponemos a cuestas y también por no sentirnos valorados.

No dije nada, pero él notó en mi mirada que me había sorprendido lo que dijo porque atinó en casi todo.

—Por cierto, llevamos ya medio vuelo y aún no nos hemos presentado. Me llamo Reynaldo, mucho gusto —finalmente comentó el hombre que hasta ahora no tenía nombre, pero que ya empezaba a sentir que lo conocía por la confianza que me estaba dando estar en su compañía.

—¡Cierto! Mucho gusto Reynaldo, me llamo Ruth. — dije.

Me extendió la bolsa con los chocolates, para que escogiera uno y me dijo:

—Me puedes llamar Rey. Sonrió y yo lo miré, le sonreí también sin decir nada y él continuó —No me mires así. Así me llaman en mi casa y mis amigos —y volvió a sonreír.

Tomé el bombón de color azul brillante, lo destapé y me lo llevé a la boca.

—¡Uhhm! ¡qué delicioso!

—¿Cuál te salió? —preguntó Rey.

—Le atiné, me salió uno de chocolate y coco, una de mis frutas favoritas —dije.

—¡Qué rico! Mis favoritos son el de avellana y el de mazapán.

—¡Uff si qué rico! No suelo comer mucho chocolate, pero cuando se me antoja, me voy mucho por la avellana y tenías razón, sí me hizo bien comer uno ahora —comenté a Rey.

—Toma otro.

—Ahora no, muchas gracias, pero créeme que si se me antoja otro te diré.

—Ok —respondió.

Hicimos una pausa y yo rompí el silencio.

—¿Cómo sabes que el dolor de espalda viene a causa de lo que comentaste hace rato?

—Porque en varias ocasiones lo he visto en personas que generalmente llevan a cuesta problemas familiares, de pareja e incluso de amistades muy cercanas y quieren arreglar la vida a los demás a costa de desmejorar la suya. Son gente que valoran más a los demás que a sí mismos.

Quedé sorprendida con la respuesta que me dio ya que me sentía identificada con el tipo de personas que acababa de describir, pero no quería reconocerlo delante de él. Apenas lo estaba conociendo y aunque me inspiraba mucha confianza, sentí vergüenza de abrirme más, ya que tenía temor de que saliera a relucir la parte de la historia que no quiero contarle a nadie más. Con los que se enteraron ya era suficiente, aunque siempre dije que, si lo sabía Dios, quien es más importante para mí y el único que realmente me puede juzgar, no me interesa que lo sepa todo el mundo.

Lo que pasa es que la gente es muy dura señalando y juzgando los errores de los demás, lo he visto muchas veces, incluso en la iglesia de la que fui miembro activo por muchos años. Pero también he visto cómo esos que juzgan terminan construyendo sus propias trampas. El dicho *"más rápido cae un hablador que un cojo"*, por algo es tan famoso.

Y, por el contrario, el Dios que yo conozco, es un Dios que ama incondicionalmente y que, a pesar de nuestros errores, no nos juzga y es paciente para perdonar y para dar las oportunidades que sean necesarias para que uno sane y sea mejor persona. Sin embargo, con Él, me refiero a Dios, siento aún vergüenza de un error que pensé que yo jamás cometería.

Muchas veces pensamos que a otros les pueden pasar cosas, pero nunca se piensa que te puede pasar a ti. Por ese motivo abrirme con Rey era difícil. Además, siempre he sido el tipo de personas reservada, que todo se lo guarda porque las veces que me he sentido vulnerable y me he abierto con las personas de más confianza, la reacción ha sido inesperada. Parece que ellos siempre esperan de mí ser la fuerte, la que tiene siempre una solución para arreglar las cosas y entonces es raro recibir el apoyo que uno desea. Solo cuando no pude más con todo lo que se me había venido encima, me abrí con una de mis más grandes amigas de muchos años, Rocío. Ella jamás se enteró de los problemas que tuve con Rafael, el que fue mi esposo. Se lo dije cuando decidí separarme de él.

Recuerdo cuando se lo conté y me dijo:

—Sabía que algo te pasaba Ruth. Notaba en ti una cierta tristeza siempre, pero no quería entrometerme.

Al menos ese día me di cuenta que, aunque había tenido malas experiencias al mostrarme débil, triste o temerosa con otras personas, incluso con Rafael, existía gente que estaba dispuesta a escucharme, a comprenderme y a apoyarme, porque Rocío lo hizo desde ese momento que abrí mi corazón y le conté toda la historia de mi relación con él, casi desde el inicio.

Realmente quien me hizo confiar nuevamente en la gente y con la primera persona que me abrí fue con Renzo, un hombre que llegó a mi vida en el momento justo para darme la valentía y el apoyo que necesitaba para dar fin a un matrimonio que no tenía futuro. Mi ex esposo le llamó el paracaídas y mi amiga Rocío le llamó el salvavidas. Realmente fue y será alguien a quien toda la vida le estaré agradecida, porque me ofreció lo que tanto necesité por años, atención, comprensión, apoyo emocional, interés real y me vio nuevamente como mujer. Después de tantos años sentirme como un mueble más de la casa, él despertó en mí, sin haberlo planeado, a esa mujer alegre, soñadora y apasionada que siempre había sido, pero que permanecía dormida de tanto intentar cambiar tan solo para ser aceptada en su matrimonio y en la nueva familia a la que había llegado.

3

ENTRASTE SIN AVISAR A MI VIDA

"Nunca subestimes al tiempo.
Todo puede cambiar en un instante."
Anónimo

No quisiera regresar al pasado, pero es estrictamente inevitable porque hay un momento que representa un antes y un después en mi vida. Fue un instante que cambió mi destino, ya que precisamente hoy lo veo como que fue necesario para despertar y darme cuenta que la mujer que reflejaba yo en el espejo, ya no la conocía.

Era como si una extraña estaba habitando en mi piel y aunque llevaba muchos años sintiéndome mal, no hacía nada al respecto para no causar daños, por el qué dirán, por los valores que me inculcaron y las convicciones que nos infunden en la iglesia. Y realmente todo eso está muy bien, necesitamos valores y normas para vivir en una sociedad, respetando y valorando a los demás, pero no a costa del dolor propio, llevando una carga muy pesada y además callando una voz que desde el interior nos dice que eso no es lo que debemos hacer y cómo nos debemos sentir. Por todo esto, sí es necesario recordarlo, aunque causó mucho sufrimiento, ya que a veces tenemos que derrumbar lo que está mal construido, retroceder para tomar el camino correcto y eso duele, frustra, nos confunde, nos hace sentir incluso unos fracasados y trae frustración, tristeza, ansiedad y muchas heridas a nuestra vida.

En septiembre de 2019 como cada año en ese mes, se lleva a cabo en Rekinha un encuentro importante para el sector inmobiliario, donde se dan cita distintos representantes de empresas que proveen materiales de construcción, acondicionamiento y decoración de interiores, así como arquitectos, ingenieros y, de igual manera somos invitados los agentes comerciales de bienes raíces. Particularmente este año no tenía mucho entusiasmo de ir o tal vez estaba en esos días en los que quiero desaparecer del planeta tierra y no salir a la calle, incluso si necesito comida o agua, pero por el solo hecho de quedar bien y hacer presencia por la importancia que el evento tenía, saqué fuerzas de no sé dónde y asistí.

Como de costumbre procuraba vestir a la altura y aparentar que todo estaba bien, así que ese día, para no tener que pensar mucho en qué ropa llevar, decidí lucir el clásico outfit que siempre nos deja bien paradas, vestido y zapatos de tacón negros. Recogí mi cabello largo con un moño muy bonito, me adorné con los igual clásicos collar y aretes de perlas y los acompañé finalmente con mi cartera de piel tipo sobre, también de color negro.

Al llegar al lugar, noté que mi vestimenta iba perfecta para camuflarme ya que la decoración de las mesas, era con manteles negros y vestiduras plateadas.

Después de hacer mi entrada triunfal y saludar a algunos conocidos, busqué un lugar donde sentarme y esperar que llegaran algunos de mis colegas para ponernos al día en cuanto a lo típico, resultados en ventas del año, quejarnos de los clientes difíciles que nos hacían mover cielo y tierra buscando el lugar adecuado para meter a la familia, el perro y la habitación de huéspedes ya que la mayoría de los que vivimos en Rekinha, sabemos que en algún momento del año, nos llamará algún familiar o amigo pidiéndonos alojamiento por unos días para venir de vacaciones. Todo eso nos piden los clientes al menor costo posible, cosa que es muy difícil ya que además buscan un lugar bonito, seguro y con buena ubicación.

De repente lo vi a él acercándose. Al chico con el que me cruzo algunas mañanas cuando salgo a correr con mis *perhijos*. Generalmente me levanto muy temprano y no me encuentro a casi nadie en las calles, pero los días que se me hacía más tarde, lo veía. Pasábamos uno al lado del otro en direcciones opuestas, nos mirábamos y con una sonrisa nos saludábamos. Él, cada vez lo hacía con más entusiasmo, me sonreía y una vez que me dejaba atrás, me gritaba.

—¡Qué tengas un maravilloso día!

Yo giraba la cabeza para contestarle y lo veía que iba corriendo de espaldas para seguir observándome. Me reía a la vez que le decía:

—Gracias, igualmente, feliz día.

Esa noche el caprichoso destino, nos preparó ese encuentro inesperado. Él caminaba por el gran salón y de repente nuestras miradas se encontraron. Él abrió los ojos con asombro, dibujó una gran sonrisa y se acercó poco a poco a mí sin quitarme la mirada. Me preguntó si podía acompañarme y acepté.

Desde el primer momento la conversación fluyó con naturalidad sin usar esas máscaras que a veces la gente se pone para hablar con ciertas personas, pero con él, me sentí cómoda porque parecía que ya nos conocíamos desde mucho tiempo atrás, aunque no sabíamos nada el uno del otro.

—Es un placer, Renzo Gil para servirte —comentó.

—Ruth Fariña, mucho gusto, Renzo —respondí.

A partir de ahí, hablamos toda la noche. De nuestras profesiones, hobbies, trabajos, incluso de nuestros miedos, frustraciones y sueños, cosa que generalmente uno no habla con extraños y además descubrimos lo cerca que vivíamos.

Renzo era fotógrafo profesional y viajaba por el mundo invitado por empresas y clientes importantes que conocían su prestigio y su arte para captar momentos que eran dignos de ser congelados para la posteridad. Lo que hacía, lo hacía por instinto. Me comentó que ese siempre había sido su sueño y desde muy pequeño pidió como regalo una cámara. Le regalaron en ese entonces una instantánea y generalmente ahorraba el dinero que le daban sus padres para las meriendas o el transporte para ir y venir de la escuela a la casa, y lo ocupaba en comprar carretes de películas.

—Desde niño tenía el ojo para detectar el momento preciso para realizar un disparo y capturar imágenes. Recuerdo cómo se emocionaban y sorprendían mucho mis primeros clientes.

—¡Wow! ¿Desde niño ya trabajas como fotógrafo? —pregunté.

Sonrió y contestó:

—Mis primeros clientes eran mi familia y los allegados, pero yo siempre estaba alerta y con mi cámara encima, esperando a que sucediera algo para tomar la foto y luego vendérsela al modelo. Volvió a sonreír.

Yo también sonreí.

—¿Y te compraban la foto? —pregunté.

—En ocasiones sí. Me daban unos centavitos, pero yo me sentía orgulloso y alegre porque ese poco dinero lo juntaba con el que me daban mis padres y lo usaba para comprar más material para mi trabajo

Esta vez Renzo sonrió con más fuerza. Se notaba que disfrutaba revivir esos momentos.

Yo estaba fascinada con sus historias y admiraba aquella certeza que desde niño tuvo de saber lo que quería ser y aparte la determinación que tuvo de continuar su camino sin desanimarse ante los obstáculos que se le presentaron, ya que no tuvo una vida muy fácil. Su padre los abandonó a temprana edad y como de costumbre cuando pasa esto, la madre tiene que salir para proveer todo lo que una familia necesita para vivir: Alimento, ropa, vivienda y educación. Aunque esta última, al no ser una necesidad básica, muchos se la saltan y a veces hasta les toca salir a trabajar desde muy pequeños. Renzo y su hermana, tuvieron la suerte de continuar con sus estudios mientras la madre salía a buscar el sustento.

Una de las razones más importantes que lo llevaron a enfocarse en lo que quería ser era precisamente lograr la independencia económica que necesitaba para él y su familia y así retribuir a su madre, el esfuerzo y la dedicación.

Cuando llegó mi turno, le hablé de mi carrera como asesora de bienes raíces y sobre mi reciente incursión en el diseño de interiores.

—¿Es lo que siempre quisiste hacer? —preguntó Renzo.

—No, para nada. Hace quince años atrás se me presentó la oportunidad y con el afán de independizarme para ahorrar lo que necesitaba y así poder alcanzar cumplir mi sueño, se me han pasado los años —comenté y reí tímidamente.

No me quejaba de cómo me había ido en la vida, pero mi sueño siempre ha sido el de tener una posada turística para recibir y atender, de manera personalizada a gente proveniente de todas partes del mundo y aprender nuevas culturas, idiomas, costumbres y demás. Me encanta viajar, pero ya que no puedo hacerlo tan seguido, pienso que recibiendo gente de diferentes lugares que llega a Rekinha, tengo la oportunidad de conocerlos, atenderlos, hablar con ellos y de alguna manera puedo conocer parte del país del que provienen y su cultura. Además, una de las razones por las que me gusta viajar es esa, conocer gente de diferentes nacionalidades.

—Puedes alcanzarlo aún Ruth, trabajas en el sector y en lo que consigas un inmueble como el que deseas para esa posada turística, no lo pienses… Lánzate, estoy seguro que te irá muy bien. No pongas más excusas —comentó Renzo.

—Si, tal vez tengas razón, Renzo.

Hacía muchos años que no pensaba en mi sueño hasta esa noche. Lo había encajonado en un lugar tan fuera del alcance, que ni por equivocación lo había vuelto a abrir. Esa noche Renzo me hizo una pregunta tan sencilla, como qué tipo de música me gustaba y para salir del paso, mencioné algunas bandas ochenteras conocidas, sin embargo, me di cuenta cuán perdida estaba, que ni siquiera recordaba los géneros musicales que solía escuchar y las melodías que algún día me hicieron vibrar de emoción y bailar.

Hablamos de libros, una de mis pasiones y que al parecer compartíamos los dos, pero Renzo mencionaba algunas nuevas publicaciones y no tenía idea de ellas. La realidad es que también dejé de leer muchos años atrás. Había cambiado a mis fieles compañeros para compartir más tiempo con Rafael, mi ex, porque según yo, sería egoísta si mis tiempos libres los dedicaba solo a hacer cosas que a mí me gustaban. Llegué a pensar que los libros eran actividades más propicias para personas solteras. Estaba errada, obviamente, pero esos pequeños detalles y muchos más, fueron los que me llevaron a despersonalizarme, y fue hasta esa noche que me di cuenta cuán lejos había llevado mi vida del camino verdadero y me pregunté mentalmente si acaso Renzo, llegó para hacerme recordar que tenía que volver.

—Recuerdo aún como si fuera ayer, aquel día que me senté en nuestra habitación de recién casados para disponerme a leer un libro, lo tomé en mis manos, lo abrí y al instante, una voz en mi mente me dijo: «¡Qué haces! Rafael está afuera en el salón viendo una película ¿Y tú te vas a poner a leer? Deja el egoísmo y siéntate con él a disfrutarla juntos.» A partir de ese preciso instante me fui alejando de los libros y terminé cambiándolos por una pantalla —después de decir aquello, sentí una profunda autocompasión y continué, —Pero me sentí horrible un día que discutí con él, y le saqué en cara que ya no leía por estar siempre acompañándolo a ver televisión. Su respuesta me mató: "—Yo a ti no te pido que te sientes conmigo a ver películas" —¡Uff! Como dolió eso, pero no su respuesta, sino que me di cuenta que estaba en lo cierto. Yo fui quien tomó la decisión pensando en él, porque creí que le agradaba.

—No te sientas mal preciosa. Ciertamente tú tomaste la decisión, pero estoy seguro que él deseaba que estuvieras a su lado. Soy también casado y sé que en esos momentos uno quiere disfrutar en pareja la película. Lo dijo tal vez por orgullo o defenderse, pero tampoco tenías que haber sacrificado a tus fieles compañeros. Independientemente de que estemos acompañados o solos, no debemos relegarlos por completo. Son compañeros especiales y lo mejor es que no son rencorosos —Renzo sonrió y continuó hablando —Si tú vuelves a ellos, ellos te recibirán felices con los brazos abiertos y seguirán contándote todas esas historias maravillosas que siempre desean contar.

— ¡Qué bonito eso que acabas de decir Renzo! Es verdad, ellos siempre me estarán esperando para hacerme compañía.

Soy una mujer que creo en señales, pienso que nada pasa por casualidad y definitivamente Renzo, no era una, ni tampoco aquella conversación.

Todo eso me llevó a recordar mi libro favorito de todos los años. El que me regaló mi padre. El libro hablaba de un pastor de ovejas que precisamente decía que prefería viajar de un sitio a otro acompañado solo de ellas, porque cuando uno se queda mucho tiempo en un lugar, pasa a formar parte del grupo de personas que nos rodea y éstos se creen con la autoridad de querer cambiarnos y saber qué nos conviene…, aunque ellos no tengan ni la menor idea de qué hacer con su vida.

En un instante que Renzo se paró de la mesa para ir al baño y a su vez saludar a algunos clientes, aproveché para revisar mi móvil y ver la hora, había perdido por completo la noción del tiempo por la estupenda velada que estaba pasando, de hecho, ni me acordé de mis colegas hasta ese momento, no me había dado cuenta si estaban o no en el lugar. Vi el reloj y ya eran las 21:55 y observé que tenía un mensaje, era de Rafael, me lo había enviado a las 21:15.

—¿Dónde estás? Tengo hambre. Lo siento, ya no te esperaré más. Sabes que a las nueve se cena en esta casa.

Me entristeció ver el mensaje y enseguida guardé el móvil porque al levantar la mirada observé que Renzo, se acercaba.

—¿Y esa mirada? ¿Qué te pasó preciosa? —dijo Renzo.

—Nada, no te preocupes, muchas gracias. Creo ya me tendré que ir.

—¿Por qué si la estamos pasando tan bien? —dijo Renzo y puso mirada triste, como instándome para que me quedara un poco más.

La realidad era que me quería ir, no porque Rafael me extrañara, sino porque me hizo sentir muy mal su mensaje, pero lo estaba pasando muy bien con Renzo, así que acepté quedarme.

—Bueno, está bien, me quedaré un rato más, solo para saber de qué tanto hablabas con mi jefe, porque los vi muy entretenidos

—sonreí.

—Quiere que haga unos trabajos de fotografía y videos a los inmuebles que ustedes ofrecen. Quedé en enviarle una cotización —comentó Renzo.

—¡Te lo dije de broma! —comenté roja de la vergüenza porque realmente suelo ser una persona prudente y no hago ese tipo de preguntas, nada más que se me ocurrió como una excusa cuando le dije que me quedaría un rato más con él.

—No pasa nada preciosa, entre nosotros no tiene que haber secretos —dijo Renzo guiñándome un ojo y continuó.

—Hablando de secretos. ¿Por qué pusiste esa carita cuando viste tu móvil?

—Cada día que pasa, confirmo que mi esposo ya no me escucha cuando le hablo. —comenté inmediatamente arrepintiéndome de haber dicho esto sin pensarlo.

—¿Por qué lo dices? —preguntó.

—Perdón, no sé por qué lo dije. No quiero llenarte de mis cosas, mejor sígueme contando del trabajo que hiciste en el *Centro Cultural de Rekinha*, me encanta ese lugar, es de mis favoritos en la ciudad… ¡Ah! y, por cierto, con respecto a lo que hablabas con mi jefe, está excelente. Hay muchos proyectos en puerta y, actualmente tenemos un fotógrafo independiente que trabaja muy bien, el problema es que me parece, o tiene mucho trabajo, o es poco profesional, porque tarda mucho en tenernos listas las fotografías y videos 360 grados que necesitamos, para mostrar los inmuebles que están en venta y arrendamiento —comenté.

—Ruth, no cambies el tema, quiero escucharte. Con lo que hemos hablado esta noche, veo que tú estás para todos, pero ¿quién está para ti? Confía en mí, puedes contar conmigo cuando lo necesites. —dijo Renzo.

Esas palabras inmediatamente se quedaron grabadas en mi alma, "Puedes contar conmigo cuando lo desees". Nunca debió haber dicho eso porque desde ese momento así lo sentí y lo tomé. Soy como los niños que se creen todo lo que le dicen y luego esperan que les cumplan lo que les prometen.

Y no es que no hubiera tenido en quiénes confiar, porque tenía dos grandes amigas a las que quería mucho y eran muy importantes para mí, solo que hasta ese momento yo no había querido contarles nada. Todo me lo guardaba. Ambas tenían sus vidas ocupadas, de hecho, a Rebeca la conocí precisamente en un periodo en el que ella estaba en una crisis de pareja, así que preferí apoyarla porque lo que ella me contaba podía entenderla muy bien. Finalmente, eso me dio pie para atreverme a empezar a contarle ciertas cosas de lo que yo también estaba viviendo, pero luego a principios de 2019 ella y su pareja lograron arreglar su situación, se casaron y se mudó con su esposo y un bebé que venía en camino a una ciudad a cuatro horas de distancia de Rekinha. Yo entendía que debía darle espacio para disfrutar de todo lo nuevo que estaba pasando en su vida y además me alegraba muchísimo por ella, se merecía todo lo bueno que estaba viviendo, era una gran mujer, trabajadora, una luchadora incansable, determinada, disciplinada y muy sagaz.

Por otra parte, estaba Rocío mi otra gran amiga, pero ella estaba mucho más ocupada con su familia y sus negocios. Era una mujer emprendedora y en los últimos años se cargaba más y más de trabajo y era comprensible que el tiempo que le quedara, lo ocupara para ver por su familia. Cuando podíamos, nos dábamos tiempo para encontrarnos y disfrutar de un momento de calidad, cosa que siempre nos salía muy bien porque teníamos una linda conexión, pero prefería ser yo siempre la que escuchara. Creo que no estaba preparada en ese momento para hablar, ya que, sentía que la gente esperaba que yo fuera la fuerte.

Así que esa noche terminé abriéndome completamente con Renzo. Le conté sobre la relación de casi doce años de casada que llevaba con Rafael y las situaciones que estábamos viviendo desde mucho tiempo atrás. Cuando me di cuenta, ya le había confesado los años que el amor Eros, ese que es romántico, erótico y apasionado, se había escapado por la puerta en mi relación. El amor filial, el que existe entre familiares, estaba presente, pero lamentablemente, Eros, tenía muchas ausencias, incluso desde el inicio, hasta llegar a agravarse de tal forma, que se le había olvidado darse una vuelta por mi recámara desde hacía más de dos años, los mismos que me había dicho Renzo que llevaba de casado.

—Perdón Renzo, ¡Qué vergüenza!

—¿Por qué lo dices?

—Porque acabo de contarte algo que, hasta ahora, solo una de mis dos amigas le he asomado y, a medias.

—No te preocupes preciosa, tus secretos están bien guardados. Soy una tumba…abierta —Renzo sonrió y de inmediato me tomó de las manos como dándose cuenta que estaba siendo insensible y además un poco grosero y comentó:

—Perdona, fue una mala broma. Quédate tranquila que nadie sabrá lo que me has dicho.

—Lo sé —contesté.

Realmente me pareció un hombre digno de confianza y casi nunca mi intuición se equivocaba.

Finalmente, no nos dimos cuenta que ya quedábamos pocos en el evento cuando los otros invitados empezaron a marcharse, por lo que estuvimos de acuerdo que era hora de irnos. Renzo me acompañó hasta mi coche, nos despedimos y a partir de ahí nació algo muy especial entre los dos.

4

TODOS NECESITAMOS ATENCIÓN

"La única persona que necesitas en tu vida
es aquella que te demuestra que te necesita en la suya"
Oscar Wilde

A partir de aquella noche, Renzo y yo nos mantuvimos conectados a través de mensajes que iban y venían todo el día. En algunas ocasiones acordamos salir a correr juntos, pero yo prefería salir más temprano por las diferentes actividades que tenía durante el día y a él le costaba levantarse de madrugada.

La amistad avanzaba de manera galopante por la química que hubo de inmediato. Extrañaba una relación como esa. De hecho, Renzo me recordó a un gran amigo que tuve de soltera con quien salía muy seguido y podíamos hablar horas y horas de diferentes temas. Y aunque nuestro contacto era solo vía mensajes, excepto esas pocas ocasiones que coincidimos para correr, lo sentía muy cerca de mí y la complicidad era tal que me atrevía a hablar de temas que ni a mis amigas les mencionaba.

Había una conexión entre nosotros más allá de las palabras. Jamás me había pasado algo así más que con mi padre, al que tanto amé y con quien tuve una relación súper especial y que sin palabras podíamos sentir lo que el otro podía estar viviendo. Mi padre fue quien, en los momentos más difíciles de mi vida, mientras estuvo vivo, sentía lo que me estaba pasando y siempre se sentaba conmigo a darme un consejo y su apoyo. No fue perfecto, ni como padre y seguramente como esposo menos, porque pude percibir el sufrimiento que le causó a mi madre, pero ¿quién es perfecto? Mi madre tampoco lo ha sido, pero para mí, mi padre fue un héroe y la persona que siempre venía a mi rescate cuando yo más lo necesitaba, tenía un radar o tal vez por ser un hombre increíblemente sensible llegaba siempre en el momento justo. Estuvo la mayoría del tiempo presente y fue quien venía a hablarme o simplemente a darme un abrazo cuando lo necesitaba.

Renzo era así, un hombre muy sensible que, a pesar de no verlo, sus palabras me abrazaban a través de esos mensajes en el móvil cuando yo lo necesitaba. Confieso que empecé a hacerme dependiente y a la vez también querer cuidarlo como generalmente acostumbro con la gente que empiezo a meter en mi vida. Soy un imán de personas que necesitan ayuda de cualquier tipo, emocional, física e incluso económica. Desde que lo conocí, él también llegó a hablarme de sus miedos por creer que nunca lograría obtener o ser alguien en la vida. Era un hombre exitoso y simplemente con estar haciendo lo que siempre quiso de niño ya era un gran logro. Yo aún eso no lo lograba, así que se me hacía un gran éxito, además de que tenía una estabilidad económica, una empresa que había levantado y en cuanto a lo personal, solo le faltaba una familia y obvio, un perro o gato. Siempre le decía eso, que necesitaba adoptar una mascota para ir entrenándose como padre y él se reía y me decía que no tenía mucho tiempo para eso, así que no quería darle una mala vida y en eso estaba en toda la razón. La gente no debería tener un perro para dejarlo todo el día en casa y mucho menos para tenerlo amarrado. No se merecen la compañía de un ser tan especial.

En fin, estaba agradecida por la amistad de Renzo desde el inicio. En un principio él propiciaba las conversaciones, pero acostumbrada que con Rafael no podía hablarle mientras estuviera ocupado porque lo distraía o simplemente no me atendía, trataba de cortar rápido para dejarlo trabajar tranquilamente, pero Renzo, siempre me respondía:

—Al contrario, me haces más ameno mi día y el tiempo de trabajo se va más rápido.

¿A qué persona, al menos en el planeta tierra no le gusta ser visible para alguien más? ¿A quién no le gusta ser escuchado y tener a alguien que se interese por conocer lo que quieres decir, lo que sientes o lo que sueñas?

Esas conversaciones entre Rafael y yo se habían extinguido tiempo atrás. Siempre que él o yo llegábamos a casa y nos encontrábamos, nos saludábamos con la pregunta de rigor como parte de un protocolo o ritual,

—¿Cómo te fue? —preguntaba uno de los dos.

A lo que generalmente el otro le contestaba

—Bien ¿y a ti?

Para finalizar, el otro respondía:

—Bien.

Y cada quien se iba a hacer lo suyo…

Rafael solía estar ocupado en cosas de trabajo o viendo la televisión, que era un momento sagrado y lo mejor era no interrumpirle. Finalmente opté por ya no estorbarle y si tenía necesidad de hablar o contar algo que me hubiera ocurrido, iba con una de mis amigas o simplemente me lo guardaba para mí.

Me di cuenta más tarde que al igual que Rafael, ya yo había desconectado mis oídos de lo que él decía. A veces íbamos en el coche y de repente me daba cuenta que él estaba hablando y yo estaba pensando en algo y había perdido parte de la conversación, pero también el interés por preguntarle de qué me hablaba para retomar el hilo. Generalmente sus pláticas eran sobre política, quejas contra el gobierno o noticias amarillistas, ya no teníamos temas en común y peor aún, proyectos en común para conversar.

Realmente suelo alejarme de la gente que está pendiente de las noticias y la política, ya que están cayendo en el juego. Las noticias solo están para mantener al pueblo reprimido, con miedo y sin deseos de superarse por las pocas esperanzas que da escuchar los índices económicos, la inflación y ni hablar de la inseguridad. Me pregunto cómo gente tan inteligente cae en el circo que hacen los gobiernos.

En fin, si algo me incomoda, es estar rodeada de gente que sus temas de conversación sean quejas o lamentos sobre ese tipo de asuntos, ya que la energía que transmiten es muy pesada. Siempre hago el intento de hacerles ver una diferente perspectiva, pero me doy cuenta que están cerrados, así que determino que lo mejor es callar y mantenerme alejada de ese tipo de personas lo más que pueda. Lamentablemente Rafael era uno de ellos. Siempre trataba de cambiar a temas de interés para la relación, pero al no tener éxito, me acostumbré entonces a callar y desconectarme de sus comentarios y quejas.

El tener nuevamente a alguien del sexo opuesto, interesado en escucharme me emocionaba. Creo que tiene que ver con que me sentía protegida de alguna manera y eso me hacía sentir mejor que nunca. Cada mañana me levantaba entusiasmada para revisar mi móvil y encontrar los mensajes que Renzo me había dejado la noche anterior, hasta que no encontré ninguno y esperé. Pensé que tal vez pasaría algo fuera de lo habitual y no le dio tiempo de enviarme el mensaje de despedida. Habían pasado cinco semanas desde nuestro encuentro en el evento y me había acostumbrado a sus mensajes de buenas noches, hasta que ese día no hallé nada.

Salí a correr con mis perritos. Cuando llegué de nuevo a casa hice mis ejercicios de rutina, tomé una ducha como de costumbre y luego preparé el desayuno para mí y para Rafael.

Después del desayuno salí hacia la oficina y nada, seguía sin recibir ningún mensaje de Renzo y yo ya ansiosa de saber de él y preocupada por si algo le hubiera sucedido en este tiempo.

Eran las diez de la mañana y empezaba a prepararme para salir a atender mi primera cita, cuando de repente a mis espaldas escucho una voz.

—Buenos días preciosa, ¿Me aceptas un café?

Antes de darme vuelta sabía que era él. Mi corazón se aceleró de una manera inesperada. Giré finalmente para confirmar que ahí estaba parado sonriendo, en la puerta de mi oficina. Me levanté de mi silla y corrí emocionada a abrazarlo. No hubo palabras, solo un largo abrazo y en mi mente pensaba que por fin se había hecho realidad mi deseo de verlo y tener una larga conversación con un café en la mano, pero recordé que tenía una cita.

—No puede ser, tengo una cita en 20 minutos. El tiempo justo para llegar. ¿Por qué no me avisaste? —le dije con una voz de lamento porque realmente lo único que deseaba hacer era perderme muchas horas en ese café con él.

—Quise darte la sorpresa preciosa, pero como dicen, muchas veces quien sale sorprendido es el que quería darla. —comentó Renzo sonriendo y continuó, —pero tengo el resto de la mañana libre, así que, si me permites, seré tu chofer, te llevo a esa cita y luego vamos por ese café. ¿Qué dices?

—¡Sí! Espera un momento, tomo mis cosas y nos vamos, estaba casi a punto de salir —contesté eufóricamente, no pude esconder la emoción que me daba poder tener todo ese tiempo para hablar.

Mientras Renzo conducía hacia el lugar de la cita, me hizo una pregunta acerca de una situación que en días pasados le había mencionado por wasap, sobre unos chicos que mucho antes de conocerlo a él me invitaban a salir.

Eran hombres mucho menores que yo, uno de ellos tenía diecinueve años y el otro veintiuno, pero yo le decía que, aunque muy jóvenes, eran muy atrevidos por las cosas que me decían y Renzo me explicaba que así eran los hombres que se interesaban en mujeres maduras, ya que ellos buscaban experiencia. Yo le decía que la única experiencia que les podía enseñar, era las de la escuela de la vida, porque jamás me imaginaba inmiscuyéndome con alguien veinte años menor que yo, pero que esa picardía que tenían, me gustaba y que además me hacía sentir cosas que hace mucho no sentía. A raíz de eso, le comenté a Renzo que hablaría con Rafael porque antes no me había pasado algo así desde el tiempo que estábamos juntos, incluyendo los de novios que, ¡en total ya eran dieciséis!

—Ayer me escribiste que ibas a hablar con Rafael acerca de los chicos que te están coqueteando, ¿qué pasó? ¿le dijiste?

—Sí, le dije que desde que estábamos juntos yo había recibido piropos y propuestas de otros hombres, pero jamás me había interesado en ninguno. Le dije que hay chicos que han mostrado un especial interés en mí y me han dicho y hecho cosas para conquistarme, sin embargo, uno de ellos sí que me ha hecho sentir algo —le respondí.

—¿Cómo reaccionó? —preguntó Renzo.

—Como de costumbre, no hubo reacción. No dijo ni hizo nada y fue lo último que conversamos anoche. Nos dimos las buenas noches, cada quien se giró hacia su lado y listo.

—¿Has pensado en que tal vez él tenga a alguien más?

—No lo creo Renzo. Bueno, al menos no alguien físico. Virtual, si lo creo, pero estoy segura de que no se ve con nadie más, la verdad es que a veces pienso si le queda sangre en las venas, es una persona muy apática y cada vez lo es más.

—¡Qué raro Ruth, la verdad! Si te importa alguien y lo amas, le das todo, tiempo, cariño, atención… todo.

—Sí, una vez que estuvo mucho tiempo fuera y me dejó acá sola, un señor que conocí en el gimnasio al que iba me dijo "¡Tú esposo no te ama, sino, no te dejaría tanto tiempo sola!" No quise hacerle caso y ahora que miro hacia atrás porque ya ha pasado tantos años, me doy cuenta que no quise ver las señales. No solo me dejó mucho tiempo sola, sino que las llamadas que recibía eran muy pocas durante ese periodo que estuvo lejos.

—Bueno, pero, ¿tú no le harás caso a esos chicos verdad?

—Quién sabe. Como te comenté la última vez que vi a ese chico y que a propósito rozó su mano con la mía cuando me dio la carpeta con los documentos, sentí aquella electricidad que hace mucho no sentía. Ese corrientazo activó todos los interruptores que se habían apagado por la falta de pasión en mi relación —Me reí y giré la cabeza para mirarle.

Él iba conduciendo, pero sentí que no le hizo gracia mi comentario.

Llegamos a mi cita y me acompañó a ver el departamento que iba a mostrar. Mis clientes finalmente lo vieron y se despidieron con la premisa que lo discutirían y en la noche me darían una respuesta. Le pedí a Renzo que nos quedáramos un momento más para confirmar algunos detalles del departamento que se iban a reparar para que ya estuvieran listos. Luego lo invité un momento al balcón para que viera la hermosa vista que tenía ese inmueble. Lo admiramos un instante más y nos fuimos por ese café al que me había invitado.

—Hoy en la mañana tuve una junta con tu jefe —mencionó Renzo.

—¡¿Por eso estabas en mi oficina?! Ahora entiendo, yo pensé que habías ido solo por mí. —sonreí y Renzo también, ya me conocía y sabía que lo dije de forma sarcástica. Continué.

—¿Y qué pasó? ¿Cómo te fue? —dije.

—Vamos a ver qué dice, ya le presenté mi propuesta. Quedamos en hablar en dos días.

—Estoy segura de que te irá muy bien y dentro de poco tendremos a tu personal trabajando con nosotros.

—Bueno, cuando sea para ti yo seré tu fotógrafo personal —comentó Renzo acercando su rostro al mío y sonrió.

Regresamos a mi oficina solo para que me dejara, y él siguiera para su estudio. Estacionó su coche casi en frente de la puerta principal y apagó el motor.

—Gracias por todo, lo disfruté mucho. Lástima que se terminó el tiempo. Me dejaste con ganas de seguir en el chisme —comenté yo acercándome a darle un beso en la mejilla de despedida.

Me tomó del brazo, me dio un beso y no me soltó para mantenerme aún cerca de su rostro.

—Y entonces, le vas a hacer caso a ese niñito que está detrás de ti —dijo Renzo.

Me reí y le dije…

—¡Ay claro que no! Precisamente, es un niño, ¡tiene veintiún años por Dios! Tú mismo me dijiste que lo que él anda buscando es experiencia y la única experiencia que le puedo dar es de la vida. Esa sí, pero no de anatomía —sonreí y continué— Obviamente, como te dije, ese niño me pone nerviosa porque despertó algo en mí que estaba dormido, o peor, yo creí que estaba muerto. —reí a carcajadas y proseguí, —pero ya veo que no, que está muy, pero que muy vivo y la verdad es lo que me pone nerviosa y por eso fue que hablé con Rafael, alertándole de lo que estaba pasando.

—Ruth, ¿has escuchado que a veces para mejorar los problemas de índole sexual en la pareja, una aventura ayuda?

—Si lo he escuchado, pero no creo en eso. ¡¿Acaso me estás sugiriendo tener una aventura con ese chico?!

Aun estando cerca de Renzo, porque me seguía sosteniendo del brazo, puse mi mano derecha en el lado izquierdo de su pecho, le di un pequeño empujón y continué.

—No me ayudes tanto, te lo estoy contando porque por primera vez en todos estos años de casada, me está gustando lo que ese chico me dice y, cómo lo pongo nervioso cuando me acerco, y yo hasta ahora solo había tenido ojos para Rafael. El problema es que ha pasado demasiado tiempo, Renzo. Eso me preocupa, así que no me ayudes tanto por favor.

—No, yo no te estoy sugiriendo que salgas con ese niño. Con decirte que me pone celoso que me hables de él. Además, podría meterte en problemas y es lo menos que tú deseas. Lo que realmente quiero proponerte es que me des esa oportunidad a mí. Me gustas mucho Ruth y a mí no me conviene tampoco tener ningún problema, así que seremos prudentes —Renzo se acercó para darme un beso, pero yo lo rechacé y lo empujé.

—¡Renzo estás loco! Tú en lugar de ayudarme, vienes a complicarme más las cosas. Además, tú estás prácticamente recién casado.

Me aparté de él e intenté abrir la puerta del coche.

—Por favor, abre el seguro del coche que quiero salir, ¿Te parece si luego seguimos conversando? De hecho, ya se me hizo algo tarde, tengo clientes que llamar. Te deseo un feliz día.

—Discúlpame Ruth, ahora no sé qué pensarás de mí.

Giré mi cabeza para mirarle a los ojos y le respondí.

—No te preocupes, no pienso nada, en este tiempo te he conocido muy bien y sé quién eres. Que tengas un maravilloso día. Luego seguimos hablando.

Ahora sentía que estaba frente a un gran problema y sobre todo peligro. Aquel chico que flirteaba conmigo, me agradaba porque ciertamente me hacía sentir otra vez viva, y disfrutaba el hecho de sentirme visualmente atractiva y deseada, pero jamás tenía la intención de concretar algo. Podía ser mi hijo y mi moral no me permitía hacer algo así, pero con Renzo la situación era distinta. Teníamos una relación muy estrecha y en poco tiempo empecé a quererlo. Con él podía ser yo, le encantaban mis locuras, había mucha afinidad y además me sentía atendida, cuidada, protegida y también inspirada por él.

En la vida imaginé que pudiera gustarle más que para una relación de amistad. Siempre me pasa lo mismo, no me doy cuenta cuando le gusto a alguien, creo que está siendo muy amable al igual que a mí me gusta ser, pero resulta que existe algo más. Además, ¿Gustarle a Renzo? En el fondo yo no me sentía atractiva, ni capaz de llamar la atención de hombres como él.

Cuando una mujer está en una relación de pareja, el hombre más importante para ella es precisamente quien la acompaña. Él es de vital importancia para que ella se sienta amada, sexy, deseada y atractiva. Eso solo sucede con el amor erótico, ya que los otros dos tipos de amor son los que brindan la amistad, el compañerismo y la compasión por el otro.

El amor erótico es el que mantiene la llama viva en la alcoba, personifica la pasión, la sensualidad y la sexualidad, es el que hace a una persona de repente perder la cabeza por el querer poseer a la otra persona ya que este amor es algo egoísta, pero en todo esto, está el ingrediente para que las parejas se mantengan con los años y sigan disfrutando de la conexión íntima.

Una mujer que ama verdaderamente y está comprometida con su matrimonio, luchará por reavivar esa llama y hacer que el erotismo de pareja regrese, pero si eso no sucede, empezará a sentirse desvalorizada y su autoestima finalmente saldrá afectada. A causa del distanciamiento que había entre Rafael y yo desde mucho tiempo atrás, mi autoestima estaba muy golpeada por años, sin embargo, empecé a sentirme mejor conmigo misma gracias a los nuevos proyectos en el trabajo, significaban oportunidades de incursionar en campos desconocidos y esto me desafiaba. Soy una mujer apasionada, me gustan los retos, así que poco a poco comencé a recuperar la seguridad en mí misma y a verme llena de vitalidad y optimismo. De hecho, pensaba que eso fue lo que vio en mi ese muchacho, y otros últimamente. Pero como mujer, seguía siendo insegura, no me valoraba. Cuando recibía piropos de otros hombres y me decían lo atractiva o guapa que era, pensaba «Si eso fuera cierto mi esposo me lo diría o lo notaría».

Yo veía a Renzo como un hombre inteligente, culto, muy sensible, un hombre de mundo y además con una gran fuerza interna y determinación. Jamás imaginé que existiera un interés de parte de él por mí más allá que el de una camaradería, de tal manera que cuando él me hizo la propuesta comencé a tener serios problemas, porque al hombre maravilloso que había visto hasta ese momento como solo un gran confidente y amigo, lo empecé a ver entonces como algo más.

Pasaron los días y después de aquella última conversación me alejé un poco. Solo respondía a sus mensajes si era necesario y, finalmente empezó a trabajar como proveedor de la empresa para la que yo laboraba. Procuraba ir con frecuencia, aunque no tenía necesidad, ya que contaba con un equipo de profesionales que lo podía apoyar, pero supongo quería buscar cualquier excusa para vernos. Al ver mi actitud y que realmente quería estar lo más lejos que pudiera de él, —aunque en el fondo lo extrañaba horrores, había perdido a mi mejor amigo, pero también empecé a sentir por él cosas que eran las que me decían "¡aléjate!"— entendió que había sobrepasado la línea invisible que había entre nosotros y pensó que era mejor darme espacio y no regresó más por la oficina. Pero la distancia en lugar de apaciguar las cosas, hizo que la imaginación trabajara más e incrementara el deseo de los dos por vernos de nuevo.

5

VOLVER A SENTIR

"Entraste sin avisar a mi vida
Cambiando todas mis perspectivas
Haciéndome sentir de nuevo viva"
Yo

Dos semanas después que Renzo dejó de ir a la oficina, mi aniversario de bodas número doce llegó, este año no quise ser yo la que promoviera un plan para la celebración, ya que siempre fue así y en diferentes ocasiones no salía conforme a lo que tenía en mente. Creo que precisamente fue esa la razón por la que no tenía muchas ganas de planear nada, y pensé dejarme sorprender por Rafael con la idea que de él naciera. Y exactamente fue así, Rafael me dio la gran sorpresa, ni siquiera un ¡feliz aniversario! me dijo. Al parecer lo había olvidado.

Ese día mi madre muy temprano me mandó un mensaje:

—Hola hija. Dios te bendiga y muchas felicidades para ti y Rafael por su aniversario de bodas —escribió mi madre.

—Muchas gracias madrecita, pero te voy a pedir un favor, no le menciones nada a Rafael —respondí.

—Está bien Ruth —comentó ella.

Mi madre es una mujer muy reservada, no preguntó la razón de mi petición, pero me supongo que algo raro olería, pero así hizo, no mencionó nada.

Pasó todo el día y Rafael no hizo comentario alguno acerca de la fecha que, debería ser una de las más importantes de su vida, ya que decidir caminar el resto de la vida unida a otra persona, no es algo que se hace todos los días. Para mí esa fue la gota que derramó el vaso. Estaba muy dolida porque con su actitud me estaba diciendo que no le importaba lo que pasara con nuestra relación. Apenas unas semanas atrás le había confesado algo que me estaba sucediendo. En otra ocasión, le hubiera reprochado que no se acordara de la fecha, pero ya no me quedaba energía para eso. Siempre fui la que semanas antes planeaba y proponía con entusiasmo un viaje o algo bonito, pero ya no tenía ganas de eso, en este momento quería ser yo la que notara el interés de él al menos por una sola vez.

Esa noche me fui a la cama muy desilusionada y enojada. Es triste darse cuenta que no eres importante para la persona con la que llevas viviendo tantos años y ya ni ganas de discutir tenía.

Al día siguiente me levanté aún desganada, pero si algo no permitía era que el desánimo me afectara en las salidas mañaneras con mis *perhijos,* ya que ellos necesitan hacer ejercicio para quemar energía y pasar el resto del día relajados. También había notado que a mí me hacía mucho bien esos paseos matutinos. Esa mañana como en otras ocasiones, agradecí tenerlos porque por ellos mi día cambiaba y lo veía con más positivismo ya que definitivamente correr o incluso caminar, me ayudaba a arreglar mentalmente problemas o situaciones tanto personales como laborales.

Al llegar a casa tuve ganas de tomar un café antes de mis ejercicios, así que mientras lo preparaba tomé el móvil, entré a Instagram y vi que Renzo había subido una historia.

Llevaba varias semanas sin entrar en mis redes sociales, no quería encontrarme con sus publicaciones. Quería concentrarme y olvidarme de lo sucedido, ya que desde aquel día solo pensaba en estar con él, acariciarnos, besarnos y hacer el amor. Mi imaginación se desbordaba y no me dejaba continuar con mis labores diarias más básicas ni en casa ni en la oficina. Mientras trabajaba, tenía toda mi atención en esas tareas, pero en el momento que dejaba de hacerlas, todo me recordaba a él. Mi mente volaba a aquel día en el que intentó besarme en su coche, y yo, idiota de mí, no dejé que ocurriera. Ahora, cada vez que recreo esa escena, imagino desenlaces muy diferentes junto a él y apenas puedo sujetar a mi corazón desbordado de lujuria en sus brazos.

Por esa razón quise evitar de todas las formas posibles encontrarme con él, pero el desinterés de Rafael y la tristeza que tenía, me hicieron sentirme vulnerable. Ahora sí que necesitaba hablar con él y me importaba nada lo que ocurriera a continuación. Abrí la historia que había publicado y vi una increíble imagen de la luna. Él, como yo y muchas más personas en este planeta, somos fans de la luna en todas sus fases, pero la luna llena me hace suspirar y mi alma se derrite. Le di *like* sin pensarlo y solté el móvil para servirme el café y dirigirme al estudio donde hago mis ejercicios. Al minuto escuché que llegó una notificación y sentí que era de él.

—Hola preciosa, ¿cómo estás? No había querido escribirte para no entorpecer tu silencio y distanciamiento. Perdóname, entendí que me propasé y no quise molestarte más, pero quería saber de ti.

—Hola, no te preocupes Renzo, estás disculpado te lo dije desde aquel momento, no estoy molesta contigo, pero si era necesario tomar distancia, —comenté a Renzo llena de ternura. Me encantaba como él siempre me expresaba lo que sentía con tanta autenticidad, sin guardarse nada conmigo y su sensibilidad y empatía me derretían.

—¿Cómo estás? —preguntó él.

—¡¿Realmente?! No, no estoy muy bien, necesito al amigo en este momento. Estoy bastante triste y desconcertada con las cosas que han pasado últimamente. Ayer fue mi aniversario de boda y ¡¿puedes creer que Rafael no mencionó nada al respecto?! —dije desconsolada y unas lágrimas corrieron por mis mejillas.

—¡¿Qué dices?! No lo puedo creer. Si esa fecha no se puede olvidar jamás. Bueno, es verdad que ustedes las mujeres son más detallistas en eso y no lo olvidan, pero si somos despistados, al menos debemos poner un recordatorio para que no se nos vaya a olvidar —comentó Renzo.

—Exacto, yo siempre soy la que recuerdo la fecha y semanas antes lo hablo con él para hacer algo especial ese día, pero hasta en eso él no ponía mucha energía. Estaba de acuerdo, siempre y cuando no le costara mucho o mejor aún, si no le costaba nada. Muchas de las veces he sido yo la que pago la mayor parte y lo hago, porque para mí es importante. No me importa hacerlo, pero este año esperé que viniera de él alguna idea o plan en vista de todo lo que estamos pasando —comenté.

—Preciosa, en verdad lo siento mucho. ¿Quieres venir al estudio? Me gustaría ir a verte a tu oficina y darte un abrazo, pero hoy tengo una agenda llena de visitas y no me puedo mover mucho. Ven, tengo espacios de tiempo entre una y otra actividad. Puedo imaginar cómo te sientes —dijo Renzo.

—Gracias, no te preocupes Renzo. Entiendo que estás ocupado y no tienes mucho tiempo. No te preocupes. Luego hablaremos. Te dejo, voy a hacer mis ejercicios —comenté, pero en el fondo estaba aún más triste porque Renzo no tuviera tiempo para mí, precisamente ese día necesitaba un abrazo, un apoyo sincero y sentirme que le importaba a alguien más, pero entendía que Renzo no era la persona idónea. Él tenía su vida y yo no cabía en ella.

Esa mañana llegué más temprano que otros días a la oficina, necesitaba salir de mi casa y refugiarme en algo que me diera seguridad. Uno de mis distractores favoritos se estaba volviendo el diseño de interiores, amaba pasar horas imaginando y diseñando espacios con ergonomías funcionales para mis clientes. Algunas de las propiedades que tomaba para rentar o vender, eran antiguas y me encantaba darles nueva imagen y adaptarlas a los estilos de vida de hoy. Recordé mi niñez y las horas que pasaba ojeando las revistas de decoración de mi madre e imaginando vivir en las casas que más me gustaban.

Recuerdo todas las veces que cambié el color y la textura de las paredes de mi habitación cada vez que se me antojaba, el mobiliario que tenía siempre lo modificaba para que pareciera nuevo o diferente. Mi habitación estaba en constante movimiento. Un día mi cama estaba colocada en la pared que daba al sur y al otro día aparecía con la cabecera hacía el norte. En los otros puntos cardinales no podía ponerla ya que en el este estaba mi armario y una cómoda, y en el oeste una biblioteca. En mi infancia, adolescencia y juventud temprana lo que más abundaba eran libros y discos de acetato. Mi padre amaba la música y yo le heredé esa pasión porque incluso cuando dormía dejaba encendido mi radio-cassette y durante las madrugadas, si me la apagaba, yo enseguida despertaba y le gritaba —¡Nooo! ¡¿Por qué la apagas?! —Y la volvía a encender. Mi padre, me llamaba "musiquita".

La oficina comenzaba a tomar vida con el personal que empezó a llegar a partir de las nueve de la mañana y mi quietud desapareció. El taconeo de los zapatos y las voces de mis compañeros se hacían presentes. Me levanté para cerrar la puerta y apagar al menos el ruido porque no podía hacerme invisible a ellos ya que las puertas eran todas de cristal. Pero el simple hecho de escuchar solo la música instrumental que me gustaba poner cuando hacía actividades que requerían mi concentración total, me daban esa sensación de privacidad, ya que mi escritorio estaba colocado de tal manera que el corredor por el que circulaban mis compañeros me quedaba a la derecha y la vista a la calle desde una gran ventana, a la izquierda.

Pasadas las horas, escucho a alguien que toca suavemente con los nudillos de sus dedos el cristal de mi puerta. «¡No por favor! No deseo hablar con nadie ahora.» —pensé, sin embargo, no me quedó otra opción que girar mi cabeza para ver de quién se trataba y sin evitarlo, unas lágrimas salieron de mis ojos y con la mano le indiqué que avanzara. ¡Era Renzo! Miré hacia la izquierda para esconder mi rostro y secarme las lágrimas, me levanté y fui hacia él a saludarlo con un beso en la mejilla. Me tomó por la cintura y me llevó hacia él para abrazarme. Lo abracé y así nos quedamos unos segundos que se sintieron como una eternidad, la eternidad que yo había esperado que alguien me dijera sin palabras que estaba ahí para mí.

Aquella era la sensación de estar en un refugio y no quería salir de él, pero muy pronto mi corazón empezó a acelerarse y a sentir algo más que un lugar cálido, más bien empezaba a sentir como fuego en mi estómago y el deseo de besar desenfrenadamente a Renzo.

—No estés triste preciosa, aquí estoy. Me cancelaron una junta y corrí para darte el abrazo que tanto deseaba. —me dijo Renzo con una voz suave y dulce haciendo que se intensificara aún más el deseo de besarlo.

Me aparté rápidamente y hablé con la voz un poco quebrada.

—Si, estoy triste pero estas lágrimas son de emoción por verte. Eres la más linda sorpresa que he tenido Renzo —le dije y continué —Eres como un oasis para mí. No te imaginas lo mucho que me has apoyado todo este tiempo —finalicé el comentario.

Nos miramos y con nuestros ojos nos decíamos mucho más de lo que expresábamos con la boca. De repente se escuchó la puerta de mi oficina abrirse y me di cuenta que había estado ausente por mucho rato de aquel lugar, Renzo y yo estábamos muy cerca. Nos habíamos olvidado, al menos yo, de que aún seguíamos en mi oficina.

—Ruth, vengo a darte personalmente esta noticia y ¡qué bueno que estás acá Renzo!, esto ha de ser una buena señal porque lo que vengo a decir a Ruth también te compete —dijo el Sr. Remberto, mi jefe.

—Dígame, debe ser muy importante para que venga hasta acá. —sonreí y me quedé expectante a su respuesta.

—Remberto, un gustazo verte y aquí estamos, ¿Para qué somos buenos? —comentó Renzo, estrechándole la mano.

—¿Recuerdas la casa de Rancho Grande? —comentó mi jefe refiriéndose a mí.

—Claro, como no recordarla si usted siempre habla de ella en nuestras juntas. —le contesté.

—¡Finalmente mi amigo ha decidido venderla! Quiero que tú te hagas cargo Ruth. Te acabo de enviar el correo con sus datos para que le hables y acuerden el día para firmar el contrato de exclusividad de venta y para que también vayas a hacer la inspección visual del predio y tomar las fotos. Eso te compete a ti Renzo. Necesitamos a tu equipo para que haga unas fotos y videos ¡espectaculares! Ese lugar es maravilloso y está en un sitio privilegiado. Estoy seguro que pronto varios inversionistas estarán interesados.

—Remberto, mi equipo está listo para ir en el momento que el cliente lo requiera. Cuenta con eso —respondió Renzo a mi jefe.

—¡Wow! Y yo estoy más que lista, ahora mismo llamo a su amigo Sr. Remberto y me pongo de acuerdo con él para empezar con los trámites —comenté a mi jefe.

—Perfecto Ruth ¡Muchas felicidades!, te lo mereces y sé que será una negociación muy buena para todos. A echarle ganas. Los dejo, hay que seguir buscando negocios. Y luego hay que celebrarlo —El Sr. Remberto se acercó para despedirse de mí con un beso y un fuerte abrazo y estrechó nuevamente la mano de Renzo.

Al dejar la oficina mi jefe, Renzo y yo nos buscamos con la mirada sin decir absolutamente nada. En sus ojos vi ese deseo que yo también sentía y las ansias de estar en un lugar más íntimo para poder finalmente quitarnos las ganas que teníamos el uno del otro.

—¿Entonces pronto vamos a viajar? ¿Dónde está ese predio? —preguntó Renzo.

—No está lejos. A dos horas de acá. ¿Conoces Romanikha? —le pregunté.

—¡Claro! Las playas más hermosas de todo el mundo —comentó él.

—Exactamente. El Sr. Remberto tiene un amigo que heredó de su padre una casa enorme que en principio era de los abuelos y está ahí, en uno de los mejores lugares. Desde hace mucho estaban pensando en venderla, pero no se ponían de acuerdo todos los hermanos, hasta ahora que finalmente al parecer llegó el día —comenté.

—Qué bueno que te la dio a ti para que hagas la negociación y qué bueno que llegué a tiempo para ser tu fotógrafo personal —Al decirme esas últimas palabras, la mirada de Renzo cambió y el tono de voz también. Sus ademanes me ponían nerviosa, pero me fascinaban y me hacían sentir lo que muchos años atrás nadie más había despertado en mí.

—Le hablaré hoy para ver qué día podemos ir y te aviso.

—Me parece perfecto preciosa. Vine para ver si ayudaba a levantarte un poco el ánimo porque esta mañana te sentí tristona y a invitarte un café, pero al parecer tienes mucho trabajo. No sé, ¿qué dices?

—Bueno, es cierto que tengo mucho trabajo, pero un café no se le niega a nadie. ¿Te parece si nos lo tomamos en la cafetería que está aquí a la vuelta? Vamos caminando y así no tardamos mucho porque ahora se me juntó más trabajo —le comenté.

Renzo aceptó y nos fuimos. Intentó hablar sobre lo sucedido con Rafael, pero le pedí que cambiáramos el tema. La noticia que me dio mi jefe más el estar con él, quitaba la tristeza y no quería opacar el momento. Ya tendría tiempo de lamentarme y pensar en eso, una vez que terminara mi cita rápida con él, y mi horario laboral.

Hablamos más bien sobre la foto que le había hecho a la luna y me mostró otras más que tenía en su móvil. Le pregunté cómo hacía para lograr imágenes tan perfectas y nítidas del hermoso astro, ya que, desde mi móvil, siempre que quería capturar la belleza que mis ojos contemplaban, terminaba saliendo en la imagen como si fuera un foco. Me explicó que tenía que ver con la calidad de la cámara y obviamente técnicas que quiso enseñarme, pero se me hicieron muy complicadas para una clase exprés, así que le dije que, en otro momento y con más calma, me instruyera mejor y con práctica para que no se me olvidara.

Regresamos finalmente a mi trabajo, nos despedimos en la puerta y quedé en avisarle sobre lo que me dijera el amigo de mi jefe con respecto a la visita a su casa en Romanikha. Fue lo primero que hice al llegar a mi oficina para que aquel viaje se diera lo más pronto posible.

Conversé con el Sr. Raúl, el amigo de mi jefe, dueño de la casa grande de Romanikha y acordamos una reunión con él y sus dos hermanos a los dos días. Ellos, también tenían que firmar el poder para que nuestra empresa tuviera la exclusividad en vender la casa. En la misma junta, decidieron que día sería el ideal para ir a tomar fotos y videos del lugar, tenían que avisar a sus cuidadores para que todo estuviera listo y hacer las mejores tomas posibles. Hablaron por teléfono al encargado de la casa y acordaron que dedicarían tres días al orden y la limpieza para dejarla lista.

Saliendo de la junta, le envié mensaje a Renzo para que lo agendara.

—¡Yupi! —Fue lo único que respondió.

Esa respuesta me dio dolor de estómago de nervios, porque entendía muy bien qué quería decir.

Finalmente llegó el día del viaje a Romanikha. Salimos muy temprano para poder aprovechar las horas del día y hacer tomas perfectas para las fotos y los videos que se subirían a la página web de la empresa y los interesados pudieran hacer una visita virtual de 360 grados de la increíble casa. Estaba situada en una parte alta, como una especie de loma que mostraba la vista del majestuoso mar y sus diferentes tonos de azul, todo el lugar estaba rodeado de palmeras y césped verde intenso. Había diferentes áreas de jardín con mesas y camas para tomar el sol y descansar, la estructura de la casa era como de estilo mediterráneo, blanca y con una cúpula en la parte principal. Tenía una piscina y a un costado un quiosco con una mesa muy larga de madera y sus sillas.

Mi mente voló e imaginé las reuniones que se hacían ahí con toda la familia, podía imaginar a la abuela y abuelo del Sr. Raúl vivos, sentados en una de las cabeceras de la mesa, acompañados de sus hijos, nietos y ya con algunos bisnietos nacidos. Pude imaginar la algarabía familiar, con música, algunos comiendo, los niños jugando y corriendo por el lugar y sus madres atrás de ellos, cuidando que ninguno se acercara a la piscina por seguridad, pero todos sonriendo y disfrutando de un fin de semana en familia con música y muchas risas.

—¡Qué bonita son las familias grandes! —pensé en voz alta.

—¿Cómo? —preguntó Renzo.

—Perdón, mi imaginación estaba volando —dije.

Renzo sonrió y dijo —Ya entiendo. Y continuó trabajando. Primera vez que lo veía haciendo lo suyo. Se veía diferente. Muy concentrado y profesional en lo que estaba haciendo. Observaba primero el lugar y notaba como cavilaba …luego que imaginaba la toma, entonces disparaba. Yo representaba el papel de su asistente. A veces teníamos que cambiar de lugar algún mueble, para darle la imagen que a él le parecía la idónea. Para eso también estaba Rigoberto, el encargado de la casa. Nos ayudaba cargando las sillas, mesas o cualquier otro mueble. El día se fue volando, ya el reloj marcaba casi las cuatro de la tarde.

—La comida va a estar lista muy pronto, supongo que tienen hambre —comentó Rigoberto.

Renzo y yo nos miramos sorpresivamente porque no habíamos contemplado que nos invitarían a comer.

—Y si gustan también usar las instalaciones, como la piscina o les gustaría ir a la playa, podemos llevarlos en el carrito. No está muy lejos, pero imagino deben estar cansados de todo el ajetreo del día —comentó nuevamente Rigoberto.

Renzo y yo solo nos mirábamos y después de un momento, rompí el silencio, ya que se me hacía incómodo con Rigoberto ahí parado esperando una respuesta.

—Muchas gracias Rigoberto, ¡Qué amables! No sabíamos que nos iban a preparar comida. Claro que sí, aceptamos con mucho gusto. En cuanto a la piscina o la playa, permítanos ver qué decidimos.

—Sí señorita Ruth, el Sr. Raúl nos dio la indicación de que les preparáramos algo de comer y les ofreciéramos todo lo que necesitaran. Bien, en lo que deciden si van a comer o aprovecharán la piscina les dejo un momento y regreso con un agua de limón que preparamos y un tentempié —comentó Rigoberto.

—Perfecto Rigoberto. Gracias, qué amable —comenté.

—¿O prefieren una cervecita bien fría? —girándose hacia nosotros, preguntó de nuevo Rigoberto.

—¡Uff! Yo si te acepto una Rigoberto. Se antoja con este calorcito sabroso —dijo Renzo y yo le comenté que me quedaba con la opción de la limonada.

Rigoberto se alejó del lugar donde estábamos y Renzo dejó lo que estaba haciendo y se acercó para preguntarme si había traído el traje de baño.

—Desde que vivo en Rekinha, siempre cargo uno conmigo por si se da la oportunidad... Imagínate vivir en el mar y no tener eso previsto —contesté y me reí.

—¡Eso! Mujer precavida vale por dos —comentó Renzo y también sonrió.

—El problema es el tiempo. Si nos metemos a la piscina y comemos saldremos tarde para Rekinha —dije.

—¿Y qué pasa? ¿Te regañan si llegas tarde?

—No, no lo digo por mí, sino por ti. A mí, tristemente no me esperan. Yo envío un mensaje y digo que llegaré tarde por el trabajo que estoy haciendo y no hay problema —comenté.

—Por mí tampoco hay problema de llegar un poco tarde. Obviamente, debo estar en casa hoy para dormir, pero no tengo exactamente una hora. Si salimos de acá a entre las ocho y las nueve de la noche, llegamos todavía a buena hora si no hay tráfico o si nada pasa. Si salimos más temprano, nos tocará la hora pico y llegaremos a la misma hora, pero por el tráfico —comentó Renzo.

—En eso tienes razón —dije.

—Pues creo que hemos llegado a un acuerdo preciosa —comentó Renzo acercándose un poco a mí —Ahora nos queda decidir si playa o piscina. ¿Tú qué prefieres? Aunque casi estoy seguro de lo que dirás.

—¿Qué diré? A ver si es verdad que me conoces tanto.

—Playa.

—¡Vaya! Sí me conoces —dije.

—Pues vamos a la playa, supongo allá estará más solitario que acá —dijo Renzo sonriendo pícaramente y poniéndome nerviosa, pero no precisamente por temor, sino pensando en lo que podía tener en mente.

Llegó Rigoberto con los refrigerios y le comentamos de nuestra decisión.

—¡Ah perfecto! Si gustan vayan a alistarse y podemos prepararles una nevera portátil con algo de bebida y bocadillos porque allá no hay nada. Es una playa virgen —comentó Rigoberto.

—No te preocupes Rigoberto, tampoco estaremos mucho tiempo, yo estimo que entre una hora, hora y media tal vez —mencioné.

—Es mejor que se lo lleven por si en ese tiempo necesiten algo de tomar —comentó y prosiguió. —Buen provecho, tómense la bebida antes de que se caliente. Les dejo estos bocadillos y me avisan en lo que estén listos para llevarlos a la playa. Ahí está una de las habitaciones, pueden usarla. Tiene baño, están las toallas y tienes unas sandalias también. —dijo Rigoberto, señalando hacia una especie de villa que quedaba en frente de la piscina.

—Gracias Rigoberto —comenté y se alejó.

—¿Sabes? Tal vez vamos a tardar más en prepararnos e ir a la playa que lo que vamos a estar ahí. Y si nos quedamos aquí —comenté a Renzo.

—No seas indecisa, ya lo decidimos así, más bien apúrate y ve a ponerte el traje de baño y vámonos a la playa —dijo Renzo.

—Bueno, me llevo la limonada y voy a cambiarme.

—Ok preciosa, yo termino acá y te alcanzo. Solo me queda un par de fotos en esta área, recojo el equipo, lo llevo a la camioneta y voy por el traje de baño, no tardo. ¡Ah! y muy importante. Me tomo mi cerveza —Tomó la jarra de cerveza que le había dejado Rigoberto y le dio un gran sorbo—¡Ah! Qué rica está —dijo Renzo sonriendo y mirándome.

Yo me reí y corrí en dirección hacia donde nos había indicado Rigoberto para cambiarme. Entré a la habitación y me encontré con un ambiente muy plácido. Era un lugar amplio y hermoso, había una cama, tamaño muy grande con una cómoda a cada lado. Entrando a la izquierda había una cortina que cubría un ventanal de vidrio que daba al balcón donde había una mesa y dos sillas. Al fondo a la derecha se veía una puerta, abrí y estaba el baño con un vestidor amplio, dejé la puerta abierta, me quité rápidamente la falda y blusa de lino que traía puesta, me despojé de la ropa interior y me puse el traje de baño. Aproveché a orinar y en lo que me estaba poniendo la blusa, porque ya la falda la tenía puesta se asomó Renzo por la puerta. Mi torso solo estaba cubierto con la parte superior del traje de baño, se me quedó observando con una mirada esta vez diferente, me miró serio y caminó despacio hacia mí.

—Qué bien se te ve ese traje de baño, me permites ver la parte de abajo.

Y caminó lentamente hasta mí. Antes de que se acercara más, lo evadí e intenté salir del vestidor, pero al momento que le pasé por un lado para dirigirme hacia la puerta, me tomó de la mano para traerme hacia él y quedamos frente a frente. Sentí que todo en mí temblaba, me tomó por la cintura y me dio un cálido y húmedo beso y yo finalmente le correspondí y rodeé con mis brazos su cuello.

Renzo exploraba todo mi cuerpo, acariciándolo por encima de la ropa. Empezó a bajar su mano por mi espalda hasta llevarla a la cadera y luego por debajo de la falda para subir con sus dedos poco a poco por mi muslo hasta llegar a la entrepierna. Detuve su mano tomándola fuertemente y me aparté con rapidez de él. Necesitaba un momento para calmarme.

—¿Por qué paras? ¡Ven acá por favor! —me dijo con una voz como de niño que hace berrinche por algo que quiere y giré mi cabeza para mirarlo y no solo era su voz, sino su cara era la de un crío cuando hace pucheros por algo que desea. Debo confesar que ese ademán me excitó aún más, pero la Ruth racional, aún tenía control de la situación.

—Nos están esperando Renzo, qué vergüenza si se dan cuenta de que tardamos demasiado. —susurré con voz jadeante.

Salí finalmente del vestidor al liberarme de él y fui hasta la ventana, entreabrí un poco las cortinas para saber si alguien nos veía. De repente lo sentí acercarse por detrás y un remolino de emociones se formó en mi estómago, me giré y ahí estaba él.

—A ellos no les importa Ruth, por favor no sabes cuánto he esperado este momento. Ven por favor, bésame, quiero sentirte —Me tomó nuevamente de la cintura y me volvió a besar.

Sus besos eran suaves, deliciosos, deseaba perderme en sus labios por horas hasta saciar todas las ganas que teníamos uno del otro, pero mi mente no me dejaba.

—Por favor vámonos Renzo —le dije nerviosa.

—Está bien, me apuro a cambiarme Ruth —dijo con voz de desánimo, pero respetando mi decisión.

—Te espero fuera —dije y salí rápidamente. Mi corazón galopaba como un caballo salvaje y estaba a punto de perder los frenos. Respiré dos veces profundamente mientras me regresaba al área de la piscina y vi que Rigoberto se acercaba.

—¿Listos señorita Ruth? —me preguntó.

—Dime solo Ruth, Rigoberto. Ya viene Renzo, no debe tardar. Él fue a guardar el equipo fotográfico al coche, buscó su traje de baño y acaba de entrar a la habitación a cambiarse.

—Muy bien, ya el carro está listo para que los traslademos.

—Dijiste que nos dejarían en la playa y, ¿en qué momento van por nosotros?

—Usted me dice el tiempo que estarán o si gusta le doy mi número de teléfono y me envía un mensaje —respondió Rigoberto.

—Perfecto, yo creo que a más tardar en hora y media estaría bien que fueran por nosotros Rigoberto, porque queremos estar saliendo de acá como a eso de las ocho y en lo que regresamos de la playa y cenamos, nos alcanza justo el tiempo.

—Muy bien señori... Ruth —sonrío Rigoberto y continuó —De igual manera ustedes me envían mensaje si quieren regresar antes.

Rigoberto me dio su número de teléfono, llegó Renzo y nos fuimos a la playa. Después de lo sucedido en la habitación se portó más abierto, sin ningún tipo de vergüenza. En la playa estábamos hablando y de repente se acercaba y besaba mis labios y yo le respondía. Nos reímos mucho en ese corto tiempo, me encantaba su sonrisa, una sonrisa hermosa con unos dientes blancos y muy parejos y una mirada tierna. En un momento empezamos a contarnos secretos muy íntimos de travesuras que tuvimos más jóvenes.

—Salí un tiempo con una chica que trabajó para mí en el estudio. Eso pasó hace cuatro años atrás, yo le llevaba diez años de diferencia. Empezamos primero a salir de copas con la gente de la oficina, los viernes después del trabajo y una noche terminamos en un motel. A partir de ahí, teníamos una química sexual impresionante y un día a la hora que se iban a comer todos, le dije —Rosa voy a hacer un trabajo de revelado, ¿te gustaría quedarte para que aprendas a usar el equipo? Ella respondió que sí. Y mientras todos estaban comiendo en el comedor, nosotros terminamos comiéndonos el uno al otro en ese cuarto oscuro. Ha sido lo más travieso que he hecho en mi vida —me dijo Renzo y continuó.

—¿Y tú preciosa? Ahora te toca a ti revelarme tu secreto de lo más atrevido que has hecho con alguien.

Le conté de la vez que estaba saliendo con un chico y me invitó a una fiesta familiar y terminamos haciéndolo en el estacionamiento de la casa de sus tíos mientras sus padres y la demás familia estaban en la parte de arriba de la casa. Cualquiera pudo bajar porque además a un lado del estacionamiento había un cuartito que servía de bodega para guardar las botellas de vino y otros licores, pero afortunadamente nadie bajó y nunca se enteraron.

—¡Uff ya imagino que rico sería estar contigo! —comentó él.

—Estuvo rico, pero eso sí que fue un literal rapidín. El miedo que me dio de solo pensar que alguien podía llegar, me moví tan rápido que el hombre no aguantó —comenté y nos reímos.

Renzo se acercó a mí y susurrándome casi me preguntó:

—Eso quiere decir que te dejó entonces con las ganas, ¡qué mal!

Me reí nerviosa por lo cerca que estaba y le respondí igual con voz suave y en bajo tono:

—Bueno, pero esa misma noche me las quitó cuando llegamos a su casa.

En eso llegó el carrito de golf. Ya había pasado la hora y media y en el regreso de camino a la casa, iba aun pensando en esa historia de Renzo con aquella chica en el cuarto de revelado e imaginarlo me excitaba mucho. Además, que cuando estábamos conversando acostados en la playa, no pude evitar darme cuenta de la erección que tenía.

Regresamos a la casa en venta, Rigoberto nos esperaba y le dijimos que nos daríamos una ducha para quitarnos la sal y arena del mar y volvíamos para cenar. No habíamos terminado de entrar a la habitación y cerrar la puerta cuando ya nos estábamos besando con locura y quitándonos toda la ropa. Ya no me importó si tardábamos y todo el mundo se daba cuenta. Ya no había ningún obstáculo, solo el deseo de poseernos. Renzo besó mis labios, mi cuello y bajó poco a poco hasta llegar a mis pechos.

El fuego que ardía en aquella habitación podía acabar con todo el lugar. Era tanta la fogosidad que muchos momentos se quedaron ahí, no puedo recordarlos. Me sentía cada vez más excitada al ver la cara de Renzo, nunca había visto a un hombre que se deleitara de tal forma con mi cuerpo y eso me encendía aún más, me hacía sentir sexy y deseada como nunca antes. No fue necesario el preludio amoroso porque ya estaba completamente mojada, desde ese momento que me contó de su travesura sexual y al tocarme en aquella habitación mi cuerpo ardía de pasión y deseaba que me poseyera y prolongara el momento. No hubo prisas, el tiempo desapareció y solo importaba el disfrute de ambos.

—Qué caliente estás —me susurró con una voz excitada y ronca al oído.

Erizó toda mi piel, mis pezones se endurecieron y mi corazón quería salirse. Fue un instante sublime. Renzo deseó sellarlo con un beso en la boca, pero al final reaccioné con rechazo, parece que había despertado y regresado a la realidad.

—¡No! —dije, giré el rostro para evadir ese beso y me levanté inmediatamente de la cama y entré al baño, abrí la ducha y me quedé bajo el chorro de agua como ausente un par de minutos, tratando de lavar algo que con agua ni jabón se iba a quitar.

Mentalmente me preguntaba cómo había permitido que las cosas hubiesen llegado hasta ahí, lo que empezó con un juego que realmente disfrutaba, jamás imaginé que yo lo llevaría hasta ese nivel. Ahora estaba en aquel baño de una habitación con un hombre que no era mi esposo y con el que acababa de experimentar uno de los momentos más ardientes que he tenido en... ¡en toda mi vida!

Jamás me había comportado con ningún otro hombre como lo hice con él. Me sentí libre, desinhibida como nunca lo había sido, Renzo despertó a una nueva Ruth en la cama, parecía que él ya me conocía y sabía lo que me gustaba y me producía placer. Sin embargo, todo ese momento único lo opacaba la vergüenza.

—¿Estás bien preciosa? —preguntó Renzo desde el otro lado de la puerta. Ya me preocupaste, has tardado un poco.

—Si, estoy bien gracias, ya salgo —contesté con voz seca.

Terminé de vestirme y salí, pero no quería permanecer en el sitio. Miré la cama y me dio aún más vergüenza, era una cama totalmente deshecha, donde estaban las pruebas de aquella locura. Intenté arreglarla lo mejor que pude con prisa porque deseaba salir lo más rápido posible de ahí.

—Te espero afuera para irnos —dije.

—Está bien preciosa, me baño rápido y te alcanzo —comentó Renzo.

Durante la cena estaba ausente, escuchaba las voces de Renzo y Rigoberto a lo lejos, ya que de vez en cuando Rigoberto se asomaba al comedor para saber si se nos ofrecía algo más, pero yo hablé lo menos posible. Solo asentía o negaba cuando Rigoberto nos preguntaba si deseábamos algo más. Hubiera preferido habernos ido de inmediato, de hecho, lamenté estar tan lejos y no haber traído mi coche porque quería desaparecerme del lugar.

Finalmente nos subimos a la camioneta de Renzo y partimos para Rekinha. En el camino no hablé. Intenté no pensar en lo que había ocurrido un instante atrás, pero era imposible. Repasé una y otra vez, no la escena, sino aquella naturalidad con la que me entregué a Renzo. Estaba asombrada, no lo podía entender, ni creer. «No parecía la primera vez entre nosotros dos» —pensé y, me decía a mí misma, —«Si alguien hubiera venido a contarme que un día haría algo así, me hubiese reído en su cara y le habría tratado de loco.» Son cosas que pensé que le podía pasar a alguien más pero no a mí. Todavía faltaba algo aún más difícil, me esperaba la hora de encontrarme con Rafael al llegar a casa y me tenía muy nerviosa cuál sería mi reacción.

Realmente fue menos complicado de lo que yo imaginé. Al llegar vi la luz de su estudio encendida, me acerqué a saludarlo y como de costumbre me dio el saludo de siempre sin quitar sus ojos del monitor de su portátil. Ya él no buscaba mi mirada y si algo es difícil para alguien que no sabe mentir, es ocultar algo observándole a la cara. Al menos yo, manejo el lenguaje no verbal muy bien, tengo ese don o intuición que, con solo mirar a los ojos a la gente, puedo conocer sus intenciones. Es por la misma razón que me cuesta hablar con gente que trae anteojos obscuros y no se los quita cuando entablamos una conversación. Bueno, esa soy yo. Obviamente tengo que ser tolerante con ese tipo de personas, aunque me incomode.

Después de ese momento, ya no me sentí más avergonzada por aquel suceso, al contrario, me sentí culpable de no sentir culpa con Rafael.

Ya acostada en la cama, vinieron a mi memoria aquellas escenas con Renzo y ahora sí me dejé llevar, ya no las reprimí, repasé cada instante y lo disfruté nuevamente y, si de algo estaba segura, era de querer repetir aquel momento. Al instante vino una frase a mi mente, me levanté para tomar mi libreta en la que solía escribir cosas que me inspiraban y esto escribí: *Entraste sin avisar a mi vida, cambiando todas mis perspectivas, haciéndome sentir nuevamente viva.*

Regresé a la cama, me abracé a mi almohada e intenté dormir.

6

DULCE DELEITE

"¿Importa el destino? ¿O es el camino que emprendemos?
Declaro que ningún logro tiene tan gran sustancia
como el camino empleado para conseguirlo.
No somos criaturas de destinos. Es el viaje el que nos da la
forma.
Nuestros pies encallecidos, nuestras espaldas fortalecidas
por cargar el peso de nuestros viajes, nuestros ojos abiertos
con el fresco deleite de las experiencias vividas. "
Brandon Sanderson

La mañana siguiente, apenas empezaba a estar consciente, vino a mi memoria el momento vivido con Renzo el día anterior. Aún sin levantarme y con los ojos cerrados, empezaron a aflorar mentalmente tales preguntas: «¿cómo es posible que después de lo que hiciste ayer, estés acá tan tranquila durmiendo al lado de Rafael? ¿Por qué no sientes culpa? ¿¡Quién eres Ruth!?»

Me levanté finalmente de la cama, le di los buenos días a Rafael y fui al baño a lavarme la cara y los dientes y ponerme la ropa deportiva para salir a dar mi paseo matutino con Rocco y Rain, mis mascotas. Tomé mi móvil para ver la hora y tenía un mensaje de Renzo, pero no quise abrirlo en ese momento.

Mientras corría, le di vueltas a todas esas preguntas que me acababa de hacer y poco a poco empezaron a llegar algunas respuestas, aunque eso no me hacía sentir mejor. Regresamos a casa y finalmente leí el mensaje de Renzo.

—¿Preciosa estás bien? Buen día, ¿cómo amaneciste?

Tengo que confesar que desde el momento que observé que tenía un mensaje de él, sentí excitación, esa sensación en el vientre que no sé puede describir, pero no la podía disfrutar totalmente por el sabor agridulce que sentía gracias a que en mi cabeza escuchaba una voz que me acusaba. De igual manera le respondí:

—Buen día corazón, estoy bien ¿y tú cómo estás? —Ya nada importaba, quería llamarle como se me antojara. Además, mi corazón ya él lo tenía. Ya no solo era el hombre que me había ofrecido hasta ese momento el apoyo emocional que yo deseaba, ahora también me había hecho suya y me hizo sentir amada.

—Con ganas de ti, perdona por decirlo, pero es la verdad, aunque sé que tú no lo deseas. Por eso te pregunto cómo estás hoy, porque me di cuenta que no te sentiste cómoda ayer después de lo que sucedió.

—Renzo, yo nunca había estado con otro hombre desde que me casé. Ni siquiera había pensado en otro hombre hasta que te conocí. Y es verdad, ayer me sentí muy mal por haberme dejado llevar por mis sentimientos, pero, ¿sabes algo? Lo peor es que no siento culpa con Rafael por lo que hice y eso es lo que más me reprocho —dije confundida y continué. —Hoy cuando salí a correr, pensaba y me di cuenta que, aunque no se trata de buscar culpables, porque no soy de ese tipo de personas, sino que más bien siempre me responsabilizo por mis decisiones, de igual manera me di cuenta que también Rafael me descuidó mucho. Recuerdo cuando hicimos nuestro curso prenupcial, había todo un tema acerca de los deberes conyugales y Rafael faltó a ellos. Yo intenté muchas veces buscarlo y hablar al respecto y él no le dio la importancia que esto tenía. Se confió, yo creo. Pensó que una mujer como yo, siempre iba a estar ahí y le sería fiel toda la vida. Se que eso no me justifica, pero él también es responsable.

Aunque escribí todo eso para sentirme mejor, realmente no lo lograba. Al menos durante esos primeros días después del acto culposo. Sin embargo, pasado los días comencé a sentir enojo contra Rafael, ya que parecía que nada le importaba. De hecho, mentalmente le reprochaba «¡Te dije que me estaba gustando alguien más y tú con tus acciones prácticamente le abriste la puerta y lo dejaste entrar e hiciera lo que se le diera la gana!».

A partir de ahí comencé a tratarlo con indiferencia y algo de antipatía, pero él no decía nada. Por otra parte, el deseo de volver a ver a Renzo iba en aumento.

—Un día como hoy, hace una semana estábamos los dos juntos en aquella habitación de Romanikha —le escribí con complicidad.

—Si preciosa, ¡qué rico! ¿quieres venir hoy en la tarde a mi estudio? Me quedaré trabajando solo —dijo.

Cuando leí ese mensaje volvieron todos los nervios que ya se habían calmado. No quise darle a entender con aquel mensaje que quería tener otro encuentro, pero al parecer Renzo estaba esperando una oportunidad que diera pie para propiciarlo.

—Está bien, ahí estaré —respondí con muchos nervios, esa emoción por volver a sentirlo en mí y el miedo de saber que estábamos haciendo algo prohibido.

Pasé todo el día recreando ese encuentro y me deleitaba pensando en lo que haríamos, pero por más que lo imaginé la realidad superó la expectativa. Además, desde muy temprano él me envió una foto de su miembro haciéndome saber lo emocionado que estaba esperando el momento de verme y yo cual colegiala, le respondí con una foto de su parte favorita de mi cuerpo, mi bendito trasero.

Llegué esa tarde a su estudio muerta de nervios, llamé a la puerta, pero enseguida que Renzo abrió y se encontraron nuestras miradas, sabía que estaba en buenas manos, en un lugar seguro. El corazón no dejaba de latirme fuertemente, pero esta vez no era por miedo, sino anticipándome a lo que en cosa de minutos estaría por iniciar.

Subimos a la parte alta del estudio, donde estaba su oficina y se escuchaba música de saxofón. Quise pensar que la puso sabiendo que me encanta el jazz y para dar ambiente al momento. Al entrar a la oficina, observé a través de las ventanas panorámicas que afuera comenzaba a llover. La lluvia significa muchas cosas para mí y la principal, que es una buena señal y extrañamente me sentí respaldada por lo que estaba haciendo, pero enseguida pensé «¡¿cómo va a estar bien Ruth?!» y de inmediato sentí a Renzo llegar por detrás.

—¿Qué guapa estás? —dijo y besó mi cuello.

Me di vuelta y nuestras miradas se encontraron. Nos empezamos a besar y él a quitarme la ropa con delicadeza dejándome solo la parte de abajo de la ropa interior. Él se deshizo de toda su ropa. Tomó mi mano, nos dirigimos hasta un sofá de piel muy amplio y cómodo que tenía, se sentó y me invitó a sentarme encima de él quedando ambos de frente. Yo estaba totalmente mojada, me movía con total naturalidad encima de él propiciándole el más grande placer que a un hombre le había dado. Al menos eso decía su rostro, parecía los gestos de alguien completamente ebrio, pero mi Renzo no tenía ni una gota de alcohol encima, la embriaguez era de deleite por lo que nuestros cuerpos sentían.

Me tomó de la cintura para levantarme y me acostó en el sofá. Esta vez era él quien me propiciaba placer con movimientos suaves y besos prolongados en mi boca. Me llevaba una y otra vez a la luna y de regreso.

—Me vuelve loco comerme a una mujer como tú —decía con ademanes de alguien que está disfrutando el pastel de chocolate más delicioso del planeta.

Renzo me enloquecía de placer, era un hombre que no guardaba ningún sentimiento ni palabras, era sensible y abierto a expresar todo lo que sentía y eso me hacía desearlo más.

La siguiente semana nos volvimos a ver y llevamos a un nivel mayor el placer que nos brindábamos. Con él me pasaba algo que jamás me había sucedido. Me sentía como un volcán. El simple hecho de saber que lo iba a ver, mi cuerpo ya sentía arder, el momento de encontrarme con él y mirarlo a los ojos, empezaba a sentir como ese fuego comenzaba a ebullir, y tan pronto me tocaba, hacía erupción. Era tan intenso lo que me hacía sentir que no podía recordar cada momento del encuentro que disfrutábamos. Por momentos parecía salir de mi cuerpo. No sé cómo explicar con palabras lo que me sucedía con él. Tal vez a eso es lo que le llaman éxtasis.

Recuerdo que antes de nuestro encuentro fui a una tienda de ropa íntima femenina y compré los conjuntos más sexis que encontré. Hacía muchos años que no compraba ropa interior sexy, de hecho, el único conjunto que tenía ya lo había usado en nuestra anterior cita.

—Como me encantaría tomar una foto de este momento — comentó Renzo con cara pícara.

—Mejor sería un video —contesté sin pensarlo, sino dejándome llevar por lo que estaba sintiendo.

—¡Uff! —respondió Renzo, pero no hubo tiempo de tomar ningún video porque mi respuesta lo enloqueció y me hizo el amor con locura.

**

Pese a estar segura de que había sentimientos muy fuertes de Renzo hacia mí, no todo era color rosa. El día siguiente de ese último encuentro, entré a mis redes sociales y vi un post de él dedicado a su esposa, expresándole lo mucho que la amaba.

Fue como un golpe directo a mi estómago. No por celos. Obviamente sabía en el fondo que todo lo que estaba sucediendo entre nosotros dos estaba mal (en mi estúpida conciencia de religiosa empedernida), pero no quería frenarlo. Y, además, aunque nunca me había hablado de lo que sucedía en su matrimonio, por la forma como nos habíamos conectado hasta ese momento, tal vez yo ilusa de mí, imaginaba que su relación no iba muy bien, pero ese mensaje que vi me trajo nuevamente a la cruda realidad y bajó toda mi libido. Yo no busqué esta situación que estábamos viviendo, se dio y me dejé llevar como caballo desbocado, pero entonces comencé a preguntarme cómo alguien que dice amar a una persona, puede estar con otra y al nivel que estaba conmigo. Entonces me surgió otra pregunta. «¿Será que publica eso por remordimiento?»

En ese momento sentí que él lo estaba pasando muy mal, y yo me culpaba por incitarlo a tener una doble vida conmigo (otra vez mi conciencia cristiana floreció y la costumbre de acarrear con culpas que no me pertenecen).

Por mi parte, quedaba claro que ya no amaba a Rafael, de haberlo hecho, nunca hubiera pensado en otra persona, y ahora comenzaba a tener fuertes sentimientos por Renzo, pero me autoengañaba diciendo que se trataba de puro placer, aquél que había desaparecido de mi vida desde más de una década atrás.

¡Qué inocentes y soberbios a la vez somos nosotros los seres humanos, creemos poder controlarlo todo…!

7

EMPEZAR DE NUEVO

"No te rindas,
aún estás a tiempo de alcanzar y comenzar de nuevo,
aceptar tus sombras, enterrar tus miedos,
liberar el lastre, retomar el vuelo"
Mario Benedetti

Después de aquel episodio, una avalancha de acontecimientos se me vino encima. Me llené nuevamente de valentía para hablar con Rafael y pedirle el divorcio. Él se negó y me prometió que las cosas cambiarían, pero ya sabía que eso no iba a suceder. Además, ahora era yo la que no estaba dispuesta a intentarlo. Las otras ocasiones en las que yo hablaba con él y me decía que cambiaría, yo estaba enamorada y esperaba pacientemente que lo hiciera y al final me llenaba de tristeza al no ver cambios. Me supongo que Dios estaba cansado de escuchar la misma oración diariamente pidiéndole que restaurara mi matrimonio. No, pensándolo bien estoy segura que Él no se cansó de que lo pidiera, pero yo sí. Un día, no sé cuál, dejé de hacerlo.

Finalmente, Rafael se enteró que había una tercera persona y no le quedó más que dejarme ir.

—Perdóname Rafael, que irónica es la vida. Nunca me atreví a dejarte de una vez por todas para no causarte daño y mira lo que sucedió. Terminé hiriéndote más, pero también pienso que esta era la única manera de que me dejaras ir. Sufrí durante muchos años esperando un cambio en nuestra relación, de hecho, ¡te advertí de lo que me estaba sucediendo y no hiciste nada! —dije con lágrimas en los ojos y sintiéndome una miserable.

—Yo pensé que necesitabas tiempo para pensar porque estabas confundida —respondió Rafael.

«¡En serio!» —Pensé, pero no comenté nada, de igual manera ya todo había acabado y las palabras sobraban, sin embargo, esa respuesta me decepcionó. Por muchos años me pareció que Rafael y yo hablábamos idiomas diferentes, porque no era primera vez que le decía algo y él entendía otra cosa, sin embargo, esta vez ya no me dolía, no me molestaba. La realidad es que ya no me importaba, aunque sentía mucha frustración porque mi proyecto de vida fracasó después de tantos intentos.

Unas semanas después me mudé a una nueva casa con mis mascotas. Recuerdo aquella extraña sensación que sentí cuando después de acomodar algunas cosas, arreglar la cama para dormir esa primera noche en mi nueva casa y darme una ducha, salí a la tienda más cercana a comprar algo para cenar. Parecía que estaba en un lugar desconocido. Estaba en la misma ciudad, pero un barrio distinto y lejano al de costumbre. Caminaba por una calle, rumbo a una pequeña plaza comercial que quedaba muy cerca y me sentía extraña, como si estuviera de vacaciones, y no por el sentimiento de aventura o alegría, sino porque nada me era familiar.

Me sentí algo triste y desolada.

«Empezar de cero…» —pensé.

No sentí miedo a lo que se venía encima y mucho menos a la soledad, mi fiel compañera desde muy niña. Una vez mi madre me habló sobre un capítulo de mi infancia en el que ella y mi padre me llevaron con una psicóloga porque me gustaba jugar sola aun cuando estaba acompañada de más niños y la especialista les respondió "—Los que necesitan psicólogo son ustedes. ¡Dejen a esa niña en paz porque esa es su personalidad!"

Y para ser honestos, cuando miro atrás en mi pasado, los momentos que estaba soltera, que fueron muchos más que los que he tenido pareja, los disfrutaba. Amaba ser libre e independiente, no obstante, anhelaba que llegara alguien a mi vida que me motivara a elegir estar con él, antes que estar con mi inseparable soledad.

Pero peor es sentirse solo cuando se está acompañado, ¡eso sí duele mucho! y lo viví por muchos años con Rafael y con otras parejas. No sé qué pasa realmente conmigo, escogí por esposo a un hombre que no supo tratarme como su amada y me hizo sentir sola, y ahora me enredo con un hombre casado que me hace sentir amada pero no puede darme el tiempo y la atención que yo anhelo.

Esa primera noche estaba tan triste que ni siquiera quise pensar en Renzo, sin embargo, no tardó en llegar su mensaje.

—¿Mañana te puedo ir a visitar preciosa? —comentó él.

—Tengo mucho por hacer todavía, pero mañana nos hablamos y te confirmo. ¿Te parece?

—Como gustes, pero si quieres úsame. En lo que quieras —comentó Renzo acompañando el mensaje con el emoticón de la carita que lame su boca, connotando algo delicioso.

No respondí, necesitaba digerir todo lo que estaba pasando. Estaba segura de haber tomado la mejor decisión, pero de igual manera tantos años de matrimonio y de vivir en un mismo lugar, de un momento a otro no se supera, pero sabía que esto era lo más sano para mí como para Rafael. Solo necesitaba tiempo.

Vinieron momentos muy duros de culpa, no porque Rafael y otras personas se hubieran enterado de mi relación con Renzo. Aparte de que nadie es digno para venir a juzgarme, ninguno conoce mi vida y todo lo que ha sucedido. Mi vergüenza era con Dios, me sentía indigna de acercarme a Él y escondía mi rostro para pedirle perdón. Sobre todo, por lo que nos enseñan en la iglesia, porque desde que conocí a Dios, lo había aceptado como un padre amoroso y misericordioso, pero en la iglesia me enseñaban que tenía que ser perfecta y además tenía que mantenerme casada con el hombre que escogí porque si no iría al infierno por pecadora o experimentaría lo que ellos dicen, la muerte espiritual y eso me hacía sentir totalmente devastada.

En ese aspecto, mi amiga Rebeca fue mi gran fuerza y

apoyo. Me motivaba a no sentirme culpable y de alguna manera me instaba a seguir adelante. Me gustaba como ella me lo decía.

—Ruth, el jefe te ama —refiriéndose a Dios —Por favor no vayas a permitir que eso te deprima. Mira que yo he visto como gente termina haciéndose daño por creer esas cosas que a veces los fanáticos religiosos quieren meterle a uno en la cabeza. Amiga, yo soy consciente de cuánto te esforzaste para salvar tu matrimonio. No te eches toda la culpa encima. No voy a decir que estuvo bien que te hayas metido con un hombre casado, pero no somos perfectos.

Gracias a mi amiga Rebeca y a las largas horas de conversación telefónica, sentí que mi alma sanaba. Fue muy paciente y tenía la gracia que cualquier persona requiere para decirme la verdad, sin sentirme señalada o juzgada.

Empezaba a sentirme bien con mi nueva casa y vida. Lo fascinante era que mi trabajo seguía siendo aquel que disfrutaba y llenaba de alguna manera mi tiempo.

Aún sentía la nostalgia de la rutina a la que estuve acostumbrada por años, pero cada vez que venía trataba de recordar las razones que me habían hecho tomar aquella decisión para situarme, ya que a veces nuestra mente es traicionera y nos quiere traer a la memoria solo lo bueno del pasado, y está bien, así debería ser para recordar con cariño lo que fue parte de nuestra vida, pero si es necesario puntualizar las cosas que nos llevaron a tomar ciertas decisiones para evitar regresar a lugares o personas que ya no deben estar.

Una mujer como yo que ha tenido tantas caídas en la vida, he aprendido a levantarme más rápidamente de ellas para continuar. Una semana después finalmente accedí a que Renzo me visitara.

Nuestra primera vez haciéndolo en un lugar seguro, en el que nadie pudiera descubrirnos. Fue un momento delicioso. Me dejé llevar completamente por el deseo y dejé que él acariciara toda mi desnudez, ya no había nada que impidiera que nuestra pasión se desbordara. Con él era fácil porque me hacía sentir la mujer más apetecible del planeta y nuestros cuerpos se movían al unísono, no había movimientos desincronizados. Ese día besó con ternura mi hombro derecho por detrás. Ambos estábamos tendidos en la cama boca abajo, él encima de mí se movía con movimientos suaves y rítmicos, de repente sentí aquel beso que nunca podré olvidar.

Mi nueva casa, se volvió nuestro lugar secreto y con él aprendía cada vez cosas distintas, era muy atrevido y me hacía sentir tan confiada y a gusto con mi cuerpo, que a nada de lo que me pidiera hacer o experimentar me negaba.

Por su parte él se extasiaba porque yo accedía y me decía que a otras mujeres le había pedido cosas como las que me pedía a mí y no aceptaban.

—Creo que, si me hubieras pedido hacerlo en otro momento, también te hubiera dicho que no, Renzo. No sé si tiene que ver con que a mi edad actual, ya soy más abierta y desinhibida, o. por todos los años que me reprimí del placer de la intimidad en pareja o a lo mejor eres tú el que me pone así —contesté.

Con él no sentía ningún tipo de vergüenza ni temor a hacer cosas que luego me afectaran como, por ejemplo, los videos que finalmente pudimos hacer. Estaba segura que él no los compartiría con alguien más.

—¿Puedo grabar? —preguntó en diferentes ocasiones y yo le decía que sí. Me encantaba que lo hiciera. Fue el primer hombre que me hizo sentir como una leona en la cama y le pedía que me enseñara más.

Un día estábamos hablando algo y le pregunté —¿Has escuchado la canción Lovers de Taylor Swift?

—Si ¿Por qué? —preguntó él.

—En una estrofa ella le canta a su amante y le dice que guarde todos esos chistes colorados para ella. Bueno, así quiero que seas tú conmigo. Dime todas esas palabras atrevidas cuando estés conmigo —comenté y me acerqué incitándolo a besarme en los labios.

—Eres una rica mami —respondió y me dio un beso húmedo y puso sus manos en mi trasero. ¡Uff! Eso me enloquecía.

**

A pesar de todo esto, había un gran problema. La vida falsa que estaba viviendo con Renzo, era la que más se parecía a la que había deseado toda mi vida. Recordé aquella lista que hice del hombre ideal que quería para mí antes de conocer a Rafael y, aunque él cumplía con casi toda esa lista cuando nos hicimos novios, no sé qué nos pasó cuando empezamos a vivir juntos y yo creyendo que el matrimonio iba a mejorar nuestra relación, me casé y la realidad fue que empeoró.

Renzo cumplía también con casi toda esa lista, pero no todo era miel sobre hojuelas, realmente eran más los días que sufría por su ausencia que los que estábamos juntos. Estaba loca de deseo por él y empezaba a aceptar lo poco que me podía dar. De hecho, llegó un momento que sentí el cambio drástico en su actitud hacia mí. Llevábamos unos cinco meses viéndonos y de repente dejó de decirme preciosa.

Él nunca me dijo cuál fue la razón del cambio en su actitud hacia mí, pero pensé, a manera de justificación, que se dio cuenta cuan involucrado ya estaba en nuestra relación, ya que, desde que me había mudado sola, empezó por ir una o dos veces por semanas, pero llegó un tiempo en que empezó a visitarme dos o tres veces a la semana y después de nuestros encuentros placenteros, nos quedábamos horas platicando y hasta se quedaba a comer. Me sentía en la cúspide, la intimidad emocional, sexual y la complicidad entre los dos se mezclaban y fluían de manera desmedida. Sentí que estábamos más compenetrados en la relación y yo estaba feliz. Un día, haciendo el amor me dijo:

—¿Por qué no te conocí antes preciosa?

Sentí un dejo de desesperación y nostalgia en su voz, como diciendo que, si nos hubiéramos conocido antes de él casarse, otra hubiera sido la realidad actual. Y su mirada me decía que sentía algo más allá que solo deseo.

Recuerdo una vez que desesperada por verlo, le escribí.

—Sé que no puedes darme todo el tiempo que quiero Renzo. No pretendo buscarte un problema, pero es que me encantaría que estuvieras en este momento aquí conmigo haciéndome el amor y repitiendo todo lo que hicimos la última vez que nos vimos. Creo que el deseo es más fuerte que el amor, Renzo, nunca me había sentido así con alguien.

—Así es Ruth, el deseo es más fuerte que el amor — respondió él.

Nuestros encuentros empezaron a ser más esporádicos, pero los mensajes se mantenían activos y con solo eso me hacía sentirlo cerca. Entendía perfectamente la situación y no quería buscarle problemas en su matrimonio. Yo sabía que estaba mal, mi conciencia se encargaba de machacármelo día a día. Si todo fuera blanco y negro, jamás uno se enamoraría o involucraría en una relación que está destinada a hacernos daño o a hacerle daño a otras personas.

**

Como nada puede ser perfecto y durar para siempre, de la noche a la mañana, Renzo empezó a tratarme con frialdad y lo sentía muy distante. Yo le enviaba los largos mensajes que acostumbrábamos a escribirnos y él ya no los respondía de inmediato como solía hacerlo. Desde el principio de la relación de amistad, no importaba si era domingo o madrugada, él siempre contestaba a mis mensajes de inmediato. Ahora tardaba hasta medio día para contestar y en ocasiones me dejaba en visto.

Empecé a sentir una ansiedad que antes nunca había experimentado e intentaba buscar en qué ocuparme para no pensar en él, pero realmente era casi imposible lograrlo. Sabía que algo estaba empezando a estar mal conmigo. Jamás había sido esclava del móvil, de hecho, antes de Renzo, si por alguna razón lo dejaba olvidado en casa, ni me importaba. En lugar de preocuparme por haberlo dejado, recuerdo que pensaba «¡que alivio!» por la cantidad de mensajes que a veces recibía y que ninguno, obviamente, eran urgentes. Siempre decía: —No soy ni médico, ni bombero o policía para tener que responder a un mensaje urgente. Todo puede esperar. Pero desde que conocí a Renzo, eso cambió y no podía evitar el tic de estar revisando el móvil a cada momento esperando encontrar un mensaje de él.

Por otra parte, él solo aparecía cuando tenía ganas de mí y una vez que terminábamos el acto sexual, se marchaba comentando que tenía mucho trabajo y debía regresar pronto. Yo como lo deseaba tanto, aceptaba esa situación, pero realmente ya estaba sintiéndome lastimada y peor aún, estaban regresando los fantasmas de la inseguridad y la baja autoestima. Nuevamente empezaban las preguntas y los cuestionamientos sobre lo malo que había en mí.

Las preguntas empezaron a surgir ahora por Renzo, ya no por Rafael ni por el anterior o el anterior. Repitiendo patrones. Me empezaba a preguntar cuál sería el motivo de su alejamiento. Le preguntaba a él, pero siempre me daba las mismas respuestas: — No tengo tiempo o, ando corriendo con muchas cosas o simplemente me decía que eran cosas que no podía entender, y como la falta de comunicación, da espacio a la imaginación yo pensaba muchas cosas, pero la peor era sentirme que ya no había interés de él hacia mí. La angustia que sentía cuando pasaban días sin saber de él era torturante. Deseaba tenerlo cerca, al menos de corazón a corazón con sus mensajes.

No lo pasaba muy bien después de cada instante que vivíamos. Ese hombre apasionado, cariñoso y atento que me incitaba a entregarme con locura, desaparecía después del momento ardiente y yo quedaba vulnerable. Se lo llegué a decir en algunas ocasiones. Con él no tenía temor a hablar sin filtros y expresar lo que sintiera hasta esa etapa de la relación que llevábamos.

8

PASIÓN DESQUICIANTE

"Intentando olvidarte
Intentando no extrañarte
Intentando no estar aquí, para no
tener que esperarte"
Yo

Un día inesperado, explota la noticia que vino a conmocionar al mundo. Aparece el virus del COVID-19 que rápidamente comienza a propagarse por todo el planeta y la ciudad entera empezó a confinarse, primero por propia convicción, por miedo a ese enemigo invisible que estaba atacando y diezmando a la población y luego, porque así lo solicitó el gobierno.

Antes de pedir a todo el mundo que se encerrara en sus casas, Renzo me visitó en dos oportunidades y como siempre convertía el momento en uno especial e inigualable. Él se tomaba el tiempo para hacerme disfrutar y dejarme satisfecha. Sus palabras, su mirada cuando estábamos en pleno disfrute me encendían y me hacían explotar de lujuria, pero de igual manera, pasaba rápidamente a ser el hombre distante y frío que últimamente se había convertido y eso me hacía sentir abatida, confundida y me obsesionaba. Nunca tardaba mucho en marcharse.

Yo no pensaba realmente en aquel virus, ni le tenía miedo, yo estaba viviendo mi propia pandemia. El dolor de no poder ver a Renzo era mayor que cualquier cosa letal. Saber que no íbamos a poder estar juntos quién sabe hasta cuándo me hizo vivir los peores días de mi vida. No me levantaba de la cama, sino cuando era necesario. Vivía llorando día y noche desconsolada y sintiéndome el ser más solitario e inservible del planeta.

Las llamadas de mi madre, mi amiga Rebeca y las de Rocío me ayudaban. Mi madre realmente no sabía que sufría por otro hombre, ella pensaba que estaba triste por mi divorcio con Rafael, aunque le hablaba poco al respecto. Siempre busqué no hablar de mis problemas con los más allegados, para que no afectara la imagen que tenían de Rafael, porque en el fondo él no era un hombre malo, al contrario, muy noble. Lo único que pasó es que no supo amarme. A través de videos, podcast y libros de psicólogos y gente espiritual, entendí que él no sabía amar porque tampoco había recibido amor en su casa. Recuerdo que una psicóloga le llamaba a ese tipo de gente, "analfabetas emocionales".

Honestamente, tampoco hablaba con nadie de mis problemas por lo que ya había comentado, al final terminaba sintiéndome una incomprendida y a veces regañada. En alguna ocasión, muchos años atrás, casi al inicio de mi matrimonio, le hablé a mi madre lo que estaba viviendo con Rafael y no me creyó, sentía que era una exagerada. Así que, si mi propia madre no me entendía, qué caso tenía hablarlo con alguien más. Una vez sí sentí cierto apoyo de una tía de él, de Rafael, no recuerdo el tema que estábamos platicando sobre él, pero no tenía nada que ver con nuestra relación, pero hizo referencia a un dicho que yo no conocía hasta ese momento y de inmediato entendí lo que quería decir:

—"*Si quieres conocer a Miguel, vive con él*" —Y se me quedó viendo con cara de cómplice, como dándome a entender que me comprendía la vida que estaba llevando. Recuerdo que estuve tentada a desahogarme y hablar con ella, pero al final preferí no hacerlo. Finalmente ella es su tía, así que nunca le comenté nada sobre mi matrimonio. Tenía miedo que le fuera a decir algo y finalmente terminara él, reprochándome y haciéndome sentir peor. Por eso prefería aguantar solita todo lo que vivía.

Ahora lo que estaba padeciendo por la falta de Renzo y lo mucho que lo extrañaba, menos me sentía con valor para contárselo a nadie. ¡Imagina! ¿divorciada y además en una relación con un hombre casado? ¡Jesús! Si me atrevía a mencionar que estaba viviendo en un hoyo negro y profundo, con desánimo y depresión a causa de eso, seguramente me hubieran dicho ¡bien hecho! ¡Eso te pasa por pecadora!

Un día me escapé para ir a ver a mi amiga Rocío. Pasamos el día hablando y paseando por un campo que quedaba cerca de donde ella vivía y sentí la necesidad de sacar todo lo que me estaba doliendo profundamente en el alma, creí que podía abrirme con ella, que estaba en puerto seguro como me pasaba con Renzo y también con mi amiga Rebeca. Le mencioné la tristeza que estaba padeciendo por extrañar a Renzo, además de estar sola, sin la compañía de familia o alguien que me hiciera sentir mejor.

—¡Ay amiga deja el drama! Tampoco es para tanto. Además, no eres la única que está sola —comentó Rocío como no dando tanta importancia a lo que le acababa de externar.

—Amiga, tienes a tu familia cerca y tú sabes lo mucho que duele cuando no puedes estar con alguien que quieres —solo comenté eso y preferí callar.

Me dolió mucho la forma en que me contestó, pero imagino que todo esto tenía que pasar para aislarme.

Me despedí de mi amiga y regresé a casa, mis mascotas me esperaban. Ellos contaban conmigo, así como yo con ellos, eran mis fieles acompañantes y realmente me ayudaron mucho en todo ese proceso. No se separaban de mí y cuando me veían triste, llorando en el piso, se me acercaban y se acostaban uno a cada lado. Rouss, la gatita, a veces se acostaba en mi regazo y ronroneaba o se acostaba sobre mi almohada y me lamía la cabeza. Qué seres tan especiales, sin tener el don de la palabra, son sanadores por naturaleza.

Aparte de mis amigas, mi madre y mis mascotas, los paseos con ellos, dos a tres veces al día, y el ejercicio en casa me ayudaban a salir de la tristeza. De hecho, con todo el tiempo que tenía, empecé a hacer rutinas de hora y media con un coach de entrenamiento físico muy bueno de manera virtual. ¡Qué bendición! Además, sus palabras de aliento me ayudaban mucho. A veces parecía que me estaba hablando directamente a mí con lo que mencionaba y obviamente no tenía idea de mi situación personal.

Desde la ocasión que conocí verdaderamente a Dios y había logrado llenar el vacío de mi alma, ese que siempre intenté calmar con cosas materiales o personas, no había vuelto a sentirme así tan vacía. El sufrimiento era insoportable y no me quedó más que pedirle a Él nuevamente ayuda porque para aquel dolor no había ninguna medicina que pudiera calmarlo.

Antes de este momento no había clamado a Dios, pero no por orgullo u otra razón, sino que aún sentía vergüenza de mi comportamiento por seguir una relación que según la iglesia no estaba bien y eso me hacía indigna del amor de Él. Sin embargo, no aguanté más.

Un día tomé mi libreta en la que siempre me desahogaba con todo lo que sentía y empecé a escribir todo lo que salía de mi corazón.

Es increíble que pueda extrañar más a una persona que solo ha estado en mi vida casi siete meses, que a una con la que estuve por dieciséis años.

Es la calidad de tiempo lo que importa más que la cantidad.

Contigo fui yo desde el primer momento. Desde esos mensajes que te enviaba como respuesta a las preguntas que me hacías diariamente hubo una conexión inmediata. Al principio no tenía la menor idea de lo que pasaría entre nosotros, poco a poco se fue dando, sin medirlo, ni controlarlo.

Estoy consciente de lo que se debe hacer y lo que es mejor para nosotros, sobre todo para ti, porque también sé que quieres proteger lo que tienes, que es muy importante, pero no sabía que podía doler tanto y que se podía extrañar tanto.

Como todo en la vida, esto pasará, el tiempo todo lo sana y todo vuelve a su equilibrio como tú mismo lo has dicho en varias ocasiones.

Te quiero agradecer por todo el tiempo que me ofreciste, es y será algo especial, imposible de borrar, como te dije un día: "Somos inolvidables", bueno, al menos yo así lo veo. Espero que para ti haya sido algo importante como lo fue para mí.

De todos modos, aunque ahora duele mucho y sé que pude haber parado esto antes de que lastimara demasiado, no me arrepiento en ningún momento de lo que pasó entre nosotros.

Fue algo hermosísimo y ha valido la pena. Creo que lo bueno tiende a ser fugaz, pero deja una huella para toda la vida.

Estoy muy feliz de haberte conocido, pero ahora muy triste por haberte perdido. Nunca te lo dije para no asustarte, pero muchas veces quise finalizar los mensajes que te enviaba con un, Te Amo.

No estaba enamorada, sino que las sensaciones y emociones vividas contigo, me hacían sentir de una manera tan especial, que quería decírtelo.

Fue un amor libre, no necesitaba ni quería estar contigo todo el tiempo, pero si deseaba esos momentos en los que nos escribíamos y nos veíamos, aunque fuera una o dos horas por semana o cada quince días, era maravilloso. Me dejaba un sabor delicioso y quería recordarlo todo el tiempo para que mi cuerpo volviera a vibrar de la misma forma intensa que lo hacía cuando estaba contigo. No quería borrar esos momentos de mi memoria.

Todo en esta vida tiene su momento. El problema que tenemos los seres humanos es que no nos damos cuenta que las cosas pasan rápido. Cuando vivimos algo bueno, queremos que jamás termine, que permanezca así para toda la vida. Pero cuando se trata de una experiencia o momento malo, queremos que pronto pase, que sea breve.

Lamentablemente todo tiene su tiempo y no lo podemos parar ni controlar. Debemos aprender a vivir con esto y cuando se trate de un mal momento, lo mejor es aprovechar y extraer todo lo que sea necesario de esa experiencia para no repetirla. Y cuando se trate de un buen momento, disfrutarlo, saborearlo al máximo porque no volverá.

Debemos vivir con consciencia y en el presente. De esta manera no será difícil soltar. Nada dura para siempre y si no aprendemos a desprendernos de las cosas, viene el sufrimiento, la tristeza y la ansiedad, que son innecesarias.

Respira Ruth y toma las cosas como vienen y estate en paz.

Qué maravilloso sería si viviéramos sin preocupaciones, sin amarguras, ansiedad, tristeza, y vivir como lo dice El Libro Sagrado, con esa paz que sobrepasa todo entendimiento. Si nos diéramos cuenta de una vez por todas que no tenemos el control.

Quiero darte las gracias Renzo, estoy segura que Dios te envió porque sus caminos son sorprendentes y misteriosos. Llegaste a cambiar mi vida radicalmente.

Has venido a ser una historia muy hermosa en mi vida que jamás olvidaré y obviamente tenía que entender que sería algo temporal, porque tienes una vida y un camino muy diferente al mío.

A partir de esa carta y de refugiarme en Dios, empecé a sentir que algo dentro de mí se transformaba, sobre todo mi ánimo y comencé a sentirme mejor.

No dejaba de pensar ni un solo día en Renzo, pero ahora con la escritura, la oración y la lectura, que sumadas a todas las actividades que ya hacía, las conversaciones con mi madre, con mis amigas y los paseos y ejercicios, me estaban ayudando a salir más rápido de aquel hoyo en el que sentí que me encontraba.

Solo tres semanas después del comienzo del confinamiento llegó un mensaje de Renzo. Cuando leí su nombre, todo se movió dentro de mí, por un momento volví a sentir aquella ansiedad que me producía el querer tenerlo cerca, pero me centré, respiré y esperé para leer el contenido de aquella comunicación.

—¿Cómo estás? Disculpa la ausencia. Hace casi dos semanas nos detectaron el virus. Han sido unos días muy difíciles. Dolores de cabeza muy fuertes y mareos. Apenas he podido hoy escribirte, pero aún me siento muy mal.

—¡No puede ser! ¿Necesitas algo? ¿Quieres que te lleve algún medicamento o alimento? —respondí automáticamente. En ese momento estaba hablando la amiga, la que hacía cualquier cosa por la gente que quiere, sin importar que estuviera ahí con su esposa. Finalmente haría algo por los dos, no solo por él y si necesitaban ayuda no me importaba.

—Gracias preciosa, no te preocupes, ya nos está ayudando la familia. Nos traen refrigerios y algún medicamento y nos lo dejan en la puerta.

—Lo siento mucho Renzo, cuídate por favor, espero pronto mejores y no dudes en pedirme lo que sea.

Después de aquel mensaje pasó una semana más sin saber nada de él. Fueron momentos de pánico para mí ya que, aunque no veía noticias porque no era mi costumbre, siempre me enteraba por alguien a través de conocidos, vecinos y mi amiga Rebeca, de gente que había tenido que entrar al hospital y algunos ya no volvían a salir. Yo le escribía desesperada a él, pero no había respuesta y tampoco una señal de que ya había visto mis mensajes. Así que solo me quedó pedirle a Dios, tanto por él, como por su esposa y esperar. Se vinieron días más difíciles de espera. ¡Dios! estos momentos no se los deseo a nadie y para mí ha sido la segunda vez que he vivido una espera tan terrible y angustiosa. Con mi madre muchos años atrás me había pasado una vez que un río volvió a su cauce e inundó todo un sector cercano al lugar donde ella vivía, dejó casas enterradas completamente y se llevó cableados y antenas que daban el servicio de luz y teléfono. Quedaron incomunicados. Recuerdo cuando por fin, pudo comunicarse conmigo, rompí en un llanto desesperado como si lo hubiera estado reprimiendo hasta saber algo de ella. Y aunque la noticia era buena porque mi madre estaba ilesa y a salvo, mi alma necesitaba sacar todo esa angustia y desesperación que vivió en esos pocos días de incertidumbre que me parecieron una eternidad.

Pasó una semana más y seguía sin saber nada de Renzo. No podía hacer nada, sino esperar a que él se comunicara. No podía llamar a nadie para saber de él y de cómo se encontraba. No había amistades en común, obviamente su familia ni nadie sabía de mí. Todo lo que una amante debe vivir, siempre en la clandestinidad, como si fuera una delincuente. Un dolor más que tenía que padecer y que solo quien lo ha vivido puede entender. Los demás solo juzgarán, entiendo que en estos casos la empatía no funciona.

Con la intención de ser positiva e imaginar que estaba sano y salvo, pensaba «Ruth, no te preocupes, Renzo está bien, después de este gran susto que habrán vivido él y su esposa de seguro esta situación los ha unido aún más.»

Estaba consciente de que lo mejor era sacarlo de mi vida. No voy a negar que me dolía, pero me hacía sentir por una parte más tranquila de creer que ya había salido del peligro de morir.

Finalmente, nueve días después de aquel mensaje, recibí otro contrario a lo que pensé, dejándome atónita y poniendo a latir mi corazón a mil.

9

CALMA CORAZÓN

Para las mujeres,
el mejor afrodisiaco son las palabras.
El punto G está en los oídos,
y el que busque más abajo
está perdiendo el tiempo.
Isabel Allende

Aquel mensaje provenía de Renzo y para mí, en ese momento fue la carta más romántica que jamás en mi vida había leído, no porque fuera un poema o hablara de amor, sino porque sus palabras llegaban a mí con un profundo y genuino sentir. Renzo deseaba verme, estaba loco por volverse a encontrar conmigo, ya que después de aquella experiencia, no le quedaba duda de que deseaba vivir cada día intensamente.

—Preciosa, espero que estés bien. He pensado mucho en ti. Se supone que después de veintiún días, si la prueba sale negativa ya estoy fuera de peligro y no hay posibilidad de contagio. No imaginas lo mucho que deseo verte y sentirte Ruth. Si este virus no me mató, no quiero morir de ganas por verte. ¿Puedo ir a tu casa?

—¡Corazón ven! También muero de ganas por verte. Ven cuando quieras Renzo, aquí te espero.

Tres días después de ese mensaje, finalmente llegó a mi casa.

Después de esas pocas palabras no hablamos más. No había más que decir. No solo el deseo de verlo y sentirlo en mí nuevamente se encendió y se puso al rojo vivo, sino sentí en esas palabras lo importante que era yo para él. «Renzo me ama también, ya no tengo dudas. ¡Te amo, no te imaginas cuánto!» —pensé. A partir de ahí mi mente voló, ya no pude ni quise frenarla.

En aquel fogoso encuentro, me desvistió y besó cada centímetro de mi piel. Me hizo el amor como nunca antes. Volvió a mirarme a los ojos por largos ratos mientras disfrutaba estar dentro de mí. Sus pupilas totalmente dilatadas me hacían desearlo más y producirle más y más placer. Aquel encuentro duró más de cuarenta minutos y como nunca antes me había sucedido, lloré del placer que me hizo sentir. Besaba mis ojos queriendo limpiar aquellas lágrimas y me decía palabras dulces y ardientes a la vez.

Después de aquella apasionada escena, nos quedamos desnudos en la cama, me contó todo acerca del virus, cómo lo contrajo, qué sintió y demás detalles. Yo lo besaba y abrazaba y le expresaba lo difícil que fueron para mí esos días sin saber de él, pero lo feliz que estaba de volver a tenerlo.

—Corazón, toma. Llévate un juego de llaves de la casa. Cada vez que tengas antojos de mí puedes venir sin necesidad de preguntar. Soy tuya y sabes que para ti siempre estoy lista.

—¡Me enloqueces! —dijo Renzo tomando las llaves, me pescó por las caderas y me llevó hacia él, besándome nuevamente y terminando una vez más ese mismo día en la cama saboreándonos.

A partir de ese encuentro todo volvió a ser como antes. Cada momento más ardiente que el anterior y a pesar de que aún se mantenían las medidas de seguridad por el virus, el confinamiento parcial se había levantado. A veces iba él solo a trabajar por horas a su estudio con el afán de hacer algunos proyectos que sus clientes pedían, Eran trabajos con mensajes especiales de aliento y apoyo por los tiempos que se estaban viviendo, para publicarlos en las redes sociales y en sus páginas web. Esos días que trabajaba aprovechaba para ir a mi casa o yo iba a su estudio.

Una vez más me sentía en la gloria y más ilusionada que antes, sin embargo, pasado el tiempo empecé a experimentar un sentimiento que hasta ese instante no había tenido.

10

LA SOLEDAD QUE DUELE

Cómo vamos a vivir
este presente, sin futuro.
José Saramago

El tiempo que me daba ya no me era suficiente, comencé a darme cuenta que la mayor parte de mis días estaba sola, iba a la playa, al mercado y a cualquier lugar público y yo estaba sola. Mientras tanto él publicaba sus comidas o paseos con su esposa. Después del largo confinamiento, la gente empezaba a hacer de sus días, los más normales posibles y estaban en la calle, en las plazas comerciales y restaurantes disfrutando nuevamente de la libertad.

Veía a las parejas en la calle besarse, abrazarse y reír juntas y deseaba que fuéramos él y yo. Por otro lado, una voz desde mi interior decía «Tú eres un simple objeto de placer para él. ¿Crees que él se exhibiría en la calle contigo de esa manera, incluso si estuviera solo? No, Ruth, a ti nadie te ama, él solo te busca para satisfacer sus placeres más ocultos.»

A veces la misma voz me decía «Ella es la mujer de quien él se enorgullece para que todo el mundo los vea tomados de la mano, mientras que, a ti él te esconde porque no quiere que nadie sepa que está contigo» Voces muy terribles me decían cosas crueles. Un día escuché en mi interior «Nadie te ama, fíjate, ni tu ex esposo te amó todos esos años que estuvisteis juntos, solo eres buena para ser amante, para ser usada».

Mientras estuve casada, esa misma voz la escuché diciéndome que no era digna de amor y tampoco de ser madre, pero esta vez yo deseaba escapar de todos esos horribles mensajes, porque sabía que eran mentira, yo sabía el valor que tenía como mujer. Para este tiempo ya habían pasado casi dos años de mi divorcio y empezaba a reconocer las cosas buenas que había en mí y todo lo que había logrado después de haberme quedado prácticamente sin nada luego de separarme de Rafael, a quien, por cierto, lo volví a ver e hicimos las paces y reconoció sus faltas en nuestra relación. Ya le había pedido perdón desde el mismo momento que me fui de la casa, pero esta vez fue él quien se acercó, revindicó mi honor y reconoció parte de la responsabilidad que tuvo, lo mucho que lo cuidé y todo lo que hice por él.

Sin embargo, no podía deshacerme de aquellas voces del todo, porque, aunque sabía que era una mujer que merecía ir tomada de la mano de un hombre por las calles con orgullo y dignidad, perdía esta última cada vez que volvía a ver a Renzo a escondidas y me conformaba con eso, después, continuaba yendo sola a todas partes.

El problema no era estar sola, puesto que la soledad me había ayudado hasta ese momento a meditar y darme cuenta de todo lo bueno que había hecho para llegar a la situación en la que estaba, además me había servido para empezar a valorarme, la situación era que, aun apreciándome, permitía una relación que no podía darme sino intimidad sexual, pero no podía tener con él las cosas que se disfrutan en pareja, como ir al cine, a la playa, de paseo…ni con él ni con nadie porque yo no me daba la oportunidad.

Por otra parte, estaban las invitaciones que recibía de otros hombres para salir a pasear, pero mucha de ellas rechazaba. Rodrigo, un compañero del trabajo era uno de los que me invitaba a salir muchas veces para tomar un café, comer o ir a la playa, pero hasta el momento solo había aceptado dos invitaciones prácticamente porque me las hizo saliendo de la oficina y no supe como negarme.

Realmente lo pasaba muy bien con él, teníamos el tipo de

conversaciones profundas que disfruto. En la oficina sí interactuábamos mucho, pero no me sentía bien saliendo con él.

Rubén, mi nuevo vecino, también me había hecho varias invitaciones. Era un hombre muy agradable, además le gustaba el ejercicio y la música como a mí. En algunas ocasiones coincidíamos en la hora de llegada de cada uno de su trabajo y nos sentábamos a hablar en su jardín o en el mío por horas. Hablábamos de varios temas, de hecho, gracias a ese hábito que adquirimos de sentarnos a conversar afuera, recuerdo que tuve la maravillosa oportunidad de ver al cometa Neowise. ¡Wow! Me sentí la mujer más privilegiada del mundo en esa ocasión y luego se lo comenté a Renzo, pero él no le dio la más mínima importancia.

En definitiva, no aceptaba las invitaciones de otros hombres porque deseaba que fuera Renzo con quien pudiera hacerlo, y me resistía a dejar que alguien más entrara a mi vida. Las veces que acepté a salir con alguno de ellos, se lo comentaba a Renzo, por un lado, para causarle celos y lo lograba. Me decía que no soportaba saber que estuviera con alguien más. Me gustaba ese tipo de comentarios en un principio porque para mí eso era muestra de su amor, pero mi amiga Rebeca me abría los ojos y empecé poco a poco a darme cuenta que era cierto lo que ella decía, eso era egoísmo.

Sola, siempre sola. Al final él siempre estaba acompañado de mi o de su esposa y comencé a sentir una profunda tristeza porque además cuando necesitaba de su apoyo emocional él no estaba, entonces me daba cuenta que realmente no tenía a nadie. Y otra vez sola.

Todo este sentir se fue intensificando y empezó entonces a afectarme físicamente. Un día amanecí con un fuerte dolor en la espalda, en la base del cuello y en el omóplato derecho. Me di cuenta que me costaba girar hacia ese lado la cabeza. Una compañera de trabajo se sorprendió al verme.

—¡Ruth! ¿Qué te ha sucedido? Ayer no estabas así. ¿Tuviste algún accidente? —preguntó Raquel, mi compañera de trabajo.

—Hola Raquel, no, amanecí así.

—Conozco un quiropráctico muy bueno —dijo Rita, otra compañera que estaba en el escritorio en frente de Raquel.

—Gracias Rita —comenté y continué —te aviso si lo necesito, pero sé que esta molestia tiene una razón de ser y quiero llegar a la raíz. El quiropráctico es, desde mi punto de vista, un pañito de agua caliente. Mejor voy más allá y veo qué es —finalicé.

Giré mi cabeza del lado izquierdo, para mirarlas a las dos y ambas se estaban viendo como diciendo con la mirada —*Cada loco con su tema*—

Sabía que era así, desde muy chica aprendí que las enfermedades tenían que ver con situaciones del alma, pero no entendía qué podía ser, aunque estaba segura que tenía que ver con Renzo, por todo lo que había estado viviendo últimamente.

Esa tarde hablé por teléfono con mi amiga Rebeca para desahogarme. Ella era una de las personas en las que más confiaba y sabía que podía expresarle todo lo que sintiera y siempre me daría un buen consejo.

—Ruth, ¿Hace cuánto me habías dicho que necesitabas un tiempo para ti amiga? Desde que estabas con Rafael. Creo que ya es hora que te regales ese tiempo para ti.

—¡Sí! y luego llegó Renzo. Tienes razón amiga, lo había olvidado. Acabas de hacer que recordara ese deseo que tengo aquí adentro de hacer un viaje. —respondí llevándome la mano al corazón.

—Y también me dijiste hace meses que tu amiga Roxana, la que estudió contigo en la escuela secundaria te había invitado a pasar unos días con ella en Monte Rourbante. Creo que deberías aceptar esa invitación e irte un tiempo para cambiar de aires. Puedes dejar a tus mascotas con Rafael, sabes que él se quedaría con ellos a gusto. Finalmente él es el padre —comentó Rebeca sonriendo y sonreí también.

—Es cierto Rebe, él se quedaría con ellos, lo sé. Ya ha venido en algunas ocasiones a visitarlos y también se los he llevado a su casa y ellos se quedan a gusto. Finalmente, ese había sido su hogar por muchos años. Amiga, pero no quiero separarme de Renzo. Solo pensarlo me duele el estómago. Se que soy una tonta, porque todo esto que estoy pasando tiene que ver precisamente con nuestra relación, pero amiga, en verdad no sé si pueda. Además, ahora que se va a ir de viaje en tres semanas, quiero tratar de aprovechar todo el tiempo con él.

—¡Ay Ruth! Estás tratando de buscar tu medicina en el mismo lugar donde te enfermaste. Amiga, date esa oportunidad. Toma un tiempo para ti, al final te hará bien a ti y a tus hijos —dijo Rebeca, refiriéndose a mis mascotas.

—Creo que tienes razón Rebe, lo voy a pensar y te aviso qué haré. Por ahora te dejo, voy a darme un baño de agua bien caliente, para ver si este dolor se me va relajando.

—Está bien, duerme y descansa y piensa solo en ti, para poder tomar una decisión correcta —dijo Rebeca —te mando un abrazo. Cuídate mucho, hasta mañana.

—Hasta mañana Rebe, gracias por estar siempre para mí y escucharme. Te mando un beso gigante y descansa tú también.

Aunque sabía que la respuesta era ir a hacer ese viaje que desde hace mucho mi corazón me lo pedía, traté de aplazar la decisión, sin embargo, a los nueve días siguientes de esa conversación con mi amiga Rebeca, con mucha tristeza me di cuenta que esa era la mejor salida y además era necesario terminar con una relación que no tenía futuro y que realmente había caducado mucho tiempo atrás, pero no había querido reconocerlo.

Renzo ya no había vuelto por mi casa y las veces que intenté hablar con él, fuera por mensajes o llamadas, siempre respondía que el exceso de trabajo lo tenía muy ocupado y terminaba día tras día solo disculpándose por no poder responder. El dolor de espalda aumentaba cada día más y prácticamente ya no podía girar la cabeza a ninguno de los dos lados, siendo el peor el lado derecho.

—Ruth, creo que ya es hora que vayas con mi quiropráctico. Te dije que es muy bueno y a ti te urge, ¡ya pareces robot! —comentó Rita, la compañera de trabajo.

—Si Rita, muchas gracias. Envíame el contacto por wasap

por favor. Trataré de contactarlo hoy mismo —comenté con el objetivo de que se quedara tranquila y pensara que llamaría al especialista en el que ella tanto confiaba, pero yo soy del tipo de personas que prefiere terminar las cosas de raíz, por lo que en ese mismo instante sabía lo que iba a hacer.

Me dirigí a mi oficina, cerré la puerta de cristal y saqué el móvil de mi cartera. Busqué el contacto de Renzo en wasap, hice una respiración profunda que causó un fuerte dolor en mi hombro derecho y el cuello y escribí, aunque me resultaba más difícil que una llamada por el mismo dolor físico, pero no quería hablar con él.

—Hola Renzo, imagino estás ocupado como de costumbre. No te quiero quitar mucho tiempo, por eso seré breve. Solo deseo comentarte que, ya que ahora no tienes espacio suficiente en tu agenda para nosotros, quiero tomarme un tiempo solo para mí y dedicarlo para trabajar en ciertas áreas de mi vida que he estado postergando desde hace mucho.

La respuesta de Renzo esta vez no tardó mucho en llegar.

—Hola preciosa, perdona que he andado muy ocupado últimamente. Sabes que a raíz de que se reanudaron las actividades, mis clientes andan como locos y así también me traen con tantos proyectos que desean realizar.

—Sí, no te preocupes, eso lo entiendo totalmente Renzo, igual estamos acá en la oficina, sin embargo, siempre saco tiempo para lo importante, aunque esté llena de actividades, pero entiendo que tú tienes ya tus prioridades y no estoy dentro de ellas. Realmente no quiero agobiarte ni ser una carga, créeme que te entiendo, así que lo mejor para los dos es que lo dejemos hasta acá.

—Preciosa, ¿qué estás sugiriendo? ¿Esa es una despedida o un mensaje de valentía?

—Es la despedida Renzo, en verdad no tengo nada que reclamarte. Has sido un hombre maravilloso conmigo, viniste a cambiar mi vida para bien y te agradezco todo el tiempo y esos momentos que me has regalado, pero ya es hora que cada quien siga su camino.

—¿Acaso hay alguien más Ruth?

«¡¿Por qué los hombres siempre tienen que pensar que hay alguien más cuando tomamos la decisión de irnos?!» —pensé, pero no le comenté nada porque me molestó su comentario y le contestaría de mala gana.

—No quiero estar rogando por migajas de tiempo y soy consciente de que no te puedo exigir algo que sé que no me puedes dar y que desde un inicio lo sabía. Además, créeme que este tiempo que necesito, era algo que tenía que hacer desde hace mucho. ¡Un tiempo para mí Renzo! Para trabajar en ciertas áreas y sanar. Es muy importante para mí crecimiento personal.

—¡Espérame! Vamos a vernos por favor. ¿Quieres venir para que hablemos?

—En serio necesito este tiempo. Hace unas semanas que no nos vemos, ahora necesito un *break* para recuperar mi salud, Renzo. Por favor, te pido ahora que me entiendas tú a mí.

—No me gustaría que las cosas terminaran así, por favor piénsalo, pero está bien, si ahora quieres un tiempo, entiendo. Me queda claro y sabes que siempre he deseado lo mejor para ti. Créeme.

—Lo sé Renzo, igual yo deseo lo mejor para ti y creo que ahora esto es lo mejor para ambos.

Renzo leyó este último mensaje que envié, pero no respondió nada. A los minutos, sentí que me habían quitado una carga muy pesada de encima e inmediatamente me di cuenta que el desahogarme y tomar control me había ayudado, sin embargo, el resto del día lo pasé con una gran tristeza, pero intenté reprimir cualquier momento de debilidad hasta que llegué finalmente esa tarde a mi casa.

Recuerdo que aún no terminaba de cerrar la puerta cuando empecé a llorar y mientras caminaba hacia mi habitación me iba despojando de toda la ropa. Me vestí con un pijama, cerré las cortinas de mi cuarto, apagué la luz, puse música, me abracé del oso de peluche que tenía en mi cama y lloré con un profundo dolor en el alma hasta quedarme dormida. Tenía sentimientos encontrados, ya que amaba y deseaba a Renzo con todo mi corazón y no quería perderlo, pero también lo que estaba padeciendo me hacía confirmar que había tomado la decisión correcta y la mejor para los dos, porque estaba clara que también para él debía ser una presión muy fuerte al no poder cumplir conmigo. Al soltarlo también de alguna manera le quitaba un gran peso de encima.

Me despertó en la madrugada la música y estaba sonando la canción de *Somewhere only you know* de la banda *Keane*. Recordé todo lo que había sucedido y empecé nuevamente a llorar desconsoladamente y deseando ir a ese lugar donde mi alma sanaría. No sé dónde era, o más bien sí lo sabía. Mi refugio siempre era Dios, pero ya estaba avergonzada de haberle fallado una vez más desde que había vuelto con Renzo, así que en ese instante no sabía a dónde más ir para aminorar el dolor que estaba sintiendo. Y no hablo el dolor físico, sino del dolor del alma que duele mucho más y muy difícil de quitar. Aún no existe ningún remedio para eso. En cuanto al dolor físico, en un momento que giré inconscientemente mi cabeza al lado derecho, me di cuenta que tenía mucha más movilidad que en la tarde, la molestia permanecía, pero ya estaba mucho mejor.

En algún momento me volví a dormir y desperté hasta el día siguiente con menos dolor en el cuello y con unos ojos súper hinchados. Así fui a trabajar porque ya tenía citas programadas y llamadas a clientes. Decidí que atendería mis visitas y luego regresaría a casa a hacer las llamadas. Quería trabajar porque finalmente era algo que me encantaba hacer, pero necesitaba estar en mi hogar, en un lugar donde me sintiera segura. Antes tuve que pasar a la oficina a buscar las llaves de los inmuebles que iba a mostrar. Traté de llegar lo más temprano posible para evitar cruzarme con compañeros, pero el destino me tenía un encuentro con mi compañera Raquel.

—¡¿Ruth…tus ojos…estuviste llorando?! —comentó cada frase haciendo pausas y bajando cada vez más el tono de voz.

—Así es Raquel, pero la buena noticia es que puedo girar ya mi cabeza —contesté moviendo la cabeza para ambos lados y soportando el dolor que aún tenía porque no se calmaba del todo

—Les dije que iría a la raíz de ese dolor.

Después de decir esa última frase, aceleré el paso, bajé el rostro y miré hacia el piso porque sentí como volvían a salir mis lágrimas. Raquel no dijo absolutamente nada más, entendió el momento que estaba viviendo y no regresé ese día por la oficina.

Después de las visitas que tenía, llamé a la oficina para avisar que me sentía indispuesta, que ya no regresaría al trabajo y me quedaría con las llaves de los inmuebles que mostré hasta el día siguiente.

Llegando a casa, me desvestí y nuevamente me puse el pijama. Tomé una infusión de té verde, cáscara de naranja y jugo de limón y me senté en la mesa de la cocina con la intención de hacer las llamadas programadas. Antes, vino a mi mente mi amiga Roxana, decidí hablarle por teléfono y comentarle que finalmente había decidido ir a visitarla.

—¡Ruth! ¡Qué emoción amiga! No sabes las ganas que tengo de vernos y conversar tantas cosas que han pasado desde la última vez que nos vimos. Increíble, ya son siete años. Tú avísame para qué día consigues vuelo. No te preocupes por fecha, eres bienvenida cuando lo desees amiga. En unos días empieza mis días de descanso y aproximadamente tendré veinte días libres.

—Perfecto Rox, claro que sí, te aviso el día. Déjame ver los vuelos y te mando la reservación para que ya estés informada. Te mando un fuerte abrazo amiga. Dios mediante pronto nos veremos y hablaremos por largas horas.

—¡Súper! Ya deseo que ese día llegue. Besos y abrazos Ruth, hasta pronto.

Después de la conversación con mi amiga Rox, entré a la página de la línea aérea y escogí un vuelo solo de ida que saldría en quince días después. Al día siguiente fui a Recursos Humanos de la empresa, tramité mis vacaciones y tomé todos los días que tenía acumulados de vacaciones, que en total sumaban treinta y cinco, hablé de igual manera con Rafael para avisarle que le dejaría a Rocco, Rain y Rouss y pensé que hablaría igual con el Sr. Remberto, mi jefe, para que estuviera al tanto. No era necesario decirle, pero prefería hacerlo para que lo tuviera presente. Fui a su oficina y no lo encontré, finalmente me comentó Raquel, que estaría fuera por dos días.

A los dos días me acerqué nuevamente a su oficina para informarle.

—Adelante Ruth, buen día. ¿Cómo estás? —dijo el Sr. Remberto y se acercó a saludarme con un beso. — Toma asiento por favor, ¿en qué puedo ayudarte?

Le comenté el plan de mis vacaciones y estuvo de acuerdo, exhortándome a descansar ya que era muy importante para el cuerpo. Ya estaba por levantarme y despedirme de él, cuando me dio una noticia que no esperaba y que hubiera sido mejor no saber.

—Por cierto, ¿Has hablado con Renzo? Ayer lo vi en un evento de un cliente que tenemos en común y estaba súper enfermo, al parecer tenía Faringitis. ¿O laringitis? Bueno, soy malo para esos nombres, pero lo que sí te puedo decir es que se veía muy mal. Con unas ojeras y bien abrigado por el malestar que tenía y apenas podía hablar. Pero ahí estaba, como siempre responsable con su trabajo. Muy profesional.

Después de esa noticia, el poco entusiasmo que empezaba a nacer en mí a causa de mi viaje se desmoronó. Mi Renzo enfermo. Me sentí culpable. Pensé «Se enfermó por haberle dejado. ¡Qué pena!» Me sentí muy mal, una tirana. De nuevo echándome la culpa, para no perder la costumbre.

—No sabía Sr. Remberto, apenas hablamos hace unos días atrás y estaba bien. Debe haberse enfermado recientemente, pero gracias por avisarme, lo llamaré para desearle pronta mejoría — dije y me levanté para salir rápidamente —Bueno, le dejo trabajar. Muchas gracias por atenderme Sr. Remberto. Nos vemos antes de que me vaya para despedirme, todavía estaré unos días más trabajando fuerte. Ojalá se cierre la venta con el Sr. Ramírez antes de irme. Hace tres días le mostré la casa que le interesaba y quedamos hoy en conversar para que me diera una respuesta.

—Pues no se diga más. A por ese negocio Ruth, sé que lo cerrarás. Si tú no lo haces ¿Quién? Eres la mejor —me levanté y me acerqué para despedirme.

Al salir de la oficina del Sr. Remberto, me fui directamente al baño. La noticia de Renzo me entristeció y no sabía si en verdad llamarlo o mejor dejarlo así. Finalmente, sí estaba enfermo, sé que tenía quien mirara por él, pero el sentirme culpable no podía evitarlo. Medité en el baño y decidí mejor no hablarle ni buscarlo. No porque no hubiera querido ir corriendo a cuidarle, sino porque sabía que me iba a hacer daño a mí y mucho más a él, seguramente. Él es un hombre fuerte y tenía apoyo moral de su gente, su esposa y familia, mientras que yo, físicamente no tenía a alguien cerca, así que, preferí no hablarle por cuidarme a mí, y traté de no pensar en que, por haber terminado con él se había enfermado.

Intenté no pensar en él y acostumbrarme a hacer mi vida sin su compañía. Extrañaba a muerte nuestras conversaciones, se me hacía difícil no intentar comunicarme con él. Cada vez que me pasaba algo bueno, malo o incluso algo trivial, quería correr a contárselo. Sentía como que algo me faltaba. Incluso intenté no pasar más cerca de su estudio, cuando por algún motivo tenía que ir a una zona cercana, trataba de evitarlo, aunque eso significara dar más vueltas. Sabía que no estaba en Rekinha, él estaba de viajes, pero de igual manera no quería pasar por lugares que me recordaran a él. Aunque había continuado con mi vida, en el fondo llevaba una tristeza muy profunda.

Faltando unos días para el viaje, un mensaje de Renzo me tomó desprevenida.

—Preciosa ¿Cómo estás?

Esa pregunta. Él siempre empezaba nuestras conversaciones con la misma frase. Obvio, entiendo que es la pregunta más normal que cualquier ser de este planeta haría, aunque en mi caso no era así como yo iniciaba un saludo. Generalmente acostumbro a decir —Hola buen día, tarde o noche, espero te encuentres bien.

Pero Renzo siempre empezaba así y tan pronto yo leía su mensaje, todo mi cuerpo se estremecía. Supongo que era una especie de reflejo aprendido. Y ese día no fue la excepción. Enseguida sentí nuevamente un dolor en el omóplato derecho y pensé «¡No Renzo! ¿Por qué haces esto por favor? Las dos semanas de avance se han ido a la basura» No sabía cómo actuar. En el fondo quería decirle "Estoy bien corazón, te he extrañado mucho y tú, ¿cómo estás?" pero obviamente esa no era la respuesta correcta. Tardé por primera vez mucho tiempo en responderle. Pensé mucho y finalmente.

—Hola disculpa, estaba ocupada. Bien, gracias a Dios ¿y tú?

Y entonces él tardó casi dos horas o más en responder.

—Bien, con mucho trabajo. Solo pasé a saludar y saber si estabas bien, pero me parece que fui inoportuno y no deseas hablar. Discúlpame.

En otro momento le hubiera dicho "No mi amor, claro que si deseo hablar, no te imaginas todo el tiempo que he deseado escribirte y saber de ti, te echo de menos un montón, y *bla, bla, bla*" pero no, aunque me doliera, preferí continuar con la decisión que semanas antes había tomado.

—Perdón, estoy bastante ocupada y en este momento no puedo hablar, pero gracias por interesarte por mí y en saber cómo estoy. Me alegra saber que tú también estás bien. Te mando un abrazo.

¡Uff! Esa respuesta seca y fría me dolió seguramente más a mí que a él. Al menos sé que a él no le entristeció. Renzo es del tipo de hombre que tiende más a enojarse que a entristecerse y no sé qué es peor, lo que sí sé, es que esa respuesta la sentí como un cuchillazo en el estómago y después de ese momento volvió el dolor de espalda.

Traté de no pensar y relajarme, porque en menos de dos días estaría tomando mi avión rumbo a Monte Rourbante para encontrarme con mi amiga Rox.

11

MONTE ROURBANTE

"Hay un lugar donde las palabras
nacen del silencio, donde surgen
los susurros del corazón y donde
las voces cantan tu belleza"
Rumi

En aquel vuelo que nos llevaba a Monte Rourbante, habían transcurrido unas cinco horas desde que despegó el avión y cuando vine a darme cuenta, le había compartido parte de mi historia a Rey. Con mucha seguridad y propiedad él daba una opinión de Renzo.

—Los hombres como él no aman, por eso se enojan, se sienten heridos en el orgullo. Es lo peor que les puedes hacer —comentó Rey.

—No lo creo Rey, siento que él sí me ama, pero entiendo que no puede expresármelo porque eso complicaría más las cosas —comenté aguantándome las lágrimas.

—¿En serio? ¿Tú crees eso? Tú que dices amar a Renzo, ¿Por qué no saliste con alguien más sabiendo que él no podía darte todo lo que necesitabas? Además, reconociste que los doce años que estuviste casada, a pesar de los problemas que tenías con tu ex jamás lo traicionaste.

—Bueno, en mi caso no porque yo soy así, me entrego por completo, en cuerpo y alma. No puedo compartir mi corazón con alguien más cuando amo y es verdad que no puedo entender cómo hay gente que pueda hacerlo, pero lo que sí puedo decirte es que Renzo si sentía algo por mí.

—¡Ah claro! que sí siente algo, pero te puedo asegurar que no es amor. Las personas como él, ven en los demás, solo objetos de su placer.

Sonaba muy fuerte lo que me decía Rey, pero, aunque no lo quería creer tenía algo de sentido porque soy de las que cree que cuando se ama, no hay espacio para alguien más.

—Y a todas estas, eres increíble. Deberías ser detective o psicólogo. Sin darme cuenta te conté toda mi vida —comenté y sonreí.

—Soy psicólogo —respondió Rey y soltó la carcajada.

—¡¿En serio?!

—Claro, no es broma —abrió su abrigo y del bolsillo tomó algo de piel como una billetera delgadita, sacó una tarjeta y me la dio. Decía Dr. Reynaldo Rocatti, Psicólogo y terapeuta.

—¡Wow! Pues imagino que esta era la única manera de ir finalmente con un psicólogo —Al terminar de decir aquello, me arrepentí. Lo hice como si pensara en voz alta.

—¿Y eso? ¿Por qué lo dices? —preguntó Rey.

Me sentí un poco apenada por haber dicho eso, pero ya lo había soltado, así que era mejor continuar, además, él me daba mucha confianza.

—Pues, es que siempre he pensado que los psicólogos están más necesitados de uno que nosotros mismos. Lo digo por los que he conocido en toda mi vida. ¡Perdón! —comenté.

Rey volvió a reír y expresó,

—No te preocupes, te entiendo. Bueno, aquí llegó un psicólogo que está más loco que los otros que has conocido antes, pero por estar tan loco como tú, se entienden —Se carcajeó aún más fuerte y los pasajeros que iban delante de nosotros nos miraron como diciendo "¡ya cállense!"

Su sonrisa era magnética y además lo que dijera no se sentía como ofensivo.

—Bueno y ahora cuánto me vas a cobrar por la consulta —

susurré para que los de adelante no se enojaran.

—Tranquila. Esta va a cuenta de la casa —en voz baja también me respondió, sonrió y me guiñó un ojo.

Luego cambió el tono al de alguien más serio y continuó.

—Si te interesa en verdad la asesoría de un profesional, estoy a tu orden, pero no tienes que sentirte comprometida. Ha sido una velada muy interesante y para serte honesto también te debo por haber hecho este vuelo más relajante, porque honestamente se me hizo muy largo el de ida. Así que también te estoy en deuda.

—¡Qué vergüenza! te he hecho trabajar durante el viaje y tal vez estabas cansado.

—No Ruth, no he sentido que estaba trabajando. Además, amo lo que hago y aunque no me pagaran lo haría. Tampoco vayas a creer que te voy a dar gratis todas las sesiones —sonrío y continuó —Esta fue la muestra gratis, para que el cliente luego compre.

Dibujé una sonrisa y por un momento nos quedamos callados.

—¿Sabes algo? No sé qué planes tienes en Monte Rourbante, pero lo que sí creo que tienes que hacer es aprovechar el tiempo que estarás ahí, para encontrar el valor que hay en ti, Ruth, eres una mujer muy amable. Lo capté en tu rostro cuando te acercabas hacia mí desde el momento que entraste al avión. En tus ojos había tristeza, pero la forma como sonreíste a la azafata y a la señora que te hizo detenerte en el pasillo para subir su equipaje, se veía real. A pesar de estar triste fuiste bondadosa y eso habla muy bien. No te preocupes Ruth, lo que estás pasando es pasajero, nada dura para siempre.

Las palabras de Rey tocaron mi corazón. Tuve que tragar mis lágrimas y ahogar el llanto que desde hacía rato estaba reprimiendo. Miré hacia fuera de la ventana para disimular porque mis ojos se humedecieron. Además, recordé a Renzo que siempre decía una frase parecida, "Todo pasa". Todo me recordaba a él. Todo.

—El fin de semana próximo iniciará un retiro de sanación

para hombres y mujeres. Primero mujeres y luego hombres, para que cada quien tenga su libertad y su espacio para sacar todo lo que es necesario —inquirió Rey.

«Retiro de sanación» pensé. «¡wow! ¿Será esta la razón por la que mi corazón me hizo decidir venir a visitar a mi amiga Rox? Bueno, ya lo veremos.»

De por sí, Rey, me parecía que era una persona en la que realmente se podía confiar.

—¿Sabes por qué empezamos a hacer estos retiros? Un día estuve ahí y me di cuenta que ir al psicólogo no es suficiente. Entendí que donde termina mi trabajo, comienza una parte importante en todo ser humano porque todos tenemos un alma y necesita ser sanada con solo una cosa.

—¿Entonces es como un retiro espiritual? —pregunté.

—Sí, yo no lo imparto. Solo doy servicio en algunas áreas en las que puedo participar. He visto cómo pacientes a los que he tratado por mucho tiempo y que, desde mi punto de vista profesional, se habían esforzado en realizar todas las tareas que les puse y estaban listos para darlos de alta, no terminaban de restablecerse y entonces querían seguir conmigo por miedo a volver atrás. Les propuse este retiro, aceptaron ir y vi que podían sanar. Eso sí, esto tiene que ser decidido por ellos, nadie les obliga. Y además es un camino que desde mi punto de vista no termina, más bien comienza en el momento que aceptamos que tenemos un alma y debemos cuidarla día a día. Esto funciona solo usando el libre albedrío porque finalmente esto es cuestión de fe, de convicción.

—Así es, la fe es la que hace que los milagros ocurran en nuestra vida y qué bueno que tú siendo psicólogo no dejes la parte espiritual afuera —comenté.

—Sí Ruth y es decisión de cada quien. Entendí el comentario que hiciste de los psicólogos, porque tengo colegas que no han trabajado esta parte tan importante de nuestro ser. Tú lo notas porque de algún modo lo sabes, me dijiste que tu padre desde muy niña te encaminó en la espiritualidad.

—Sí, gracias a mi padre desde pequeña empecé este camino.

De hecho, puedo decir que desde que nací. He conocido muchos caminos. Algunos en los que no creía, pero los viví en carne propia, de esa manera pude reconocer cuando estuve en el camino correcto para mí. Y como bien dices tú, es uno que no termina hasta que dejamos este cuerpo.

—Exacto. ¡Sabes qué es lo hermoso? Que muchos de mis pacientes que vieron su gran mejoría en ese retiro, hoy por hoy sirven de manera voluntaria.

—¡Wow! Sí, el agradecimiento y el amor nos lleva a ofrecer nuestros servicios para ayudar a otros. Sé de eso muy bien. Yo serví durante diez años en mi iglesia. Fue uno de los mejores momentos de mi vida. Sin embargo, con mucho dolor tuve que dejarlo. Después de todos estos años entendí que tuve que hacerlo porque mi matrimonio me pesaba tanto, que tuve que soltar lo demás para tratar de llevarlo. Fue doloroso, porque al final solté todo y me quedé sin nada y volver ahora es imposible, después de todo lo que viví —comenté con mucha congoja.

—¿Qué te impide volver a servir?

—No sé, creo que no tengo moral para hacerlo —Terminé de decir esas palabras, bajé la cabeza y el dolor me hizo rápidamente girarla hacia la izquierda nuevamente, hacia la ventana y ahora sí, mis lágrimas salieron como cascadas.

—Nada dura para siempre Ruth —comentó Rey y puso su mano encima de la mía, para calmarme.

A partir de ese momento entre lágrimas me quedé en silencio y mirando hacia la oscuridad que reinaba afuera y el sonido de los motores del avión me arrullaron y en algún momento me quedé dormida hasta que sentí ganas de ir al baño.

Rey también dormía. No quise despertarlo y esperé hasta que hizo el más mínimo movimiento para aprovechar y pedirle permiso de salir. Al regresar, hablamos dos palabras más y nos ganó nuevamente el cansancio, hasta que una voz nos despertó anunciando que ofrecerían el desayuno. Habrían pasado unas seis horas más, ya estábamos muy cerca de llegar.

Desde que empezó a aclarar, no quité la mirada de la ventana del avión, por ahora solo podía ver un colchón gigante de hermosas nubes blancas que parecían de algodón y de un momento a otro, el avión comenzó su descenso.

Debajo de ese gran colchón de nubes se comenzó a apreciar el paisaje desde las alturas. Era un lugar hermosísimo. A lo lejos se divisaba la majestuosa cadena montañosa que daba precisamente nombre al lugar, el Monte Rourbante. Una montaña hermosa, muy alta, de aproximadamente dos mil setecientos metros sobre el nivel del mar y se veían algunos de sus picos más altos nevados. Aún el invierno no iniciaba, estábamos a mediados de otoño, pero ya empezaba a helar. Este tema para mí era muy difícil porque siempre me ha gustado el clima cálido y una de las experiencias pasadas en un lugar frío no había sido muy agradable, de hecho, a partir de ahí tenía un poco de temor a los lugares fríos, así que, sería uno de mis primeros miedos a enfrentar.

Desde el avión también se veía que el lugar tenía una hermosa costa con un mar azul rodeado de riscos. Yo estaba extasiada y conmovida por un lado con la belleza que veía, pero, por otro lado, algo inquieta debido al clima.

—¡¿Hace mucho frío acá?! —con voz y mirada asustada le pregunté a Rey.

—Seguramente para ti sí, pero nada que una buena ropa térmica no pueda solucionar.

—No traigo ropa térmica, tendré que ir a comprar inmediatamente.

—Ese abrigo que traes te ayudará mientras tanto.

—¡Si! Esta vez vengo prevenida. No deseo morir de frío —dije.

A Rey le causó gracia mi comentario y sonrío.

—Te aseguro que no morirás de frío porque incluso calor humano seguramente no te faltará —comentó Rey.

Saqué el móvil para hacer un video de la belleza que estaban contemplando mis ojos.

—A veces estamos tan interesados en mostrar a los demás lo que vemos y vivimos, que no lo disfrutamos con plena conciencia —dijo Rey.

Intenté mirarlo, pero mi espalda aún no me permitía voltear hacia el lado derecho.

—¿A qué te refieres?

—Trata de mirar el paisaje directamente y no por la cámara de tu móvil. Este momento está hecho para ti, no para los demás. Si se ha presentado en nuestra vida, es porque es un regalo para atesorar, pero no a través de una foto o video, sino observándolo y experimentando todo lo que produce el momento en nuestro cuerpo y alma. Son regalos de la vida para nosotros, no para quienes no están presente.

«¡Wow!» dije mentalmente.

—Es cierto, gracias por esa revelación Rey.

A partir de ese momento seguí grabando, pero aprecié todo lo que me cautivaba directamente con mis ojos.

Ya empezaban a salir del avión y nosotros esperábamos nuestro turno para levantarnos. Rey tomó la bolsa de los bombones que quedaban y me los regaló.

—Toma, un recuerdo de este viaje, para que no lo olvides.

—¡Muchas gracias! Estoy segura que este viaje no lo olvidaré y menos a ti Rey. No creo que sea casualidad que nos hayamos conocido en este vuelo.

—Las casualidades no existen Ruth. Eso tenlo por seguro. De todas maneras, tienes un amigo en mí. Si necesitas algo durante tu estadía, no dudes en decirme. Ya tienes mi número de teléfono.

—¡Gracias Rey! Y te aseguro que pronto te contactaré. Es cuestión nada más de llegar y establecerme.

Bajamos juntos del avión, recogimos nuestro equipaje y salimos a la sala de espera. Roxana ya estaba ahí esperando con una sonrisa qué iluminaba todo. Solté mi equipaje y corrí con mucho entusiasmo a saludarla. Nos dimos un abrazo fuerte, de esos que traen esperanza y sanidad a nuestro ser.

Roxana es una mujer que siempre irradia mucha luz, auténtica y siempre está sonriendo y alegre, o al menos eso es lo que le regala a los demás a pesar de los problemas que pueda tener. Pienso que Roxana hace honor a su nombre, ya que el significado es brillantez, amanecer y eso es lo que ella da a la gente. Así como el amanecer nos regala una nueva oportunidad de vida y de esperanza, Rox da las personas la oportunidad de sentirse atendidos, apreciados, escuchados, queridos y muchas cosas más, para sentirse valorados. Así que este es el tipo de personas que uno quiere al lado cuando busca sanar. Por otra parte, yo soy el tipo de persona a la que la gente acude cuando necesita desahogarse, por lo que sería un encuentro terapéutico para ambas.

—¡Bienvenida Ruth!

—¡Amiga, qué gusto verte! Ven para presentarte a alguien.

Presenté a Rey y a Rox, finalmente me despedí de él también con un abrazo y beso y le aseguré que lo contactaría.

—Vaya Ruth, ¡estás acaparando! ¿Quién es ese chico? Pensé que venía contigo —comentó Roxana riéndose.

—¡¿Cómo crees que voy a llegar con alguien sin avisar Rox?! —respondí riéndome también y continué — Nos conocimos en el avión. Nos tocó sentarnos juntos y ¡qué vergüenza! Me la pasé hablando todo el viaje de mis penas y resulta que ¡es psicólogo! Y yo que no creía en psicólogos, terminó convenciéndome de lo importante que son. Con lo poco que hablamos, me hizo bien.

—Qué buena manera de darte cuenta que los psicólogos son buenos y *pa'completar* te tocó uno guapo ¿Qué más puedes pedir? —comentó Rox y soltó la carcajada.

—Verdad que sí, guapo es, pero yo ahora no estoy para eso amiga.

—Bueno, apurémonos que tenemos una agenda apretada. Tenemos mucho tiempo para hablar—comentó Rox, me tomó por el brazo y ayudándome con el equipaje apresuramos el paso.

Ese primer día Rox lo tenía todo planeado para darme un gran recibimiento. Había hecho una reserva en un lugar especial de aquella ciudad, un edificio que se había vuelto museo, perteneció a una familia muy importante del lugar y que además fueron pioneros de la arquitectura. El edificio era una obra magistral de cuatro pisos con el elevador más hermoso y antiguo que había visto en mi vida. Al entrar ahí, me transporté automáticamente a películas de los años 1880. En el techo había un jardín muy hermoso y ese día precisamente, a pesar del frío que hacía, el cielo estaba despejado y muy azul. Nos sentamos en una de las mesas que estaban ahí y conversamos un poco. Sin embargo, el tiempo pasaba muy rápido y necesitábamos irnos porque además ya teníamos reserva para comer.

Por fin llegamos al restaurante, un lugar muy acogedor con una terraza de madera al aire libre rodeada de árboles y en el centro una fuente que lograba un ambiente relajado. El camarero nos llevó hasta la mesa que Roxana reservó, en un lugar privilegiado ya que la vista daba a un parque lleno de árboles y flores, que estaba cruzando la calle del restaurante.

—¡Amiga, qué lugar tan hermoso! Antes de irnos tenemos que ir para conocerlo.

—¡Obvio! ¿Crees que esta mesa no fue reservada con el propósito de que tuvieras vista a ese parque? Por eso la escogí. Sabía que no iba a pasar desapercibido para ti, y por supuestísimo que vamos a visitarlo saliendo de acá. Además, quiero llevarte a un lugar ahí del otro lado, que te va a encantar para tomarnos el cafecito y el postre.

El camarero nos dio las recomendaciones del menú, comentó que nos daría oportunidad de elegir, y nuevamente vendría con nosotras a tomar la orden. Agradecimos y enseguida Rox continuó hablando.

—Cuéntame amiga. ¿Cómo has estado? ¿Qué pasó? ¿Por qué esa decisión repentina de terminar la relación con Renzo? Obvio que te apoyo y sabes que también estuve en una relación así, por lo que sé que es lo más sano para una, pero tú estabas muy ilusionada y estabas disfrutando de la relación, al menos hasta la última vez que conversamos que sería cosa de, ¿cinco meses tal vez?

—Sí, más o menos. Además, recuerdo que coincidió la llamada que me hiciste esa vez, con un día que acababa de irse de la casa y ¿qué te puedo decir amiga? Cada vez que nos veíamos yo era la más feliz. La euforia del momento, no sé… la energía, la química… ¡qué sé yo qué era! pero me dejaba gozosa.

—Gozosa no lo dudo amiga —comentó Roxana y ambas nos reímos.

—Sí amiga, tuve que tomar la difícil y dolorosa decisión. Aún lo extraño como no tienes una idea. El dolor sigue ahí, y ¡qué difícil es! porque no hay medicina que pueda uno tomarse para que cese, pero gracias a que lo he dejado fluir, me he dado cuenta de muchas cosas que vienen de tiempo atrás. Aún no sé por qué atraje a Renzo. A veces creo que busco lo imposible, lo prohibido o lo que no puedo tener porque en el fondo no deseo compromisos, pero después, pienso que es lo contrario. Siempre he deseado tener a alguien al lado, un cómplice, un amigo, un amante, alguien para cuidarnos, procurarnos, protegernos y amarnos mutuamente. Ese era mi sueño cuando me casé con Rafael y ya ves que no se pudo.

Lancé un suspiro y continué.

—Qué ironía de la vida, con el hombre erróneo conseguí tener una conexión así de increíble. De hecho, en mi vida jamás había logrado tener algo como lo que tuve con él. Y cuando me refiero a erróneo, es por el pequeño detalle de que es casado — Ambas volvimos a reír.

—Ruth, que raro. ¿Alguna vez él te mencionó algo sobre su matrimonio? Porque pareciera que algo falta ahí. ¿No lo has pensado?

—Claro, desde el primer momento. Él jamás insinuó algo al respecto, de tener problemas en su matrimonio, pero imagino que debe existir alguna razón para interesarse en buscar una relación fuera. Sobre todo, porque tiene muy poco tiempo de casado. Al menos en mi experiencia, mientras estuve enamorada de mi esposo, jamás miré para los lados, incluso ya teniendo los problemas que teníamos, porque éstos no se presentaron en los últimos años. Estaban ahí desde mucho tiempo atrás e intenté arreglarlos infinidad de veces con Rafael, pero en verdad no hubo cambios. Lo que me di cuenta con el tiempo, es que cuando yo empecé a poner atención a las invitaciones e insinuaciones de otros hombres, ya me había ido de la relación, aunque ahí seguía.

Yo me fui desde el momento que ya no volví a hablar con Rafael sobre las situaciones que vivíamos. Es verdad lo que dicen que el grito más fuerte de una mujer es el silencio y que cuando ella decide marcharse de una relación, ya lo ha hecho mental y emocionalmente tiempo atrás. Con Renzo no quería que se repitiera, además para qué hacerme ese daño si finalmente era su amante. Duele más dejar a alguien de esa manera, cuando aún está encendida la llama del deseo, pero creo que es lo mejor definitivamente.

—Sí, estoy de acuerdo contigo Ruth. A mí me pasó también. Además, una no se da cuenta cuando del deseo, pasa a ser amor. Yo por eso con Ryan no quise involucrarme más, aunque ya lo estaba. Una vez escuché de un psicólogo decir que, *"es más fácil llegar a amar a alguien que se desea, que desear a alguien que solo amas"*

—¿Cómo? No entendí Roxana, ¿qué quiso decir?

—Sí, el psicólogo te ponía dos tipos de relaciones: ¿amar a alguien, pero no desearlo o desearlo sin amarlo? Y ahondaba en los dos casos, decía que en ambos se sufre. Además, decía eso, que del deseo puede nacer el amor, mientras que era más difícil de la otra manera.

—¡Wow! Es cierto, creo que lo viví en estas dos últimas relaciones. Con Rafael, obviamente me casé súper enamorada y apasionada por él, pero su bajo interés en la intimidad, no solo sexual, sino emocional, me llevó un día a no desearlo. Y el amor que sentía por él, es como el que siento por cualquier familiar o amistad cercana. Con Renzo, todo empezó con un deseo, pero claro está, primero nos hicimos amigos. Si él no hubiera sido un hombre atento, sensible y especial conmigo, por supuesto que no hubiéramos llegado a una relación íntima, porque antes de él hubo muchas propuestas de todo tipo, pero no llegaron a mi corazón. Él primero conquistó mi alma y luego vino lo físico. Ahora, si algo no puedo negar es lo muchísimo que lo deseaba, bueno, que lo deseo aún. El problema fue que sin darme cuenta como acabas de decir, empecé a amarlo. Él me dio mucho de sí. Era una persona especial.

—¡Ay amiga te entiendo! Yo sí corté por lo sano de inmediato cuando sabía que esto no iría para ningún lado. No podía soportar nuevamente un dolor como el que había vivido con mi relación anterior, con Ricardo, ¿recuerdas? Esa vez sufrí intensamente y un dolor como ese, jamás lo quería volver a sentir. También sufrí con esta última relación porque nosotros tuvimos un idilio amoroso de esos intensos, pero precisamente por ver que iba directo a estrellarme, frené y me bajé. Al igual que te pasó a ti con Renzo, Ryan me dio lo que ningún otro. Por eso te entiendo. Es cierto que a uno se le va de las manos. Cuando uno empieza a convivir con alguien diariamente, en mi caso en el trabajo, y empieza esa conexión como dices, no te das cuenta cuando ya no hay vuelta atrás y ya estás metida de cabeza, preguntándote en qué momento empezó todo, pero ya no te importa, estás enamorada.

—¡Exacto Roxana! Diste en el clavo amiga. Cuando te das cuenta, ya no hay vuelta atrás porque no quieres. Uno no ve las señales. En lo particular, no sé en qué momento del camino, se presentó la bifurcación que dijera: A la derecha, "deseó y solo pasarla bien"; A la izquierda "Deseo y amor". No sé en qué momento tomé el camino de la izquierda. Y bueno no tuve el valor que tuviste tú. Yo tenía muchas carencias de atención y de pasión, ¿Cuántos años pasé dormida en ese aspecto? No, no me lo quería perder y por eso di largas, no quería dejar lo que estaba sintiendo. Estoy segura que me estaba convirtiendo en una adicta, pero cuando me afectó el cuerpo, no dudé ni por un segundo en parar todo.

—¿Cómo que te afectó el cuerpo Ruth?

—Amiga, el día que acabé la relación con Renzo, mi espalda estaba rígida, no podía ni mover la cabeza hacia a los lados.

Le conté a Rox lo que empecé a somatizar y ella me contó algo aún más sorprendente.

—Ruth me acabas de dejar impresionada con todo esto que me cuentas. Me hiciste recordar lo que yo viví con el cáncer. Me di cuenta que de alguna manera, no sé cómo, lo busqué ya que cuando terminé la relación con Ricardo y le pedí que se fuera, sentía un dolor tan grande que recuerdo haber preferido una dolencia física a aquel sufrimiento tan terrible en el alma.

—¿¡Qué dices Rox!? Pero ¿cómo que tú lo buscaste?

—Si amiga, recuerdo haber estado tan mal emocionalmente y aquel dolor era tan fuerte que, como pidiéndole a Dios dije "Por favor quítame este dolor, prefiero estar sufriendo de un dolor físico que puedo calmar con alguna medicina que este dolor insoportable y de alguna manera incurable porque no lo puedo aminorar con nada" —comentó Rox y continuó —El día que me llamaron del hospital y me pidieron que fuera de inmediato, para darme la noticia que tenía un tumor maligno en el seno, recuerdo cómo vino a mi mente aquel deseo que tuve años atrás y siempre me he preguntado si no sería yo la causante de ello.

Abrí los ojos sorprendida por lo que acababa de escuchar.

—Roxana ¡qué fuerte! Cómo podemos dar poder a alguien sobre nuestras vidas y además ponerlos en primer lugar. Estamos tan vacíos, que creemos que no somos nada sin alguien al lado, cuando en realidad lo más importante somos nosotros mismos. Tenemos tanto miedo de estar solos, que aceptamos a cualquiera que nos ponga un poco de atención y nos dé migajas de su tiempo y cariño. Además, no podemos juzgarnos, porque realmente ¿quién sabe cómo amar? Hacemos lo que podemos.

—Así es Ruth, pero a veces más que amor es apego o codependencia. Creemos que sin esa persona no podremos vivir. Bueno, la conversación realmente está sirviendo de catarsis y sobre todo nos está ayudando a entender muchas cosas, pero ¿qué te parece si ya pedimos la cuenta y vamos al lugar que te dije para tomarnos el café y el postre y seguimos allá conversando?

—Me parece perfecto, quiero conocer ese parque y mover las piernas un rato porque ya me entumecí.

12

AMIGAS

*"Un amigo es una persona
Con la que se puede
Pensar en voz alta"*
Ralph Waldo Emerson

Mientras cruzábamos los grandes jardines del parque, nos mantuvimos en silencio admirando el lugar, predominaba el color verde de los árboles y plantas, uno de mis colores favoritos.

Caminamos cerca de dos grandes fuentes que estaban encendidas, se escuchaba el sonido del agua caer fuertemente y terminamos frente a un lugar decorado con una pérgola de madera, mesas de hierro forjado color blanco estilo vintage y rodeado de un sinfín de flores de diferentes especies y colores. Era un lugar realmente hermoso.

—¡Qué lindo sitio Roxana! la verdad que no pierdes estos detalles. Gracias amiga, realmente sabía que visitarte a ti sería un gran acierto. Ambas necesitábamos este momento para nutrirnos y de alguna manera entender muchas cosas.

—Sabía que te encantaría. También disfruto venir mucho a este lugar. A veces vengo acompañada de un libro y me paso las horas, ¿sabes Ruth? Con respecto a lo que hablábamos del vacío y los apegos, me acuerdo tanto de todos los malos tratos que aguanté de Ricardo y no me explico cómo lo pude aceptar. Él quiso conversar conmigo luego que se enteró de mi enfermedad,

115

pero me opuse. No tengo nada que hablar con él. Si cree que ahora va a venir a disculparse para ganar indulgencia está equivocado, ya él dijo e hizo todo durante los años que estuvimos juntos y mostró ser quién era.

—A veces la gente se da cuenta de sus errores y aunque sabe que no puede borrar lo que hizo, resulta hasta beneficioso darle la oportunidad de escuchar lo que tienen que decir Rox, eso de alguna manera nos libera y nos da satisfacción porque reconocen sus faltas. Rafael habló conmigo después de que se le pasó el coraje y eso fue como un bálsamo para mi alma porque, aunque no me justifico, reconoció todo lo bueno que hice por él. Además, le di la oportunidad de que explicara la razón de su actuar amiga. Sí, me dejó sorprendida y aun no entiendo todo, pero reconoció que durante el tiempo que estuvimos juntos, él no había perdonado a su ex pareja. Como te comento, todavía no logro entender totalmente de qué manera pudo afectar nuestra relación, pero a mi entender, él estaba aún viendo hacia atrás.

—En mi caso, Ricardo no tiene nada que decirme que sirva para justificar el trato que me dio durante el tiempo que estuvimos. Ahora nada de lo que diga puede servir —comentó Rox.

A Rox le resultaba muy difícil volver a ver a Ricardo. Él fue su pareja por más de diez años y la conducta que tuvo durante el tiempo que compartieron fue muy dolorosa para ella, ya que nunca tuvo expresiones de protección y amor hacia ella. En cuanto a lo sexual, tenían muy buena química, pero Rox no se sintió amada por Ricardo, además descubrir una infidelidad fue lo que la llevo a decidir dejarlo y aún no perdonaba su traición.

Preferí respetar su opinión y decisión, ya que es cuestión de cada quien. Yo también había vivido en carne propia la infidelidad de alguien más y solo perdoné hasta que aprendí que hacerlo era la mejor medicina para mí. Eso no lo aprendí sola, sino los años que asistí a la iglesia. Solo Dios puede convencernos. Así que preferí cambiar el tema.

—Por cierto, me gustaría regalarme la oportunidad mientras estoy acá, de ir a un psicólogo y que mejor que Rey que me dio tanta confianza, además ya le he contado parte de mi vida y me gustaría hallar respuestas a varias situaciones que estoy viviendo. ¿Y qué crees Rox? Me habló de un retiro espiritual amiga. Cuando me lo dijo pensé «¿Será que esta era la razón por la que tenía que venir a ver a Rox?»

—¿Qué tipo de retiro?

—De sanación espiritual. Desde que él me lo mencionó ha estado dando vueltas en mi cabeza porque precisamente era lo que le dije a Renzo que necesitaba. Trabajar en mi crecimiento interno. Siento que el llamado del corazón a venir acá es para esto.

—Estoy segura que así es Ruth, porque yo también he estado deseando darme una oportunidad así, sabes. No sé si será el mismo retiro espiritual que hace poco vi y llamó mi atención. Cuando lleguemos a casa te enseñaré unos folletos para ver si es el mismo.

—Entonces, ¿tú también deseas ir a un retiro espiritual? Amiga, no se diga más. Definitivamente esto no es una coincidencia, sino como le llamo yo, una señal divina. He estado alejada desde hace mucho de la iglesia y aunque sé que mi actuar no ha sido el de una sierva de Dios, sé que a pesar de todo lo que he hecho, Dios sigue de alguna manera atrayendo mi corazón hacia Él.

—Ruth, tampoco tienes que autoflagelarte por eso.

—No me autoflagelo, pero tampoco me enorgullezco de lo que hice —comenté, hice una pausa y continué —Bueno, vayamos a ese retiro. Él dijo que sería el próximo fin de semana. Lo ideal para mí era ir al menos a una sesión con él, antes del retiro porque me dijo que después que sus pacientes están listos para darles el alta, sugiere a algunos ir a ese retiro por decisión propia. Desde el punto de vista de él están listos para seguir adelante, pero algunos tienen miedo de dejar de ir al psicólogo porque creen que reincidirían.

—Bueno, independientemente de ese retiro, te comento que ya tengo planes para nosotras. Tengo preparado el itinerario de los próximos dos días y hay que aprovecharlos antes de que empiece a trabajar ya que la próxima semana acaban mis vacaciones.

—Pues vamos a aprovecharlos entonces Rox. Yo estoy más

que lista y tengo todo el tiempo libre —dije y sonreí.

Llegamos esa noche a casa de Roxana totalmente cansadas después del maratón de actividades que habíamos realizado, pero muy contentas. Me sentía como en casa, Rox siempre ha sido el mejor anfitrión que he conocido en mi vida. Llegué a la recámara en la que dormiría y tenía absolutamente de todo, incluso unos pijamas de invierno recién comprados. No le comenté nada de mi temor al frío y mucho menos que no llevaba mucha ropa adecuada para el clima de Monte Rourbante, pero ella era una mujer espléndida, en verdad no hay palabras para describir su hospitalidad. Seguramente por eso es una mujer a la que la ido muy bien en la vida, siempre cosechando lo que siembra. Esa noche dormí en un lugar cálido y acogedor. Tan pronto me metí en la cama dormí.

13

HAZLE CASO A TU CORAZÓN, ÉL CONOCE EL CAMINO

"Cuando tengas que elegir entre dos caminos,
pregúntate cuál de ellos tiene corazón.
Quien elige el camino del corazón,
no se equivoca nunca"
Popol Vuh

La mañana siguiente nos levantamos muy temprano como acordamos para el paseo que Roxana tenía preparado. Era un lugar al que se podía llegar caminando desde su casa ya que estaba a unos doce kilómetros de distancia. A ambas nos gusta disfrutar del ejercicio al aire libre y no queríamos desaprovechar la oportunidad para hacerlo. De esa manera *matábamos dos pájaros de un solo tiro*: Hacer el entrenamiento del día e ir a conocer el lugar que, según Rox, era espectacular.

Mientras preparábamos el café, Roxana sacó los folletos del retiro que me había comentado y resultó tratarse del mismo al que Rey me había invitado.

¿Sabes esas cosas que pasan, que parecen coincidencias porque suceden exactamente cuando estamos buscando respuestas?

En realidad, nunca he creído en coincidencias ni casualidades, sabía que era el destino abriendo puertas y solo está en uno decidir si entrar o no.

—Roxana, creo que esto era lo que yo estaba buscando. Mi corazón me dice que sí y me dice que ya, lo más pronto posible, aunque te confieso que me da algo de miedo, pero sé que es debido a que me voy a enfrentar a algo que al final me dará mucha satisfacción, pero tengo que atravesar ese sentimiento de temor.

—Sí, a mí también me da algo de miedo ir y más porque para mí es el primero, al menos tú ya has tenido· alguna experiencia anterior, pero sí lo deseo Ruth y además iremos juntas, ¿qué mejor que esto? Todo se ha dado: Tú viniste, conociste a este psicólogo y te habló del retiro y qué casualidad que es el mismo del que precisamente yo guardaba en mi cajón información para hacerlo algún día y, además tengo unos días más de vacaciones para poder ir. Creo que debemos ir Ruth.

—No se diga más, iremos amiga. Entremos a la página para hacer la reserva antes de irnos al paseo —comenté.

—Vale, haz tú la reserva mientras sirvo el café y termino de organizar lo que nos vamos a llevar —dijo Rox.

Lo que más tememos los seres humanos es a lo desconocido. Y este retiro era algo así. Rox y yo estábamos decidida a responder a esa llamada, con temor porque no sabíamos qué nos esperaba, pero yo pensaba «¿qué peor puede pasarme de lo que ya me ha ocurrido?» Ya tenía realmente poco que perder, casi todo lo que me daba estabilidad en la vida se había esfumado y también me di cuenta que desde que me había separado y había salido de mi zona de confort, empezaron a ocurrirme algunas cosas buenas que yo no había planeado.

Adicionalmente, ya había tenido la oportunidad de ir anteriormente a otros retiros y me habían sido de gran ayuda. Creo que todos los retiros traen algo que necesitamos conocer para continuar nuestro crecimiento espiritual. Desde que empecé a estudiar El Libro Sagrado, entendí que el despertar a lo espiritual es como una lámpara que alumbra solo hasta una cierta distancia, lo demás está oculto a nuestros ojos y para que se revele, tenemos que seguir avanzando. Aunque muchas veces me he sentido mal y culpado por mis errores, algo me decía que todo lo que estaba viviendo era Dios guiándome.

Una vez que hicimos las reservas para el fin de semana al retiro, emprendimos nuestra caminata hacia aquel lugar que tanto Rox quería que conociera y al llegar entendí el por qué. Se trataba de un castillo en lo alto de una montaña espectacular. De antemano, el paseo fue maravilloso, hacía muchos años que no tenía la oportunidad de hacer senderismo y mientras lo hacía, recordé a mi padre. Él amaba subir a una montaña que nos quedaba muy cerca de nuestra casa donde viví desde la infancia hasta la adultez temprana.

—Amiga, acabo de recordar un paseo que hice con mi padre y mi hermano —comenté y me reí.

—¿Y por qué lo recordaste? ¿El lugar se parece?

—Sí, tiene un parecido, aunque no en el clima. Tú también conoces muy bien ese lugar, ¿Recuerdas la montaña Repano? —pregunté.

—¡Si claro! Me encantaba, aunque iba muy poco ya que quedaba lejos de mi casa y además como bien sabes, yo vivía en un lugar montañoso, así que cuando deseaba hacer senderismo, solo tenía que salir de casa y caminar hacia arriba, pero la montaña Repano, obviamente la recuerdo y me fascina.

—A nosotros nos quedaba súper cerca de casa una de sus tantas entradas y a mi padre le encantaba ir allá. Solíamos dar paseos precisamente a pie como ahora lo estamos haciendo nosotras. Por eso lo recordé —reí y continué —Me vino a la memoria una vez que tomamos un camino que nunca habíamos hecho y mi hermano y yo le preguntábamos a cada momento que si sabía en dónde estábamos porque nosotros no. Y él con mucha seguridad nos respondía que sí, que conocía esa zona de la montaña. Nos hizo bajar por un lugar que a mí me dio pánico porque teníamos que pasar por debajo de esas torres de electricidad gigante que están en algunos de sus trayectos. Se escuchaba un horrible ruido cada vez que pasábamos por debajo de una, como un zumbido y yo imaginaba que me iba a quedar electrocutada en una de esas. Bueno, para no hacerte larga la historia, después de haber pasado por debajo de unas diez torres, llegamos al final del camino y no había manera de bajar hasta la salida de la montaña. Terminamos frente a un precipicio, mirábamos a todos lados para saber si lográbamos encontrar una vereda o algo que nos permitiera seguir bajando, pero nada. No nos quedó más que volver a subir por donde habíamos bajado. Ahora me río, pero recuerdo lo furiosa y asustada que estaba solo de saber que tenía que pasar nuevamente por esas torres. ¡Pobre de mi padre! Ya me imagino que iba sufriendo más que yo, pero no decía nada.

—Qué bonitas esas experiencias con nuestra familia Ruth. Siempre recuerdo las salidas con mis hermanos. Nos divertíamos mucho, aunque con quienes más compartía era con mis hermanas. Las extraño, de hecho, estoy pensando seriamente en regresarme a vivir cerca de la familia.

—¡Qué bien Rox! Si, creo que ya son bastantes años que has estado lejos de ellos y estoy segura que te haría mucho bien ir al menos por un tiempo —comenté.

Finalmente llegamos al Castillo de Ruass. Una hermosa construcción medieval incrustada en la montaña, con puentes y caminos empedrados y unos hermosos jardines y monumentos que vestían de manera especial los alrededores. A sus pies pasaba un río muy largo que iniciaba en la cima de la montaña y caía al mar. El castillo por dentro era una obra de arte, sus pisos de piedra y en algunas habitaciones alfombrados, techos con cúpulas, pinturas y utensilios de diferentes materiales muy valiosos en su época.

Disfrutaba del paseo, de la compañía y del ambiente en donde se encontraba el castillo, una majestuosa montaña con árboles llenos de muchos colores por la estación del año en la que estábamos. Otoño no solo es una de las estaciones con un clima increíble, sino que ofrecía unas preciosas vistas tanto del cielo como la tierra.

14

EL TIEMPO NO SE PIERDE, SE INVIERTE

"El tiempo es el mejor autor
Siempre encuentra un final perfecto"
Charles Chaplin

Después de hacer una parte del tour por el castillo, buscamos un lugar cercano al río para descansar y desayunar. Roxana lo tenía todo bien pensado, preparó para cada una, bocadillos, jugo de naranja natural y de postre, un delicioso pan que estaba relleno de diferentes frutos secos y mazapán. Como siempre a Rox no se le escapaba nada, pensaba en cada detalle, incluso para el recorrido había empacado agua obviamente y chocolate por si era necesario para la energía durante la caminata.

—Rox, ¡qué pan tan delicioso!

—Qué bueno que te gustó, lo aprendí a hacer en uno de los cursos virtuales que tomé durante la pandemia.

—¡Qué delicia! siempre recuerdo aquellos panes que tú y tus hermanas preparaban y que siempre llevabas cuando estudiamos en la academia. Qué curioso que teniendo esa habilidad y que se les da tan bien, ninguna de ustedes se dedicó a algún negocio de comida.

—Pues mira, a lo mejor llegó el momento de pensar en eso ahora que estoy analizando la posibilidad de regresar con mi familia.

—¿En serio? ¡Qué bien! Fíjate tú, después de tantos años haciéndolo, hasta ahora ves esa posibilidad amiga. Definitivamente es cierto lo que dicen acerca de que todo tiene su momento. Creemos que tardamos en hacer cosas que ya estaban ahí desde siempre y hasta nos recriminamos o lamentamos de no haber empezado antes, pero hoy sé que no es así. En El Libro Sagrado hay un versículo que dice algo como: *"todo tiene su tiempo y todo lo que se quiere debajo del cielo tiene su hora"*. Precisamente habla de eso, que llega el momento para cada cosa. No es que llegamos tarde o temprano. Ahora tengo claro que nunca debemos pensar que el tiempo lo hemos perdido. Además, aprendí que siempre se gana, solo que a veces no ganamos lo que queríamos.

—Hablando de eso Ruth, ayer después de todo lo que hablamos me puse a pensar en ti y Rafael. Pasaron por varias pruebas y tú decidiste por quedarte en la relación, siempre pensando que todo se iba a arreglar, pero terminaron divorciándose. ¿No crees que fue tiempo perdido?

—No amiga, es lo que precisamente acabo de comentar, tal vez no gané lo que esperaba, que nos mantuviéramos unidos hasta que la muerte nos separara, como era mi deseo, pero gané igual algo muy valioso. A los dos años y medio de casados, yo quise divorciarme, pero en ese entonces fue cuando empecé en los caminos de Dios y como mi mundo giraba en torno a Rafael, yo creí que eso nos salvaría. No voy a negar que sí ayudó mucho en lo que nos estaba pasando en aquel entonces porque nosotros discutíamos por todo. Recuerdo en aquel tiempo que no nos podíamos dirigir la palabra para nada porque siempre terminábamos peleándonos verbalmente y gracias a todo lo que empecé a vivir internamente, cesaron las discusiones. Bien dicen que para pelear se necesitan dos y ya no estaba en disposición de hacerlo. Nos ayudó a llevar una vida en armonía y como seguía locamente enamorada de Rafael, mi oración a Dios siempre era la misma, que arreglara mi matrimonio. Viendo en retrospectiva, todos esos años sirvieron para llenarme espiritualmente y fortalecerme para lo que vendría después. Además, me enseñaron muchas cosas, como a amar a los demás, a no juzgar, a ser compasiva y empática. Realmente esos años no transformaron al matrimonio, sino a mí, y sé que a Rafael también le sirvieron. En fin, creo que ambos salimos siendo mejores personas y en parte gracias a que invité a Dios a morar entre nosotros. Hay un versículo que dice: *"¿podrán andar dos juntos si no están de acuerdo?"* y en la mayoría de las cosas lamentablemente Rafael y yo no llegábamos a un consenso.

—¿Y por qué esperaste tanto tiempo para divorciarte Ruth?

—En principio, definitivamente por el amor que sentía por Rafael y después por el miedo a hacer algo que Dios veía mal según la iglesia, por temor al castigo y además por el qué dirán.

—¿En serio? Es decir, ya no lo amabas, pero seguías con él para mantener una imagen.

—Como te comenté antes, no me había dado cuenta que ya no lo amaba, y también por mucho tiempo pensé que eso era lo que me tocaba vivir, porque era el deber ser. Lo que me habían enseñado en la iglesia, era que había que quedarse con el hombre con el que uno se casa.

—O sea, te quedaste por costumbre o resignación, lo que pasa con muchos matrimonios.

—No sé, tal vez, pero hubo algo que sucedió precisamente unos meses antes de conocer a Renzo. Rox, yo lo veo como un despertar.

—¿Qué fue eso que te hizo despertar Ruth?

—Empezaron a venir situaciones después de un viaje que hice yo sola para ir a visitar a mi familia. Recuerdo claramente que fue el momento que dije "¡hasta acá! ¡No más!" En ese viaje me di cuenta que yo hacía las cosas para complacer a los demás y al final nada les parecía. Nunca quedaba bien con ellos y mucho menos conmigo, porque precisamente esas cosas no las hacía para mí, sino para contentarlos, pero algo en mí se rompió esa vez, algo que ya era hora de dejar atrás y me comprometí desde aquel día a jamás volver a hacer las cosas solo para deleitar a las demás personas. Ese viaje fue como un antes y un después. Al regresar a casa ya no volví a ser la misma. De hecho, recuerdo recién llegada adquirí nuevamente el hábito de escribir, y también fue cuando me dieron el proyecto en el que empecé a incursionar en el diseño de interiores. Eso me hizo volcar mi atención y pasión en esa nueva tarea. Era algo que me encantaba desde niña, al igual que escribir. Algo en mí empezaba a revivir o despertar. Ya ocupaba el tiempo para trabajar, investigar y empecé a hacer nuevamente más ejercicio. Estaba súper motivada. Y bueno, el resto ya lo sabes.

—¡Claro! Porque estabas haciendo algo que te gusta y no lo que los demás opinan que hagamos. Ese es otro tema. Muchos hacemos, no lo que queremos, sino lo que los demás creen que debemos hacer con nuestra vida y, por complacerlos, hacemos cosas que no nos llenan.

—¡Ay sí amiga!, es una cadenita. Todos quieren opinar en la vida de los demás, pero pocos se encargan de la propia. Parece que su frustración quieren pagarla con otros —comenté y me reí.

—Sí Ruth, y dijiste algo muy importante. ¡Cuántas mujeres no están en matrimonios que ya no desean por motivos como los que mencionaste! Miedo, porque lo consideran pecado, por el qué dirán y peor aún, por resignación o por temor a estar solas.

—Así es, creo que muchos matrimonios, sobre todo los de antaño resistieron por eso. Pero sin ir muy lejos, conozco a mujeres de nuestra edad que siguen casadas porque dicen que continúan por los proyectos en común. Es decir, lo ven como un negocio o empresa y por eso deciden vivir su vida así, resignadas y aguantando muchas cosas. Sin ánimos de chisme, algunas se enteran de una, dos, tres, o más infidelidades; otras ya no tienen intimidad con los esposos y se llevan muy mal con ellos, parece que se odian, pero se quedan por los hijos o por lo que han construido juntos. No juzgo, cada quien que tome la decisión que quiera si las hace feliz. No digo que a la primera hay que separarse, solo creo que hay que buscar las razones verdaderas por las que sí quedarse juntos, pero si ya no está el amor, lo veo muy difícil.

—Es cierto, conozco parejas que parecieran más bien enemigos, pero continúan juntas. Hombres que maltratan a las mujeres porque son los que proveen y cada vez que quieren, les sacan en cara que, si no fuera por ellos ni comerían —mencionó Rox.

—¡Ay sí qué tristeza! No las juzgo, pero realmente eso nos pasa porque creo que no nos amamos y además tenemos miedo de no poder salir adelante solas. Yo también pensé que sola no iba a poder, pero era solo miedo. Si yo aporté mucho en esa relación ¿por qué no iba a poder valerme por mí misma? Solo era dar el paso de valentía, que honestamente cuesta y tengo que reconocer que Renzo me dio el arrojo que necesitaba para darlo.

—¡Exacto! y por otra parte he hablado con mujeres que se han divorciado y lo que me ha llamado la atención, es que todas han coincidido en que si de algo están arrepentidas es del tiempo que tardaron para tomar la decisión.

—Cuando yo la tomé también pensé lo mismo, pero luego analizando bien las cosas me di cuenta que realmente el tiempo no lo perdí, más bien lo invertí en mí. Si me hubiera separado desde la primera vez que lo pensé, me hubiera ido dolida y con una herida abierta y probablemente hubiera sido peor. Sin embargo, el tiempo que me quedé, me ayudó a mejorar como persona, aprendí a perdonar, sufrí dentro de la relación la falta de atención y desde mi punto de vista, falta de amor de Rafael, porque según él, me amaba. Así que cuando me fui, ya no sentía nada negativo, a tal grado que hoy somos amigos, obvio, después que él vivió el proceso, porque al inicio no me quería ver ni en pintura. Pienso que salí de esa relación, más madura, con más experiencia, pero sobre todo en paz con él.

—Esa es una gran ventaja, porque la mayoría salimos resentidos con la otra persona y no la queremos volver a ver jamás —comentó Roxana.

—Lo lamentable es cuando hay hijos, aunque está mal quedar resentidos porque nos hace daño, es problema de cada quien y lo resolverán cuando quieran, sin embargo, cuando hay hijos es peor, porque entonces ellos lo viven y es muy doloroso. Te lo digo también por experiencia propia —comenté.

—Sí, que bueno que no tuve hijos con Ricardo, porque a la fecha yo no quiero saber nada de él y ya ha pasado mucho tiempo.

Transcurrió el día, terminamos la visita al castillo y ya pasadas las cuatro de la tarde, decidimos comenzar el descenso a la ciudad para llegar a casa y prepararnos para ir a cenar. Mientras bajábamos retomamos la conversación. Si algo teníamos Rox y yo es que jamás se acababan los temas para hablar.

—Mencionaste que Renzo te dio la valentía que necesitabas para terminar tu relación y me venía preguntando por qué seremos así. Yo también pasé mucho tiempo pensando en que la relación con mi ex, me refiero a Ricardo, no estaba yendo para ninguna parte. No crecíamos como pareja, pero, aunque existían razones para tomar la decisión de seguir adelante sola, no lo hice sino hasta que descubrí su traición. Creo que me hubiera ahorrado tanto dolor si lo hubiera decidido antes —mencionó Rox.

—No amiga, de nada sirve pensar en qué hubiera pasado si hubiésemos hecho tal o cual cosa, más que para torturarnos. Por ejemplo, a veces pienso que el papel de Renzo era solo entrar a mi vida para darme la valentía de tomar la decisión y luego seguir sola, pero después vuelve otra vez el diálogo en mi cabeza de que tenía mucha carencia de atención y *bla, bla, bla*. Siempre termino pensando que las cosas tenían que pasar como pasaron.

—Tienes razón. Al final lo importante es tomar el aprendizaje que nos deja para no repetir.

—Exacto, pero te confieso que yo no termino de aprender Rox. Aún pienso mucho en Renzo y reconozco que, si no estuviera tan lejos de él ahora, en lo que me enviara un mensaje para vernos, yo iría corriendo.

—Entonces, espero que el retiro te sirva para olvidarte de él, porque tarde que temprano volverás a tu casa y estarán nuevamente cerca. Se supone que viajaste para olvidarlo —mencionó Rox.

—Más que para olvidarlo, es encontrarme a mí y saber si puedo vivir cerca de él y entender que lo nuestro no va para ninguna parte. Rey, el psicólogo, me dijo algo que me dolió, pero tiene sentido. Me dijo que hombres como Renzo no aman a nadie, sino que solo usan a las personas para su placer y conveniencia. Yo no lo siento así realmente, Renzo es un hombre muy sensible y lindo por dentro. Y por fuera también, ¡es súper apuesto! está como para comérselo. —ambas reímos y continué, —¿No será más bien que quiere a dos mujeres? Aunque honestamente no sé cómo puede pasar eso, porque yo solo puedo poner a un hombre en mi corazón como pareja. Puedo amar a mucha gente de otra forma, pero como pareja solo a uno a la vez.

—Es que esa es la única manera. No podemos justificarlos y recuerda que después de Ricardo, yo estuve con Ryan y me pasó lo mismo que a ti. Inocentemente creí que lo que estuvimos viviendo en aquellos dos meses que trabajamos fuera, era algo real. Se supone que tenía problemas en su matrimonio, y de la manera que me hizo sentir durante el tiempo que estuvimos juntos, pensé que regresando dejaría a la esposa. Me di cuenta que debía terminar inmediatamente con él cuando vi que la mujer le escribió un mensaje muy acaramelado en sus redes. Creo que ella se enteró de lo nuestro, pero si él no tomó una decisión en ese momento, para mí el mensaje era que estaba eligiéndola a ella, y no dudé ni por un segundo en poner distancia entre los dos —inquirió Rox.

—Pero a mí Renzo jamás me prometió dejar a la esposa y como te dije, tampoco mencionó que tuviera problemas con ella. Él fue muy honesto desde el inicio y lo nuestro empezó por puro deseo. Bueno, de mi parte reconozco que era algo más, pero para él era solo eso. Hice una pausa por un momento y continué hablando con un tono de voz triste —Entonces Rey seguramente tiene razón, no debe amar a nadie. ¡Ay amiga quién sabe! Lo que sí sé es lo que yo siento y por eso necesito resolver las cosas por mí propio bien. Por cierto, hablando de Rey, voy a enviarle un mensaje cuando llegue a casa. Me gustaría saber si me puede recibir en su consultorio en algún momento antes de estos dos días que faltan para el retiro.

—Eso está muy bien Ruth, escríbele o hazle una llamada.

Al llegar, le mandé mensaje ya que eran pasadas las seis de la tarde y no sabía si aún estaría en horario laboral.

—Ruth qué grata sorpresa, me acordé de ti esta mañana y supuse que estarías de paseo con tu amiga. Te seré honesto, mi agenda está copada esta semana, ahora, si te viene bien, nos podemos ver mañana a las ocho de la noche en mi consultorio. Generalmente mi horario termina a esa hora, pero lo extenderé una hora más para ti. ¿Te parece bien?

—¡Excelente Rey! Claro que me viene bien y te agradezco por abrirme un espacio en tu agenda. Ya que decidí una visita al psicólogo, que sea con alguien quien me sugiere confianza.

15

CADA QUIEN OFRECE DE
LO QUE EN SU CORAZÓN HAY

*"Cada uno dé como propuso
en su corazón: No con tristeza,
ni por necesidad, porque
Dios ama al dador alegre"*
2 Corintios 9:6

El día siguiente desayunamos en casa y nos preparamos para otro paseo que Rox había planeado con antelación a mi llegada. Se trataba de una visita a un templo budista en el que se estaba exhibiendo una gran colección de guerreros orientales hechos de arcilla a escala real. Era fascinante la historia que se contaba alrededor de ellos, sus costumbres y relatos de algunas de las batallas que tuvieron que librar para alcanzar la victoria de su pueblo. La algarabía de los presentes daba un ambiente especial. Había niños corriendo por doquier y los padres gritándoles para que esperaran, se escuchaban risas y murmullos en el lugar creando un ambiente festivo.

—Ruth, generalmente en este sitio reinan el silencio y la paz, pero la exposición ha traído mucha concurrencia.

Ambas reímos.

—Qué gracioso, me dijiste que el lugar era casi un templo para meditar y más bien me hizo recordar las tertulias familiares en casa de mis abuelos. Generalmente toda la familia se reunía, había música, mucha comida y risas. Me encantaba ese ambiente, imagino porque yo estaba acostumbrada que en mi casa era lo contrario. El silencio era lo normal, ya que solo vivíamos mis padres, mi hermano y yo. ¡Qué bonito! este momento me transportó a mi niñez.

Roxana río y me contó la versión de su infancia que era una historia muy diferente a la mía.

—En mi casa jamás había silencio. Era muy raro que me dejaran sola y pudiera disfrutar de él. Imagínate, éramos diez niños más mis padres, y generalmente iba a cualquier lugar acompañada de mis hermanas. Cuando nos sentábamos a la mesa a comer era una fiesta. A eso súmale los perros, los gatos y los caballos. Ellos también contribuían con el bullicio en mi casa. —nuevamente sonrío Rox y continuó —En fin, estaba acostumbrada a esto amiga y es lo que más extraño de vivir tan lejos. Esa es una de las razones por las que he pensado ya regresar a Rayenviin. Han sido veinte años lejos de mi familia, ahora no solo son mis hermanos, sino mis sobrinos y aunque vienen seguido a visitarme, ya no le encuentro sentido. Pienso este año regresar. Después de lo que viví con la enfermedad, he revaluado mis prioridades en la vida.

—Ya lo creo Rox y gracias a Dios ya estás sana, has vencido el cáncer y en mucho tiene que ver que nunca estuviste durante ese tiempo sola. Tu familia vino a estar contigo, además de los amigos que has hecho acá, que finalmente vienen a ser parte de tu familia.

—Exactamente. Qué bueno que el tratamiento logró erradicar la enfermedad, pero me di cuenta lo bendecida que soy con toda la gente que tuve alrededor para ayudarme de diferentes formas. Eso es lo que agradezco de esa experiencia.

—Si amiga, así son los momentos de adversidad si decidimos buscar lo bueno. Y está excelente que te regreses a Rayenviin, vivir sola en esa casa tan grande no ha de ser fácil después de haber estado rodeada siempre de tantas personas. Además, si ya no hay pareja, ni alguien que te interese actualmente, creo que es buen momento para regresar y has sido una mujer que ha sabido invertir y por el momento el dinero no apremia. Tienes el suficiente colchón para sostenerte mientras buscas que hacer allá. La idea del negocio está increíble, además, estoy segura que una panadería - pastelería sería un éxito total con lo que sabes hacer con esas manos prodigiosas. Te va a ir bien en lo que emprendas Rox. No lo dudes.

Continuamos el recorrido por el templo y yo me mantenía absorta. Lo conversado con Rox, me hizo pensar en que las crisis siempre traen algo bueno si lo queremos ver así. Las crisis son los momentos perfectos para hacer cambios radicales en la vida y estaba segura que las situaciones que había vivido y lo que estaba pasando, eran una oportunidad para hacer una pausa, respirar y retomar el camino correcto. O tal vez no es que me haya desviado de mi camino nunca, sino que todo por lo que pasé tenía que vivirlo para algo.

Por otra parte, pensaba sobre los misterios de la vida. A diferencia de Rox, que siempre tuvo gente alrededor que la acompañara y la ayudara a salir de la enfermedad, yo me encontré muchas veces sola. Sí tuve amistades que me brindaron su apoyo moral y también económico, pero a la distancia. Sola, en una casa acompañada solo por mis mascotas. Sin embargo, no me quejaba, por el contrario, pensar en esto y escuchar a Rox, me hizo dar cuenta que no hay una sola manera para salir adelante. Siempre recibiremos la ayuda que necesitamos y las que nos dará el impulso para seguir avanzando.

El impulso propio también es muy importante y creo que yo podría hablar mucho al respecto. Rox siempre estuvo rodeada de gente porque nació en una familia numerosa. En mi caso, me acostumbré desde muy niña a estar sola y tal vez eso fue lo que me hizo desarrollar el impulso propio porque lo iba a necesitar el resto de mi vida. Incluso, viviendo en mi país natal, pasé por momentos que tuve que salir adelante sola, aunque tenía familia alrededor, pero ya no estaba mi héroe, mi padre. Tal vez eso fue lo que me hizo ser una persona muy reservada. Me di cuenta que no contaba con el apoyo de muchos, pero siempre, gracias a Dios, mandaba a alguien para auxiliarme. De eso sí que no me puedo quejar porque realmente siempre llegaba la ayuda de cualquier parte, aunque yo no la pedía ni tampoco me la ofrecían los que se supone que podrían echarme una mano, llegaba de la nada. Un ángel de Dios.

—Amiga has estado algo callada, como ausente —comentó Roxana.

—Perdona Rox, mi mente voló muy lejos.

—No, para nada, está bien, pero te he visto muy pensativa.

—Sí, de repente me puse como a hacer un recuento de algunos eventos pasados en mi vida y los hechos de estos dos últimos años como me han llevado paso a paso a convertirme en alguien diferente y para ser honesta, alguien más solitaria que antes, pero para nada esto me ha molestado, más bien me he sentido cómoda con este nuevo estilo de vida. Hoy como que de repente mi mente ha empezado a pasarme la película de momentos importantes que han ido transformándome —comenté.

—Qué bien amiga y pronto viviremos algo muy importante. Estoy segura que será un momento crucial para cada una. Espero de corazón Ruth, tanto tú como yo salgamos de ahí renovadas, que todas esas cosas que hemos vivido y que definitivamente nos han dado un aprendizaje, pero también han dejado algunas cicatrices, sean curadas. No las podemos borrar, pero espero que ya no duelan.

- ¡Uf sí! Que no duelan por favor —dije con tono de ruego, juntando las manos como en señal de una petición.

—Yo si de algo estoy segura, es que tengo que revisar la imagen que estoy irradiando, porque a diferencia de ti, ningún hombre se me acerca. Bueno sí, ha habido algunos después de Ryan, pero hombres con problemas, así que necesito saber qué pasa conmigo —mencionó Roxana.

—Creo que problemáticos somos todos —dije sonriendo y continué —Ellos y nosotras. Lo que creo que hace la diferencia es lo que dijiste hace un momento. Nosotras hemos trabajado en las situaciones que hemos vivido y vamos a hacer este retiro precisamente para trabajar en aquellas que aún no se resuelven.

—Exacto, hacemos algo para mejorar, mientras que otros

van por la vida acumulando sus problemas —indicó Rox.

—Una vez Renzo me comentó que cada quien tiene ese momento de concientizar las cosas. Me lo dijo un día que le contaba acerca del sinfín de veces que intenté hacerle entender a Rafael, de cómo llevábamos la vida, la monotonía, la falta de intimidad en todos los sentidos, no solo la sexual, sino la emocional y no hacía nada para que las cosas mejoraran. Parece que no comprendía. Creo que no hablábamos el mismo idioma. Sin embargo, le quedó bien claro después que le pedí separarnos y que sucediera lo de Renzo. En ese momento Rafael entendió finalmente lo que yo me refería. Me comentó que se dio cuenta cuántas cosas había descuidado, comenzando por mí. ¡Lástima amiga! Por eso creo que a todos nos llega en un momento el mensaje, aunque puede ser ya tarde.

Suspiré y continué.

—Es la segunda vez que un hombre me dice que se ha dado cuenta cuánto lo amé y yo ya me he ido. Mi primer novio lo concientizó mucho tiempo después que terminé la relación y yo no sentía absolutamente nada por él. Se lo dijo a una prima. Le dijo que se había dado cuenta que yo fui la mujer que más lo había amado hasta aquel momento; Y Rafael me lo dijo diferente, pero para mí significó lo mismo. Él estaba agradecido por cómo me dediqué a él y como lo cuidé siempre. Finalmente, eso es amar. Cuidar es amar para mí. A Rafael le cuesta más hablar de amor por el tipo de familia en la que se crio. Espero que tanto él, como mi primer novio hayan aprendido y al menos la próxima mujer en sus vidas, reciba lo que a mí no me dieron.

Ambas guardamos un largo silencio y de repente exclamé con sorpresa:

—¡Rox! acabo de darme cuenta de que la que tiene que aprender algo soy yo. Con Renzo me pasó lo mismo que con ellos dos. Debí haberlo dejado hace mucho tiempo, pero con la esperanza de que todo lo vivido al inicio regresara, me quedé. Tal vez fueron dos años, pero igual pasó mucho desde que la relación cambió y ya solo me sentía triste y me conformaba con lo poquito que me daba. ¿Ves? Finalmente, cada una de nosotras envía una imagen que hace que se acerquen cierto tipo de personas, y es lo que necesitamos averiguar. Ellos son problemáticos, pero también nosotras.

—Nos urge ese retiro Ruth. ¡Enhorabuena amiga! Nada pasa por casualidad. Viniste acá porque, como dices tú, el corazón te mandó y el mío recordó que también le urge hacer algo para avanzar. Bueno amiga, es hora de irnos. Tenemos el tiempo justo para que vayamos a la casa, nos arreglemos y comamos algo para llevarte a la consulta con Rey.

—Cierto, ¡qué nervios! Es mi primera cita con un psicólogo. Bueno, al menos la que yo recuerdo porque de niña, mis padres ya me habían llevado con una. Vámonos amiga y gracias por todo lo que haces por mí. Es lo que digo, siempre he tenido poca gente alrededor, pero valen todo el oro del mundo —comenté.

16

RÓMPETE,
Y HAZTE A TU MANERA

*"Traumas de la infancia, al fin y al cabo
es lo que somos cada uno de nosotros,
traumas de la infancia."* Albert Espinosa

*"Los niños usualmente no se culpan
a sí mismos por estar perdidos.
Son los adultos."* Anna Freud

A cinco minutos para las ocho de la noche Rox estacionó su jeep en frente de un pequeño edificio de vidrio, de ocho pisos y con mucha iluminación.

—Hemos llegado señorita Ruth, su lugar de destino está frente a usted —comentó y sonrió.

—¡Wow! ¿es aquí? Qué bello edificio —dije.

—Así es, esta es la zona nueva de la ciudad y la arquitectura de sus edificios es muy moderna. Espérate a entrar, estoy segura te sorprenderás aún más. No he estado jamás en este edificio en particular, pero sí en otros de alrededor y son una obra maestra. Bueno, espero te vaya muy bien en tu terapia. Aprovecharé para saludar a una amiga que vive acá a la vuelta. Por favor envíame mensaje en cuanto termines.

—Perfecto Rox, te aviso. Nuevamente gracias—comenté y me acerqué para despedirme con un beso.

Entré al edificio y me detuve unos pasos después de cruzar la puerta de cristal para buscar con la mirada el elevador. Realmente era una estructura increíble como lo predestinó Rox, un lobby muy amplio con muros de gran altura y mucha iluminación, vi que se abría un pasillo a mi izquierda y supuse que ahí estaría lo que buscaba. Finalmente llegué al elevador, apreté el botón hacia el piso cinco y en un suspiro se abrió la puerta y caminé hacia el consultorio quinientos tres. Intenté abrir la puerta de cristal, pero estaba cerrada, observé que a la derecha había un timbre y lo presioné. Enseguida vi asomarse a Rey, me sonrió y yo le saludé con la mano y le sonreí.

—¡Ruth qué gusto volver a verte! ¿Cómo te ha tratado Monte Rourbante y el clima?

—¡Hola Rey! igualmente, el gusto es mío. ¡Wow! Llevo solo dos días acá y en verdad que me he sentido genial, como en casa. No he tenido mucho frío y es que mi amiga Roxana se ha desvivido por atenderme y hasta pijamas ya me tenía preparadas. También he visitado dos lugares montañosos, pero la ropa invernal no me ha faltado.

—Te lo dije, no te iba a faltar el calorcito, incluyendo el humano. —sonrió y continuó. —Acompáñame al consultorio por favor. Sígueme.

Llegamos a una oficina muy amplia, con un escritorio de cristal situado al fondo cerca de la ventana panorámica que daba exactamente hacia la calle donde me dejó mi amiga Rox, cerca de la puerta había un pequeño juego de sala con dos sofás de piel color blanco y un diván del mismo color y material.

—Por favor, ubícate donde desees Ruth y cuéntame ¿Cómo te has sentido con respecto a lo que hablamos en el avión? ¿Tú amigo ha hecho contacto contigo en estos días?

Me senté en unos de los sofás y de inmediato contesté.

—No Rey, y espero que no lo haga. Honestamente cada vez que se de él, me descontrolo. Hoy le decía a mi amiga que, si estuviera en Rekinha y me buscara, correría nuevamente a sus brazos. No lo puedo negar, aún lo extraño, pero también hoy me di cuenta de algo que hasta ahora no había visto.

—Muy bien, cuéntame ¿qué es eso que no habías visto antes?

—Creí que había superado el tipo de relaciones que antes atraía, pero caí en cuenta hoy que no es así. Me sigo fijando en hombres que se portan de una manera en un inicio y luego cambian, empiezan a ser distantes, a lastimarme con la indiferencia y con algunas actitudes y yo sigo quedándome en la relación esperando que vuelvan a ser los mismos y conformándome con lo poco que me dan.

—Déjame decirte algo Ruth. No es que sigues atrayendo el mismo tipo de hombres. Seguramente atraes a diferentes clases de chicos, lo que pasa es que como bien dijiste, te fijas exactamente en aquel que tiene algo que te es familiar y que aún no has sanado o resuelto en tu vida. Probablemente los otros hombres que atraes, los rechazas porque se te hacen aburridos, no tienen nada que te llame la atención.

—¡Es cierto Rey! —comenté admirada por lo que me acababa de decir, me hizo ver algo que hasta ahora no me había dado cuenta de manera consciente. Es cierto que atraía otro tipo de hombres, pero enseguida los descartaba porque no me representaban ningún reto, se me hacían aburridos. Ese es exactamente el adjetivo que les pondría a esos tipos.

—Y todo esto viene de la infancia, hay que buscar muy adentro para dar con la respuesta. ¿Sabes cuál es la ventaja que tú tienes con respecto a otras personas? Tú analizas y buscas en tu interior respuestas. La libreta que me enseñaste en el avión, me habla de una mujer resiliente, fuerte y que puede lograr sanar las heridas muy rápido. No te quedas mucho tiempo lamentándote por las cosas que te suceden.

—El tiempo me ha enseñado a ser así. Fue un golpe muy duro mi divorcio. Esta última experiencia que tuve y todo lo que nos ha traído la pandemia me hizo aislarme. En medio de la desesperación y el dolor al estar sola, tuve que enfrentar todo lo que estaba sintiendo y viviendo. Recuerdo como de un momento a otro empecé a pensar en todo lo que he hecho y aprendido en la vida, no solo las enseñanzas por las caídas que he tenido, sino mis trabajos, mis estudios, todo lo que he hecho para superarme. Ahí empecé a encontrar valor en mí.

—Esa es una de las tareas que le pongo a mis pacientes. Comenzar a buscar valor en ellos mismos, porque todos somos valiosos, nada más que nos enfocamos en nuestras deficiencias y carencias. Muy bien Ruth, te aplaudo eso.

— He estado pensando en lo que he dado en mis relaciones, y me he dado cuenta de que siempre ha sido algo puro, algo real. Antes me culpaba mucho cuando las cosas no funcionaban, como si todo fuera mi responsabilidad. Pero, cuando lo recapitulo, veo que siempre he ofrecido lo mejor que tengo, lo mejor que puedo dar. Y cuando me alejo, es porque siento que ya no me queda nada más que ofrecer.

—Precisamente Ruth, por eso tienes que ser tú la que decidas terminar con esta relación. Te felicito porque has empezado a ver valor en ti y has trabajado un poco en tu sanación. Sin embargo, es necesario profundizar en las razones por las que estás en un papel de amante. Te estás involucrando en una relación falsa y te autoengañas. Por otra parte, luchas contra tus principios, los que te enseñaron en tu casa y en la iglesia. Seguramente, antes de esta decisión de alejarte, lo intentaste muchas veces sin éxito, causándote más daño. Y lo peor es, que generalmente los amantes terminan aislándose para que nadie se meta en su relación con la pareja infiel. Se alejan de los amigos e incluso de la misma familia y esto propicia el mayor debilitamiento de su confianza y autoestima.

Cuando Rey terminó de decir eso último, no pude evitar el llanto. Era muy cierto lo que él decía. Se me había hecho más fácil distanciarme de la gente que se interesaba por mí, antes de tener que alejarme de Renzo. Aunque era muy poco lo que él me daba, se había vuelto lo más importante de mi vida. Prefería pasar el tiempo sola, esperando volver a verlo y disfrutar de todo lo que producía su presencia en mí, que estar acompañada. Entre lágrimas hablé.

—Es cierto Rey, no hay nadie más con quien desearía estar sino con Renzo, pero, por otro lado, quisiera tener valor para decirle que no me busque más. No sé qué pasa conmigo, siento que no tengo fuerzas. No hay momento en que no piense en él y es que todo me lo recuerda. Ayer en la cena estaba muy contenta conversando con Rox y riéndonos de las aventuras que tuvimos durante el tiempo que estudiamos juntas. Empezamos a hablar de las salidas a jugar billar americano con las otras compañeras de la escuela y de repente miré al cielo. Ahí estaba la espectacular luna y, en vez de contentarme por verla y admirar su belleza como de costumbre lo hacía, me entristecí porque me hizo recordar a Renzo y, por no poder tenerlo a mi lado. Es más fácil recordar los días bonitos que he tenido a su lado, que todo lo que he padecido por no tenerlo y sentirme sola, desplazada y muchas veces usada.

—Eso tiene una explicación científica, y es que, en los primeros años las relaciones son muy intensas gracias a los receptores de dopamina, los cuales llevan a los enamorados a experimentar placer y obviamente a desearse más. Experimentan una especie de euforia. Pasado ese tiempo, que aproximadamente puede durar de dos a tres años, el infiel puede decidir terminar con la relación. Si no lo hace, entonces significa que no solo es placer lo que busca, sino cubrir una necesidad. Para los infieles, los amantes y la persona traicionada, es decir, el esposo o la esposa, son objetos de los cuales obtiene algo que necesita, pero no ama. El infiel es quien controla. Es el que decide cuándo darle tiempo a la amante y mientras tanto él nunca estará solo. Por otra parte, la amante está la mayor parte del tiempo sola, esperando por volver a tener un momento de compartir. Y mientras, habrá un grave daño a su autoestima.

—¿Pero eso no es ponerse en un papel de víctima? —Interrumpí a Rey.

—Lo que te he comentado hasta ahora es lo que sucede química y científicamente en tu organismo. Víctima definitivamente sería saber que te está haciendo un daño y seguir en lo mismo, pero tampoco es fácil para ti, por eso necesitas la ayuda emocional y espiritual. Como te dije, esto crea un daño en la autoestima y traumas muy dolorosos. Déjame preguntarte algo, ¿bebes alcohol, fumas o consumes alguna droga?

—No, drogas nunca he consumido. Alguna vez fumé cigarrillos y tomar alcohol, casi nunca, pero si llegué a tomar durante el confinamiento, pero poco, ¿por qué la pregunta?

—La soledad lleva a los amantes, a refugiarse en adicciones. De igual manera se vuelven trabajadores compulsivos y, por cierto, hoy en día, la gente no se da cuenta que también usa como escape los móviles y las plataformas de *streaming*, entre otras cosas.

—Si, entiendo, yo también pasé por ahí hasta que me di cuenta de lo que estaba haciendo. Gracias a mi ex esposo. Ahora que lo analizo, tal vez él siempre usaba todo eso para escapar y me llevaba con él, porque como era lo único que hacía y yo quería estar junto a él, nos pasábamos horas durante el fin de semana viendo estas plataformas, hasta que después de un viaje que hice en 2019 para ir a ver a mi familia, regresé con la intención de no volver a hacer cosas que no me satisficieran. Así que desde ese entonces no volví a perder tiempo de esa manera. Fue cuando empecé a leer y a meterme más en el trabajo, regresé a los libros, también a escribir y empecé a ver material audiovisual sobre el crecimiento personal. Finalmente retomé el rumbo en el que mi padre desde niña me encaminó. Sin embargo, me da miedo, Rey...porque lo que comentas de volverme solitaria, si lo he hecho y, ahora no sé si gran parte es por mi relación con Renzo.

—bajé la mirada entristecida por lo que estaba descubriendo.

—En un principio los amantes se quedan solos esperanzados en el infiel.

—¿Esperanzados en qué? —pregunté.

—En un inicio, esperanza en el próximo encuentro y, finalmente en que el infiel un día deje a la esposa o esposo y se una al amante —inquirió Rey.

Me quedé un momento callada y Rey me dio el espacio, supongo que sabía que algo estaba pasando por mi mente. Luego hablé.

—No podría soportar acabar con un matrimonio. No podría vivir con esa carga en mis hombros y, por otra parte, creo que viviría con el temor y la incertidumbre de si él me lo hará luego a mí, me refiero a engañarme con alguien más.

—¡Exactamente! Muy bien Ruth, ves que tú si puedes salir adelante y sola. Hay amantes que jamás se darían cuenta de eso que tú acabas de mencionar. De hecho, es muy probable que eso pase, porque el infiel hasta que no resuelva su situación de abandono, seguirá haciéndolo.

—¿Abandono? Explícame más por favor Rey.

—Sí, una persona infiel generalmente fue abandonada en su infancia por algunos de sus padres y esa razón la lleva a vivir en un triángulo amoroso, deseando no volver a ser abandonado.

—¡Wow! No imaginaba todo eso. Ahora me da más compasión Renzo. Quisiera poder abrazarlo en este momento para decirle que todo está bien —comenté.

—Y obviamente por eso atrae a personas codependientes que quieren ser necesitados y que justifican su existencia ayudando a los demás y sacrificándose por otros —dijo Rey.

—¡*Oh my God!* Esa soy yo Rey. Entonces quiere decir que soy codependiente —exclamé.

—Hay que irnos más profundo para sacar una conclusión Ruth, necesitamos hablar de tu infancia, ya que las personas que son amantes, también fueron negadas del amor de sus padres o, sobreprotegidas, y eso las lleva a buscar un amor imposible. Pero, por ahora es necesario que sepas que tu seguridad y salud mental son muy importantes y es necesario que te mantengas alejada lo más que sea de Renzo. ¿Has escuchado hablar del contacto cero?

—Sí claro, algo en lo que he fallado un sinfín de veces. En un comienzo me alejaba, no soportaba muchos días y volvía a hacer contacto. Después me llené de más fuerza de voluntad y ponía distancia, pero entonces era él quien me buscaba. En una ocasión llegamos a estar dos meses sin saber el uno del otro, pero él me escribió y recaí. En fin, no he podido mantener el contacto cero con Renzo de manera permanente.

—Es necesario que lo hagas Ruth, por tu bien. Los amantes pasan por procesos muy dolorosos y pueden tender a la depresión. He tratado con pacientes que han debido medicarse por el grado de daño que han padecido, algunos hasta han intentado autodestruirse. Estás a tiempo —agregó Rey, hizo una pausa y continuó —En relaciones de este tipo, sufren solo dos: La esposa, si lo llega a saber, y tú por todo lo que ya te he comentado. Él no, finalmente te tiene a ti y a su esposa como compañeras que le brindan amor e intimidad sexual. Mientras tanto tú estás sola, esperando por un próximo encuentro.

Mientras Rey hablaba, sentía que me iba encogiendo, como si me hundiera lentamente en el cómodo sofá blanco donde estaba sentada. Su voz resonaba en mi mente, y con cada palabra, la imagen que tenía de una relación que siempre había considerado una historia única y romántica se desmoronaba y la comenzaba a ver como un relato de terror. Cuando mencionó la palabra "autodestruirse," un escalofrío recorrió mi cuerpo. Me asusté. Mi mente trataba de convencerme de que alejarme era lo mejor, la opción más sensata... pero mi corazón seguía aferrado a otra realidad, negándose a soltar.

Me quedó claro que necesitaba ayuda profesional y espiritual, porque, a pesar de todo seguía amando a Renzo. La compasión que sentí por él, al darme cuenta de su sufrimiento por el abandono de su padre, la empecé a sentir también por mí misma. Sí, me vi en un estado de autocompasión por todo el dolor que había experimentado y que, en parte, yo misma había causado. Definitivamente necesitaba ayuda, al igual que Renzo, pero aprendí que no hay nadie que pueda ayudar a alguien que no esté dispuesto a ayudarse así mismo. Así que la prioridad debía ser yo, y estaba decidida a enfocarme en eso.

—Es cierto, ya lo había pensado hace mucho tiempo atrás y se lo hice ver a Renzo, que yo me quedaba sola, mientras él estaba con su esposa. Yo quería serle fiel porque lo amo… ¡Perdón, pero esto yo no lo busqué! —exclamé y rompí en llanto —Es cierto que fue una decisión mía, pero…

Mi mente me decía «Ya no digas nada más Ruth. Definitivamente tú eres la culpable, tú lo decidiste. Nadie te puso un arma en la cabeza para que aceptaras una relación con un hombre casado»

—Continúa Ruth, no te guardes nada, estoy acá para

ayudarte. No te voy a juzgar —expresó Rey —De hecho, no se trata de culpabilizar a alguien. Tampoco juzgo a Renzo, solo estoy analizándolo desde el punto de vista profesional. A eso me dedico.

«¿Cómo es posible que Rey me dé un trato mejor del que yo me doy?» —pensé.

—Es que iba a decir algo, pero después me retracté porque, yo sí me busqué lo que estoy viviendo. Soy la culpable de lo que me está pasando.

—Te repito, no se trata de buscar culpables, Ruth. Lo que busco es que tú sanes y tengas una vida plena. No te hagas eso, solo te estás dañando más.

—Gracias Rey. Lo que iba a decir es que un día le dije a Renzo que saldría con alguien más justificando la soledad que sentía, pero en el fondo lo que estaba buscando era solo que él me dijera lo mucho que me deseaba y que no quería verme con alguien más. Pero siempre le recriminaba que me sentía sola.

—Por eso te empezaron los dolores de espalda, ¿recuerdas? —comentó Rey.

—¡Es cierto! Y ahora me doy cuenta que ya no me duele, Rey.

—El cuerpo comienza a somatizar cuando empieza a estresarse, comienza a producir cortisol y sientes baja energía porque además te sientes culpable. —comentó Rey.

Nuevamente lágrimas salieron de mis ojos y expresé lo que en ese preciso momento pasó por mi mente.

—Perdón por lo que voy a decir, pero ¿por qué siempre soy yo la que tiene que sufrir?

—No pidas perdón por lo que dices Ruth, estás en tu derecho de expresar lo que sientes y desahogarte. Hay personas que también sufren, pero en lugar de sentirse tristes y llorar, se sienten enojados con la vida y sale la ira.

—Pero me comprometo a salir de esta Rey, cuésteme lo que me cueste. En este momento sé que no puedo sola y quiero hacerlo de la ayuda de alguien y me encantaría que fuera contigo.

—Es un placer poder ayudar a quien desea recuperar la confianza en sí misma y salir adelante. Como te dije, ya has trabajado mucho por tu cuenta y estás dispuesta a poner de tu parte. Pronto llegarás a la meta y por hoy, mi querida Ruth hemos terminado. Como te comenté, una de las primeras tareas que les pongo a mis pacientes es escribir todo lo que consideran que son sus fortalezas, pero seguramente ya tú lo has hecho. Revisa lo que ya habías escrito y cerciórate de que no te falte alguna otra más. Nos veremos la siguiente semana, pero por hoy será nuestra única y última consulta antes del retiro. ¡Espero no te lo vayas a perder! Te recomiendo ir ya que será la única oportunidad en estas fechas en las que estarás en Monte Rourbante.

—¿Y crees que en un mes esté lista para volver a Rekinha con la mente cambiada? —comenté y reí. Rey también sonrió.

—En caso de que necesitaras más sesiones de las que podríamos alcanzar a tener antes de que regreses a Rekinha, cómodamente las podremos hacer *on line*. Gracias a la pandemia ya no existen barreras. De hecho, de la convención a la que fui invitado allá, surgieron futuros pacientes. —comentó Rey.

—Yo, por ejemplo, y eso que no fui a esa convención, sino que el destino nos tenía preparado un encuentro en el avión. Increíble como surgen las conexiones. Cambiando de tema Rey, antes de irme, ¿me permites usar el sanitario? —comenté.

—No faltaba más. Por supuesto Ruth, saliendo del consultorio a mano izquierda hasta el fondo está el sanitario.

El café y el agua de pepino que tomé con Rox durante la comida hicieron su efecto y me estaba orinando, así que mientras estaba en el baño aproveché a enviarle un mensaje para que pasara por mí ya que estaba a punto de salir.

Regresé al consultorio de Rey y salimos juntos. Eran las nueve y media de la noche y él estaba también listo para irse a descansar. Quince minutos después llegó por mí Rox y regresamos a la casa. Le conté durante el camino muchas de las cosas sorprendentes que descubrí y ella también se quedó impactada.

Al llegar a casa decidimos que lo mejor era ponernos a hacer el equipaje y acostarnos a dormir porque teníamos que levantarnos temprano, y salir para el lugar del retiro, que quedaba en unas montañas como a una hora de camino en carretera, más una hora de camino a pie, ya que Rox y yo decidimos que haríamos el ascenso caminando.

—Buenas noches Ruth, descansa, nos vemos mañana. ¡En unas horas comienza la aventura!

—¡Sí qué emoción! Hasta mañana amiga, tú también descansa.

17

EL DESTINO SE ENCARGA

*"El destino no reina sin la
complicidad secreta del instinto
y de la voluntad."* Giovanni Papini

Siempre que tengo algo importante que hacer duermo mucho menos de lo normal. Supongo que es la ansiedad. Desperté, pero mi cuerpo me decía que era muy temprano todavía. Vi el reloj y lo confirmé. Eran las 3:33 de la madrugada. Pensé en seguir durmiendo, pero antes tuve la necesidad de ir al baño a orinar, creo que no había salido toda el agua de pepino que me había tomado el día anterior. Al ir de regreso a la habitación, sorpresivamente me encontré en el pasillo con Roxana que ya estaba vestida.

—¡Amiga! que bueno que estás despierta. Precisamente iba a tu recámara. No me lo vas a creer, recibí una llamada de mi jefe, resulta que hay una parada y uno de mis compañeros se enfermó y necesitan que alguien lo supla. Lamentablemente voy a tener que ir —Comentó Rox.

Ahí estaba yo parada frente a ella, todavía medio dormida y sin saber qué decir porque no salía del asombro. Finalmente esbocé algunas palabras.

—¡En serio Rox! ¿¡No hay nadie más que pueda cubrir a tu compañero!? ¿En qué momento pasó todo esto si anoche nos acostamos con un plan diferente?

—No amiga, al parecer no hay nadie más. No me queda de otra, tendré que ir.

—¡Qué lástima Rox! No puede ser, tan emocionadas que estábamos —Hice un suspiro y continué— Ni modo, entonces no estaba en los planes ir. Lo aplazaremos hasta que haya otra oportunidad. Igual sé que puedo seguir las terapias con Rey. A lo mejor lo que necesito es esperar precisamente a terminar con esas sesiones y luego ir al retiro. Aunque la situación es que no sé cuándo pueda regresar a Monte Rourbante.

—No Ruth, tú irás. Esta parada puede extenderse por una o dos semanas, eso depende de lo rápido que trabajemos. No te vas a quedar acá a aburrirte mientras yo estoy allá. Este es tu momento. Vas a ir, te vas a llevar mi jeep porque yo no necesito coche para mi trabajo. Vienen por mí. Te voy a compartir la ubicación del lugar a tu móvil y tranquila… que aparte de que es muy fácil llegar, todo está perfectamente señalizado.

—¡Pero tú también deseabas ir! Esperabas este momento.

—Ya sé, pero al parecer no es mi momento sino el tuyo. Además, vivo acá y puedo hacerlo en otra ocasión. Obvio, lo ideal era haber ido juntas para después poder compartir las experiencias del proceso, pero lo haremos en algún momento después que yo vaya. Vamos Ruth, se valiente. Esta es tu oportunidad. No la vayas a desaprovechar. Aún es temprano, regresa a la cama y descansa un poco más antes de salir.

Roxana sonrió, se acercó y nos dimos un fuerte abrazo que duró unos segundos y continuó.

—¡Disfrútalo! Te deseo mucho éxito amiga, relájate, olvídate de todo lo demás y aprovecha el tiempo al máximo. Como te dije ayer, mi deseo es que salgamos de ahí renovadas en cuerpo y alma. Ya llegará el tiempo para yo ir. Te quiero mucho, cuídate, no te preocupes por el camino porque es muy seguro y trata de admirar el paisaje en la medida de lo posible porque obviamente tú irás conduciendo.

Roxana era ingeniero químico y siempre trabajó para refinerías petroleras. Durante tres años tuvo una baja debido al cáncer de mamas que padeció. Después de la operación y el tratamiento médico, se dedicó a hacer cursos de repostería y panadería. Durante la pandemia continuó preparándose y así descubrió el amor por el oficio. Sin embargo, luego de su remisión recibió una oferta de trabajo para seguir ejerciendo su profesión, la cual fue imposible rechazar por las condiciones salariales que le ofrecían.

Llevaba dos años haciendo paradas en plataformas petroleras alrededor de todo el país y en ocasiones en el extranjero, donde la empresa que representaba recibiera proyectos. Trabajaba por varios meses y una vez que bajaba de la plataforma, la enviaban a hacer recesos de hasta un bimestre. Precisamente estaba en uno de esos periodos de descanso, pero sintió el deber moral de apoyar al equipo de trabajo porque sabía lo que significaba la falta de un solo integrante. Además, en un par de días, luego de nuestro retiro, se reincorporaría ya que culminaba su receso, así que para ella no significaba gran diferencia.

Lamentó el hecho de no poder asistir al retiro, porque sabía que era algo importante para su evolución personal y espiritual, pero tenía la confianza de que llegaría una nueva oportunidad que no desaprovecharía, estaba completamente convencida de hacerlo.

Luego de despedirnos, regresé a la habitación, me acosté e intenté dormir ya que tenía tiempo para descansar un rato más. Cerré los ojos, pero mi mente no paraba de repasar todo lo que había acontecido minutos antes. Trataba de callar esos pensamientos, pero fue inútil.

En el fondo sentía mucha pena, aún no me reponía de ese cambio tan repentino, pero así es la vida. Nos habíamos acostado con un programa y unas horas después todo había cambiado. En ese momento recordé lo que aprendí un par de años antes: No hay que pasarse la vida haciendo planes, porque realmente muchos no se cumplen. Tampoco la idea es ir como cometa dejando que el viento nos lleve a donde quiera, pero estaba aprendiendo a fluir y a sentir…a escuchar el corazón y no aferrarme a nada ni a nadie.

No logré pegar un ojo nuevamente, intenté al menos

relajarme con algo de música y respiraciones profundas.

A las cinco y media me levanté para empezar a alistarme, preparé un rico café y lo acompañé con un pan tostado y mantequilla de maní. Acomodé todo lo que iba a llevar en el jeep, ajusté la ubicación del campamento en el GPS de mi móvil y me puse en marcha, confiando en que todo saldría bien.

Aún no salía de la cochera y ya estaban intentando alojarse pensamientos perturbadores en mi cabeza para hacer que me quedara. Detuve el jeep e hice lo que últimamente practicaba cuando necesitaba calmar los nervios y despojar todas esas voces saboteadoras que querían detenerme: Cerré los ojos por un momento, tomé una respiración profunda y repetí mentalmente un versículo del Libro Sagrado que me hacía poner los pies sobre la tierra *«Ni la hoja de un árbol cae si no es por la voluntad de Dios».*

Me tranquilicé y sentí paz casi de inmediato. *«Ruth, hay cosas que no puedes controlar. Lo único que queda es confiar y no dejarte boicotear»* otra voz tomaba lugar y me hacía entender que realmente perdía tiempo pensando en las cosas que podrían pasar. Precisamente parece que están ahí para que uno no avance y se quede siempre en el mismo lugar.

Yo siempre he elegido tomar el riesgo, aún con miedo, si la voz de mi intuición me dice que lo haga, pero conozco mucha gente que a causa de esos pensamientos dejan de vivir prácticamente, temiendo lo que pudiera suceder si cruzan la puerta que está frente a ellos y que significa algo nuevo.

Otro versículo que siempre me funcionaba era *«Para los hijos de Dios, todo, obra para bien»* y me recordaba precisamente que, por haberme atrevido a hacer las cosas, aunque salieran mal o de manera distinta a lo esperado, habían sido de mucha utilidad.

Todo lo que he vivido en el pasado me ha servido para crecer, evolucionar y convertirme en quien soy hoy. Esos dos versículos eran como mis mantras. Siempre lograban calmarme y sobre todo aterrizarme en el aquí y ahora. Lo que va a suceder, sucederá y además lo desconocemos, pero hasta ahora la vida me había demostrado que me dará lo que necesito para superar las situaciones que se vayan presentando en el camino. A lo largo de mi historia, como en la de cualquier otra persona, habían ocurrido sucesos inesperados, pero aquí estaba, con salud, superando cada situación adversa y cada vez más despierta.

Aquel dicho tan trillado de que Dios no nos pone cargas que no podamos sobrellevar, definitivamente es famoso por algo. Así que centrarme en cosas que desconozco y que no puedo controlar es un desgaste de tiempo y energía.

«Ruth, concéntrate en lo que está en tus manos y haz lo mejor posible, no pienses en nada más ahora. Calma y ¡vámonos!» me dije a mí misma, respiré y puse en marcha nuevamente el coche.

Después de aquel momento, me llené de optimismo, puse una *play list* con música que tenía mucho tiempo sin escuchar y empezó a sonar *Signos, En la Ciudad de la furia y Prófugos, de Soda Stereo*, una de mis bandas favoritas y recordé el concierto al que fui con mi hermano a verlos, décadas atrás.

Me dispuse a disfrutar del viaje manejando un jeep, el coche de mis sueños, y me mantuve alerta a la señalización de la carretera y las indicaciones del GPS. Todo ese ambiente me daba tal sensación de éxito y libertad, que dejé atrás todos aquellos temores que quisieron paralizarme.

El paisaje era digno de admirar tal y como me dijo Roxana, montañas llenas de pinos altísimos, a cada lado de una gran carretera perfectamente bien hecha y señalizada. El color verde oscuro predominaba en aquella escena. Empezaban a asomarse los primeros rayos del sol que aparecían poco a poco en el espejo retrovisor. Era todo un espectáculo. Un clima perfecto, el viento fresco se colaba por las ventanas, acariciándome el rostro y me despeinaba. Era otoño y hacía frío, pero me abrigué muy bien para poder conducir con las ventanas abiertas, tal y como siempre soñé hacerlo con mi propio jeep, ¿Es que acaso existe otra manera?

Fascinada con todo lo que estaba viviendo, de repente recordé dónde estaba años atrás. Mi vida había dado un vuelco total, me sentía más viva que nunca y viviendo en cada etapa cosas nuevas que jamás hubiera imaginado, empezando por separarme de Rafael, eso era algo increíble. Para mí el matrimonio siempre fue algo sagrado y solo la muerte lo podía disolver. Esa fuerte convicción en mi alma y, obviamente el amor que sentía por él me llevó a luchar por mi matrimonio.

Siempre he sido una mujer muy tenaz y decidida y sí trabajaba arduamente para conseguir las cosas, ¿no lo iba a hacer para salvar mi matrimonio? Sin embargo, no se logró, pero me quedó la satisfacción de haber dado todo lo que podía y tenía.

Después del divorcio comprendí que las cosas no son para siempre. Todo cambia, el mundo cambia, los climas, los ríos, los mares, las temperaturas, los animales, en fin, todo cambia y se transforma y si una pareja no evoluciona junta, es imposible que pueda permanecer unida. Eso lo entendí mucho tiempo después.

En un inicio me sentí una perdedora por no haber logrado mantener vivo mi matrimonio, pero también tenía que ver con el sentimiento de culpa que siempre estuvo presente en mi vida. Me atribuía la responsabilidad de todo lo que pasaba a mi alrededor. Así como creí que Renzo se enfermó por haber dado fin a la relación, me recriminé muchas veces por situaciones que a Rafael le acontecían, al grado de que, si estaba enojado, pensaba que seguramente había hecho algo para que él se pusiera así. Vivía siempre insegura con hacer y decir cosas que provocaran reacciones en los demás.

Ahora iba camino a este retiro y sabía lo importante que era para mí. Necesitaba romper con tantas ideas que probablemente se habían arraigado en mi mente influenciada por mi entorno. De hecho, leí que somos la imagen de las cinco personas de las que siempre estamos rodeado. Entonces entendí que debía trabajar en todo eso y recordar que mensajes había recibido desde niña y hacer una limpieza, un reseteo.

18

LOS VALIENTES CONQUISTAN SU DESTINO

¡Actúa en vez de suplicar!
¡Sacrifícate sin esperanza de gloria ni recompensa!
Si quieres conocer los milagros, hazlos tú antes.
Sólo así podrá cumplirse tu peculiar destino.
Ludwig van Beethoven

Dos horas después estaba llegando al estacionamiento del lugar del retiro, desde ahí emprendía la caminata montaña arriba y entonces recordé que se suponía que esta parte la haría con Rox y me puse algo nerviosa.

Tomé tiempo para agarrar mis cosas, guardé todas mis pertenencias en la mochila y cerré muy bien el jeep. Tuve la idea de desconectar el acumulador eléctrico, para evitar que se descargara ya que estaría un par de días sin uso. Se que no se descargan tan rápido, pero mujer prevenida, vale por dos, así que lo hice. Además, tenía la herramienta y sabía cómo hacerlo porque lo aprendí con Rafael.

Revisé la hora y ya eran las ocho y cuarenta de la mañana. Calculé que tardaría, a lo sumo, una hora en llegar teniendo en cuenta que los cuatro kilómetros que me faltaban por recorrer eran en subida.

Tomé agua, guardé la botella en la mochila y me la llevé a los hombros. Ahí parada, eché una última mirada a la hermosa montaña que se levantaba delante de mí y que en un instante más iba a conquistar.

Suspiré y dejé que el momento me llenara de lo que estaba sintiendo, una especie de mezcla de emociones entre excitación, temor, alegría por la nueva aventura, y por alcanzar la meta y di el primer paso. Observé por dónde tenía que iniciar la caminata y vi que había carteles indicando cómo llegar al *"Refugio Renkku"* el lugar donde se realizaría el retiro y marcaba precisamente cuatro kilómetros de distancia. Me tranquilizó ver el nombre del refugio ya que me confirmaba que estaba en el camino correcto y, además las posibilidades de pérdidas serían nulas. Por otra parte, llevaba mi móvil en caso de que necesitara ubicarme o llamar a las personas del retiro, para que me apoyaran.

En el inicio del sendero quiso ganarme el miedo y pensé que había sido mala idea la de no haber tomado la opción de que fueran a buscarnos al estacionamiento, pero como venía con Rox y a las dos nos gusta hacer de exploradoras, decidimos que subiríamos a pie.

En ese momento recordé que Rey, mi psicólogo, asistiría al retiro y sentí el deseo de hablarle, creyendo que, si aún no subía, podía aprovechar a hacerlo con él.

«Ruth, no es buena idea ¿qué tal si lo importunas y lo comprometes a algo que no tenía planeado?» Pensé y preferí antes calmarme, puse nuevamente en orden las ideas y recordé lo mucho que me encantaban los paseos en medio de la naturaleza.

—¡El trayecto es corto! —Me dije y preferí mantener la idea de llamar a Rey para más tarde, en caso de que fuera necesario.

Emprendí la caminata montaña arriba. El paisaje que se levantaba frente a mis ojos era impresionante y jamás visto por mí. Avanzaba en medio de un mar de pinos, tan altos, que si no alzaba la vista solo se veían hileras de troncos. En ese momento me sentí tan pequeña y tan afortunada, aunque no creo en la suerte, por eso no me gusta usar mucho esa palabra. Me sentía muy agradecida por el momento que estaba viviendo.

Más adelante, llegué a una parte del sendero que se tornó oscuro. El denso bosque impedía que los rayos de sol pudieran penetrar, no solo había poca claridad, sino también la temperatura bajó, y tuve que subir la cremallera de mi chaqueta e incluso ponerme la capucha. Era un frío húmedo, precisamente de climas de bosques montañosos y de altura. Traté de disfrutar esa parte del camino, pero de pronto recordé un antiguo miedo que tenía a los lugares solos a causa de una terrible experiencia vivida aproximadamente veintidós años atrás, en la que estuve atrapada con unos familiares. Fuimos asaltados por hombres armados, despojándonos de nuestras pertenencias y dejándonos abandonados en un manglar. Gracias a Dios hoy lo estoy contando, ya que pudo haber sido letal aquel evento.

Creí que lo había superado, pero una vez más empecé a entrar en pánico al verme en un lugar desolado y recóndito. La sola idea de que apareciera alguien para hacerme daño, ocasionó que empezara a sentir falta de oxígeno y taquicardia.

«¡Ruth, deja de sobrepensar!» Escuché una voz en mi cabeza. Llegó en buen momento, antes de que empeorara el estado de ansiedad y nerviosismo en el que me estaba poniendo.

Respiré profundo y me dije en voz alta, —Todo estará bien.

Me dispuse a controlar mis pensamientos y utilizar mi mente a mi favor, lo necesitaba porque estaba completamente sola en ese lugar y contaba conmigo nada más.

«Ruth, ¿te estás dando cuenta que estás enfrentando uno de tus peores miedos? Todavía no llegas al retiro y ya estás comenzando con los retos. Véncelo de una vez por todas y dale una fuerte patada en la cara, para que ya no vuelva a aparecer jamás en tu vida. Mejor disfruta del paisaje, ya eso quedó en el pasado.» Me dije en pensamiento para recuperar el ánimo y la motivación a seguir.

Segundos después vino a mi memoria una conversación que tuve con mi madre días antes, respecto a algo que encontré en un libro sobre el poder de nuestra mente: «—Mamá cuando mi cabeza me quiere traicionar, llenándose con pensamientos negativos y cosas terribles que pueden pasar, lo cambio por imágenes y frases positivas y cosas que si quiero que sucedan en mi vida. Algunas veces lo consigo hacer y en ocasiones me cuesta un poco más, pero al menos hoy soy consciente que puedo trabajar en eso para que no me limite y bloquee.»

Entonces me empecé a visualizar feliz, saliendo del retiro con un rostro alegre, en paz y sintiéndome libre.

A unos doscientos metros montaña arriba, el bosque se abrió completamente y frente a mí se extendía un hermoso cielo azul y soleado. El sol acarició todo mi cuerpo, se sentía como un cálido abrazo. El viento despeinaba mi cabello, rozaba mi rostro y emitía un agradable sonido. Aquel momento era un verdadero deleite. Incliné la cara hacia arriba, cerré mis ojos, abrí los brazos, sonreí y di un largo suspiro. ¡Este era el premio de mi valentía! Gracias a atreverme a enfrentar el miedo que instantes atrás me quiso paralizar. Estaba feliz, verdaderamente orgullosa.

Faltando un kilómetro para llegar, del lado izquierdo del camino se podía ver una montaña rocosa y en su base, un hueco en forma de cavidad de ojo. Me causó mucha curiosidad y mientras caminaba, mantuve la mirada en aquella roca tratando de descifrar qué era realmente lo que veía.

Cuando estuve en frente, como a unos cincuenta metros de distancia, me di cuenta que se trataba de una cueva. De repente divisé a lo lejos un animalito caminando hacia adentro de la cavidad. Me pareció un gatito por el color del pelaje, cafecito claro como el de mi gatita Rouss. Me emocioné y quise acercarme para verlo y salir de dudas «Podría ser un conejito también» pensé, pero por su forma de moverse, parecía más un gatito u otra especie de extremidades más largas.

Saqué el móvil de mi mochila para verificar la hora y el reloj marcaba nueve y veinte de la mañana. Aún tenía tiempo suficiente según la señalización que había visto momentos atrás, el refugio estaba a un kilómetro. Además, el programa indicaba que debía estar a las diez de la mañana, así que pensé «Un momento que explore el lugar no va a afectar en nada y, por el contrario, me daré la oportunidad de verlo de cerca y ver si encuentro al gatito».

Finalmente salí del camino y me dirigí hacia aquella montaña y entré en silencio a la cueva bien alerta para ver cualquier cosa que se moviera buscando al animalito.

Al ingresar me encontré con una recámara muy alta de aproximadamente treinta metros. De la parte superior de la pared de la entrada entraba un rayo de luz que daba un brillo especial a todo el lugar. Sus paredes de roca caliza negra se iluminaban y brillaban como si estuvieran bañadas en oro.

Maravillada por lo que estaba delante de mis ojos, caminé alrededor de aquel gran salón e intenté ver exactamente de dónde provenía aquella luz. Se trataba de un orificio que estaba a unos veinte metros de altura de aquella pared y fungía como lámpara, iluminando de forma natural el lugar. Para alcanzar a verlo, tuve que caminar y pararme en el lado opuesto a la entrada. Estando ahí, exploré un poco con la mirada y vi que había otro orificio más pequeño que el de la entrada y al parecer llevaba a otra recámara, pero no entré, sino que giré mi cabeza nuevamente hacia aquella lámpara natural para seguirme deleitando. Apenas lograba verse porque estaba muy alto y había rocas salientes que tapaban un poco la vista. Recordé al gatito y entonces empecé a explorar el lugar a nivel del piso buscando algún rastro de él.

Barrí con la mirada todo el lugar y al llegar a la altura donde estaba la entrada de la cueva, no pude creer lo que vi. ¡La cavidad estaba cerrada! El orificio ya no estaba, parecía como si la cueva se hubiera dormido y cerró su ojo. Como el lugar estaba iluminado, no se notó diferencia en el momento que se cerró, sin embargo, no podía dar crédito a lo que mis ojos estaban viendo, era algo inaudito. Me acerqué al lugar por donde minutos antes había entrado para confirmarlo y así era, ¡Ya no había como salir!

«¡No puede ser! No pude haberme desorientado, si no me he movido del lugar» pensé. Realmente había caminado alrededor, no había atravesado ningún otro portal o tomado otro camino como para haberme desubicado. «¿¡Qué está pasando!?».

No podía entender lo que estaba viviendo. No tenía sentido ni explicación alguna.

A punto de entrar en estado de pánico nuevamente, una imagen mental de mi abuela vino y escuché su voz diciendo, — *¡Señores, vamos a recuperar la calma!*

Era el recuerdo de un día que salíamos de un lugar y se armó una balacera en la calle. No era una zona peligrosa en la que estábamos como para esperar que esto sucediera, simplemente coincidió con un momento en que la policía perseguía a unos hombres que acababan de cometer un robo e intentaba alcanzarlos para que no escaparan. Éramos muchos los presentes, empezó la gritería y la gente a lanzarse al piso. Algunos quisieron atajar al policía que tenía el arma para agredirlo por haber disparado en medio de los presentes, y otros se desmayaron. Yo veía aquella escena y asustada quise empezar a gritar e imitar a los demás, pero de repente mi mirada buscó a la abuela y entonces ahí me olvidé de todo el mundo y solo la observé. Con aplomo invitaba a los demás a guardar la compostura y les intentaba decir que el peligro había pasado. Tal evento lo viví a la edad de quince años, pero siempre lo he recordado y precisamente, en este momento que estaba a punto de perder el control vino a mi mente.

«Gracias por venir en este momento a calmarme abuela. Por favor ayúdame y dime qué hacer» pensé.

Siempre admiré a Doña Rubí, así se llamaba ella. Fue una mujer ejemplar. Entre las enseñanzas que me dejó, porque fueron muchas, el temple para afrontar los momentos de terror fue una de esas.

Inmediatamente se me ocurrió cruzar al siguiente portal. Aunque significaba adentrarme más a la cueva, pero algo me decía que era el camino que debía seguir para buscar una salida.

«Tengo que actuar rápido. Necesito salir, debo estar a las diez de la mañana en el refugio»

A medida que caminaba, se veía menos iluminado el lugar. La siguiente recámara era menos alta, anduve unos pasos más a adelante y me encontré con una fila de rocas que se levantaban como columnas en el medio de aquel largo pasillo y por lo que se alcanzaba a ver, era el único trayecto posible a tomar. Eran rocas más altas que yo, pero no llegaban hasta el techo de la cueva. Para avanzar tenía que rodearlas, por la derecha o la izquierda ya que por cualquiera de los dos lados que decidiera, me mantendría en el mismo camino. Avanzaba por uno u otro lado, buscando también en las paredes algún vestigio de luz. Se empezaba a sentir más frío y húmedo, sin embargo, la temperatura era soportable.

De repente empecé a escuchar el sonido de las ruedas de una

bicicleta y busqué resguardarme detrás de una de aquellas rocas. Pasó alguien, pero no alcancé a distinguirlo, se metió por un camino que daba a la derecha y me di cuenta que yo también debía tomarlo, ya que hasta el momento la cueva tenía un solo sendero, no había necesidad de decidir. Por una parte, esto me tranquilizaba, porque tener que elegir una ruta sin conocer el lugar, obviamente era más angustiante, pero por el otro empezaba a ponerme nerviosa por no saber a dónde me llevaba aquella caverna. Se supone que quería salir de ahí y por el contrario, me metía más y más adentro de sus entrañas.

Una vez que dejé de escuchar el sonido de las ruedas, reinicié la caminata. A lo lejos pude vislumbrar la silueta de dos personas que conversaban. Me acerqué lo más que pude para intentar averiguar de quiénes se trataba. Logré divisar la bicicleta e imaginé que era la misma persona que me había rebasado antes y que conversaba con alguien más.

—¿Qué llevas ahí? —Pregunta al que estaba en la bicicleta.

—Mi comida. —Contesta.

Escuché que sonrió y alzó algo que llevaba en su mano izquierda. En aquella oscuridad se veía como una especie de bolsa de tela de una tonalidad clara con algo que se movía adentro y me espanté, pensando que podía ser aquel gatito que vi entrar en la cueva.

Mi corazón empezó a latir tan rápido y fuerte que creí que iba a ser descubierta. Me abordó el miedo y temí por mi vida imaginando lo qué pasaría si esas personas notaran mi presencia. Cerré los ojos por un momento e intenté bajar el ritmo cardiaco haciendo respiraciones suaves. Los abrí nuevamente e hice un esfuerzo para observar con detenimiento y averiguar quiénes eran esas personas que no alcanzaba a diferenciar por la obscuridad de la cueva.

Eran de tez obscura y sus siluetas un poco difusas. Intenté acercarme un poco más, pero empezaron a caminar y poco a poco se fueron alejando, hasta que el sonido de las ruedas de la bicicleta desapareció junto con ellos.

Me sentí aliviada y agradecida de que no me hubieran visto.

Emprendí de nuevo la caminata, pero ya estaba muy nerviosa y empezaba a desesperarme. Saqué el móvil de la mochila y confirmé lo que ya temía, que no tenía recepción y además el reloj marcaba las nueve y cincuenta. No me quedó más opción que seguir adelante en búsqueda de alguna abertura por la que pudiera salir.

A estas alturas, empezaba a preguntarme si no sería mejor idea regresar al lugar por donde entré para ver si la dichosa cueva había terminado su siesta y vuelto a abrir su ojo. Creo que me estaba volviendo loca con todo lo que estaba viviendo. Pensé también que probablemente ahí mi móvil podía haber tenido algo de señal y me reclamé mentalmente el hecho de no haber intentado eso antes de adentrarme a lo desconocido.

«¡Ruth! ¿Cómo se te ocurre meterte en este lugar? Ya estabas a nada de llegar.» Mi voz interna habló, sin embargo, me mantuve caminando hacia la dirección en la que iba buscando alguna salida.

Pocos pasos adelante la energía del lugar se tornó extrañamente agradable y comencé a experimentar una sensación de paz. El silencio que reinaba me hizo centrar en el momento. Estaba más obscuro, pero, nuestro cuerpo es tan bien diseñado que pasado un rato la pupila se acostumbra y permite apercibir lo más importante para estar segura. Además, me di cuenta que los otros sentidos se intensifican, como por ejemplo el oído, escuché la bicicleta acercarse y tuve oportunidad de esconderme y a aquellos extraños lo que hablaban, a pesar de no estar tan cerca.

Me di cuenta que el olfato también se había agudizado, llegaba un aroma como de fruta fermentada, pero no sabía de dónde provenía y por supuesto el olor a tierra húmeda que tanto me gustaba. Lo percibí desde que crucé el segundo umbral de la cueva y se iba haciendo más fuerte a medida que me adentraba a ella. Me hizo recordar mi niñez, cuando jugaba a hacer heladitos de raspado de hielo con tierra y me sacó una sonrisa. Ponía al revés mi bicicleta y usaba el pedal como el moledor de hielo para que saliera en forma de nieve. El hielo, precisamente era la tierra mojada convertida en lodo y, lo colocaba en vasitos de plástico para venderlos a mis demás amiguitos. «¡Qué tiempos aquellos cuando éramos tan inocentes!»

El recuerdo hizo que desconectara por un instante del presente y cuando retomé, adelante se veía que había llegado a lo que parecía el final del camino. «¡Lo que faltaba! Me equivoqué, por acá no hay salida» Ahora estaba enojada porque al final no había servido de nada todo el tiempo que había invertido en buscar una salida y tenía que regresar al mismo lugar por el que había entrado.

«¡Qué terca eres Ruth!» En pensamiento me juzgaba.

Tuve que detener el paso porque vi que el camino terminaba y se veía adelante una especie de abismo. Me acerqué con mucho cuidado al borde con la intención de averiguar lo que había en ese precipicio, pero no se alcanzaba a ver gran cosa. Me abstuve de encender la lámpara del móvil por temor a ser detectada por alguien ya que sabía que no estaba sola en aquel lugar.

Después de observar un rato aquel vacío alcancé a ver que algo brilló, como un reflejo y supuse que era agua. Para confirmarlo, busqué alrededor en el piso alguna piedrecilla para lanzarla y la primera que tomé llamó mi atención. Era de un color claro en forma de corazón, al menos era la forma que yo le veía. Me acordé de mi amiga Roxana, ya que en una conversación que tuvimos, le mencioné que usualmente veía corazones en diferentes cosas y ella me respondió que uno veía lo que quería ver. Así, que al menos para mí esa piedra tenía forma de corazón y no la iba a tirar. La guardé de inmediato en mi mochila y busqué otra piedra.

Esta vez tomé una con forma común y caminé de nuevo hasta el borde del precipicio y la lancé. Tardó algunos segundos en emitir algún sonido, pero efectivamente confirmé que me encontraba frente a una especie de ojo de agua o pozo.

—¿En serio esto me está pasando? Tendré que regresar— En voz baja me hablé y para no ser escuchada continué mi diálogo conmigo misma mentalmente. «Definitivamente esta no es la salida y ni loca me lanzaría a algo que no tengo idea qué es. Prefiero regresar a ver si la cueva se abrió o en el peor de los casos trataré de escalar aquel agujero que estaba en la entrada, por donde entraba la luz solar.

—¡Quiero llorar! — Volví a hablar por la desesperación y frustración que tenía.

19

NO TEMAS A LAS TINIEBLAS SI EN TI HAY LUZ

"La luz brilla en la oscuridad
Y la oscuridad jamás podrá apagarla"
San Juan 1:5

En ese preciso momento sentí la presencia de alguien acercándose. Me quedé paralizada llena de terror y suponiendo que sería uno de los que había visto anteriormente. No tenía dónde esconderme, sorprendida en el acto esperé a que se acercara un poco más, pero me alejé del borde del pozo previniendo que me lanzara de un empujón.

—Hola Ruth, soy Río, que bueno que has llegado. Te esperábamos.

Se hizo un largo silencio. No sabía qué decir, estaba confundida con lo que acababa de escuchar.

«No entiendo nada, primero Roxana me deja sola en esta travesía porque a última hora le llaman para que se presente a trabajar, luego se me ocurre la grandísima idea de meterme en esta cueva en la que me quedé atrapada y ahora estoy frente a alguien que sabe mi nombre y dice que me estaba esperando. ¡¿Qué es esto Dios mío?!» Pensé.

Mientras se aproximaba Río, el hombre que acababa de abordarme, cerré por unos microsegundos los ojos y elaboré la oración más corta que en mi vida había hecho a quien siempre estaba conmigo, el que nunca me ha abandonado y que siempre me da las respuestas que necesito, aunque a veces tarde más de lo que yo desearía.

«Señor…¡Sálvameee!»

—¿Cómo sabes mi nombre? —Le pregunté e inmediatamente se me ocurrió que tal vez era alguien del retiro y continué —¡Ah ya entiendo! Eres del refugio ¿verdad? —Y me tranquilicé, suponía que me diría que sí, era la respuesta más lógica.

Río se acercó un poco más y advertí que no era un hombre. La obscuridad no me permitía ver con exactitud, pero me parecía una criatura extraña. Su silueta era parecida a la de un ser humano, pero su cabeza… «Qué extraño ¿qué es? ¡Ooh son sus orejas!» tenía mi diálogo interno.

Aquella extraña criatura parada frente a mí poseía orejas grandes y un poco puntiagudas. Sus ojos eran pequeños con respecto a la dimensión de su rostro y brillaban. Al aproximarse un poco más, observé algo que sobresalía por encima de su cabeza y confirmé lo que ya estaba imaginando. ¡Eran alas! Ya no me quedaba ninguna duda, estaba parada frente a…¡un murciélago gigante! «No, pero puede hablar» pensé. Entonces ¿qué es? «¡¿Un hombre murciélago?!» No lograba distinguir en la obscuridad, pero quedé atónita y sin habla.

No entendía lo que estaba sucediendo, era algo como salido de un cuento, mi corazón latía aceleradamente, sin embargo, intenté calmarme para no demostrar a Río que estaba asustada. Estaba frente a algo nuevo y aún no sabía cómo reaccionar.

Río tampoco expresó palabra, solo se acercó lo más que pudo y se me quedó viendo. Sus ojos reflejaban tranquilidad y algo de inocencia, mi instinto no mandaba ningún tipo de señales de alerta como para que intentara escapar, pero tampoco sabía qué otra cosa decir.

—¿Tienes miedo Ruth?

—En este momento no sé qué tengo. No logro procesar nada de lo que está sucediendo acá. ¿Por qué sabes mi nombre? ¿Quién eres? Y ¿Por qué estoy hablando con una especie de, hombremurciélago? Todo esto que está pasando es extraño ¡¿Por qué estoy dentro de esta cueva atrapada?! —Empecé a hacer demasiadas preguntas y a caminar de un lado a otro.

Río solo me observaba y yo continué con el monólogo — Además, la manera como entré a la cueva. En mis cinco sentidos, yo jamás entraría sola a una cueva por el temor que le tengo a los lugares solos y si están oscuros mucho menos. Bueno, ahora que recuerdo, ese miedo se me presentó antes en el bosque y creo que si le di la patada en la cara entonces…Claro, si no jamás me hubiera atrevido a entrar sola, aunque hubiera visto a un gatito, conejito o lo que fuera.

Continuaba hablando sola y moviéndome de manera inquietante.

—Luego se cierra la cavidad por donde entré y no pude encontrar la salida. Me topé con unas personas antes que no alcancé a distinguir y ahora imagino que serían igual de raros que tú. —Dije eso y me arrepentí de haberlo hecho. Giré mi cabeza para mirarlo y él solo me veía con esos tiernos ojos. —Perdona, quise decir que seguramente eran parecidos a ti Río, hombres murciélagos ¿cierto?

—Así nos ves tú. Nosotros jamás habíamos visto especies distintas, hasta que empezaron a llegar los de la tuya. Para nosotros ustedes son los diferentes, sin embargo, nunca lo cuestionamos, ni queremos investigar. Lo que sí sabemos son las razones por las que ustedes llegan acá. Antes de ti ya han venido varios de tu especie y aunque las experiencias no son iguales, sabemos que llegan acá los que están preparados y vienen a experimentar una transición. Me preguntabas cómo sabía tu nombre y además pude alcanzar a escuchar en tus pensamientos que te habías equivocado de camino para encontrar la salida. — Río caminó alejándose un poco de mí y continuó hablando. —Te respondo las dos: Con respecto a la primera, ya sabemos quiénes van a llegar, sus nombres e incluso parte de sus vidas. La segunda, no tomaste el camino incorrecto. Esta es la única salida que hay Ruth. La única manera de dejar este lugar es por acá. Cuando llegue la hora tienes que aventarte y uno de nosotros te asistirá.

Los que tienen como rol ayudar a los que ya están listos a salir, los toman en el aire y los llevan al exterior.

—¡¿Quéeee!? ¿Tengo que lanzarme a este pozo y confiar en que un murciélago me atrapará y me sacará de acá? ¿Qué certeza tengo de que eso sea cierto? Suena ilógico. ¡Todo es ilógico! ¿Cómo voy a confiar? No sé qué tan profundo esté ese pozo y mucho menos qué hay en la profundidad de esas aguas. ¿Por dónde saldremos? No veo luz entrando por ningún lugar. No, la verdad esto sí que no me parece, no lo pienso hacer, tiene que haber otra salida. Yo entré caminando como normalmente se hace y saldré caminando. Tiene que haber una salida.

Cada vez que Río intentaba hablar yo lo interrumpía y continuaba con mi discurso, añadiendo más dudas y quejas. Se notaba claramente que estaba teniendo un momento de ansiedad, pero quién no en las mismas circunstancias.

—Por otra parte, ¿Cómo es eso de que ya conoces parte de mi vida? y que ¡alcanzaste a escuchar mis pensamientos! Solo hay uno que puede hacer todo eso que has dicho y precisamente no eres tú ni ninguno de ustedes.

Finalmente me quedé en silencio.

—Calma Ruth, entiendo todas esas dudas y en parte tu desconfianza. Precisamente sé a quién te refieres. De Él es que recibimos estos dones y además sus órdenes. Él es el único omnipotente y omnipresente, por tanto, es el único que puede conocer la vida de cada uno de ustedes, de todos de los de tu especie. tanto de los que llegan a este lugar, como los que están allá afuera. Me refiero al que tú le agradeces cada mañana cuando abres los ojos, al que le hablas y le escribes cartas. Al que le acabas de pedir auxilio cuando me viste.

Cuando dijo eso último me sorprendí. ¿Cómo podía saberlo? Y como se me hacía increíble todo lo que estaba pasando, pensé que tal vez lo dije en voz alta y no solo lo pensé. Estaba en una especie de *shock*, no podía entender aún aquel momento.

—Él fue quien nos habló de ti y nos encomendó recibirte y guiarte en tu proceso de transición. —Inquirió Río.

Aún dudosa, pero queriendo indagar más para descubrir

alguna mentira o algo que no encajara, continué preguntando.

—O sea ¿Ustedes son como ángeles?

—No, somos criaturas al servicio de Rapha. Por muchos años se nos han atribuido poderes espirituales que Él pone al servicio de aquellos que están preparados para evolucionar. Aquellos que están listos necesitan dejar morir una parte de su yo interno. Esa que no es de utilidad para el llamado o propósito que tienen y que los limita. Por su parte, los ángeles, arcángeles y serafines, están al servicio de Rapha para cuidar, guiar y apoyar a todos los de tu especie. Tienen un rol muy importante y son mano derecha de Él.

Río caminó hacia el borde del abismo, abrió sus impresionantes alas y voló encima del pozo quedándose flotando en el aire.

—Somos criaturas como cualquier otra de la creación de Rapha, hechas para un propósito específico y no podemos compararnos con los ángeles. Él usa diferentes formas para que los de tu especie alcancen niveles mayores de evolución. A ti te correspondía venir acá porque así lo quiso.

Río guardó silencio y yo trataba de digerir todo lo que escuchaba. Pasado un momento continuó.

—Bien sabes que Él es muy creativo y utiliza diferentes vías para que cada uno evolucione de acuerdo a la etapa que le corresponde. Usa distintos métodos para darles el mensaje claro y no haya duda de su existencia. Tú ya lo has visto antes Ruth, conoces bien las historias. Rapha puede hablar a quien quiera a través de lo que Él decida. ¿Recuerdas? La zarza, la piedra, la mula, a veces permite que sean ángeles, incluso usa muchas veces a los de tu misma especie para dar mensajes y hablar claro.

«¡Es cierto! Rapha es uno de los nombres de Dios» Me dije trayendo a la memoria mis estudios de la iglesia y los nombres que se le da a Dios según la misión que tiene para cada quien en un momento particular. Jehová-Rapha significa, el Señor sana y para mí verdaderamente es el único con quien se puede experimentar sanidad, física, emocional y espiritual.

Río mencionó que yo había llegado ahí para experimentar

una transición y dejar atrás cosas que ya no eran de utilidad para el nivel que me correspondía evolucionar.

«Tiene sentido»…pensé.

—Eso es cierto Río —Comenté. —Él es creativo y utilizará cualquier recurso para llamar nuestra atención. Somos nosotros los que lo encasillamos y creemos que habla de la misma manera a todos. Tienes razón, discúlpame por lo histérica que me he puesto. Es que jamás pensé que esto podría pasarme a mí. Uno lo lee, lo escucha o ve que sucede en otros, pero, no sé, es algo inesperado, creo que empiezo a entender algunas cosas y en la forma que sucedieron.

—Descuida Ruth, hemos recibido a otros que han reaccionado de manera tal, que nos ha costado más probarles quiénes somos.

—Cuéntame algo. ¿Ustedes también tienen jerarquía como los ángeles? ¿Tú que nivel tienes? —Pregunté a Río ya un poquito más confiada.

—No, aquí no hay niveles sino roles. Por ejemplo, como te dije anteriormente, hay un grupo de nosotros que solo se encarga de transportarlos al exterior cuando están ya listos para salir de acá. Cuando tú sientas que ya estás preparada para dejar este lugar, te lanzarás a ese vacío y uno de ellos te tomará para transportarte al exterior.

—¡Otra vez con lo mismo Río! ¿Por qué me tengo que aventar? ¿Quién me da seguridad de que no me dejará caer? —Increpé.

—Cuando llegue el momento no dudarás, te lo aseguro. Además ¿Por qué tienes miedo? Si te gustan las alturas y la adrenalina. De hecho, en tu niñez te lanzabas desde muy alto. —Rememoró Río.

—Tú lo has dicho, en mi ni-ñez. —Hice una pausa en cada sílaba para que Río entendiera el momento en que fui temeraria. —Practicaba saltos en trampolín y me lanzaba desde algunos muy altos, pero lo hacía en piscinas, donde todo estaba claro y podía ver dónde iba a caer. De alguna manera, podía medir el riesgo, o más bien por la edad que tenía no le veía riesgo. —Sonreí y Río me secundó. No pude ver totalmente sus facciones, pero se me hizo lo más tierno ver sonreír a Río.

—De igual manera no te preocupes por tu salida Ruth. Ocupémonos mejor en lo que debemos ahora, cuando estés lista seguramente te reirás de esta conversación que tuvimos. Yo creo que por ahora deberías descansar. Hay muchísimas cosas por hablar y sobre todo por aprender, pero tienes que acomodarte, comer algo y recargar energías.

—¡Pero Río! —De nuevo hablé sobresaltada. —¿Cómo me voy a quedar acá sin avisar? Van a creer que algo me pasó y se preocuparán. Acá adentro ya lo intenté, no hay forma de comunicarse con el móvil.

—Ruth no te preocupes por nada, ya eso está pensado y todos estarán tranquilos porque sabrán que estás bien.

—¿Y qué es eso de mi transición? —Pregunté.

—Con respecto a ese tema, por ahora no te puedo decir mucho, solo que llegaste hasta acá gracias a la actitud que has tenido frente a cada suceso en tu vida. En lugar de quejarte y hacerte víctima has tomado todo como aprendizaje para hacerte más fuerte, sabia y definitivamente protagonista de tu historia. Empezaste a ver para adentro desde hace tiempo y en este punto en el que estás necesitas una guía para entender algunas cosas que aún están ocultas para ti. Hay cosas que tienes que soltar, porque te están impidiendo pasar a un siguiente nivel de evolución. Ruth, estás lista para guiar a otros, pero hay que trabajar en ti antes, por eso estás acá.

Escuché con atención todo lo que Río me decía. Era cierto aquello de que siempre me había hecho responsable de lo que me sucedía y buscaba en los problemas o momentos de dificultad, respuestas y soluciones para cada una. Esa manera de hacer las cosas me traía aprendizajes y agradecía por ello.

—Ahora, ¿estás más tranquila? —Preguntó Río —Recuerda que esta es una oportunidad para ti. Tienes que aprender a no preocuparte tanto y dejar de querer controlarlo todo. Aprende a soltar.

—Soltar, soltar, como si fuera tan fácil Río. Además, no

sabes todo lo que he vivido.

—Créeme que se más de lo que te imaginas, pero bueno, a descansar Ruth. Te dejaré con Rohn, estará contigo para lo que necesites. Ahora te guiará a tu lugar de descanso, luego te llevará a comer y será tu compañía y tu ayuda para casi todo lo que ocupes.

—¿Rohn? —-Exclamé con curiosidad.

De inmediato, a mi derecha noté una sombra, giré mi rostro y observé que era alguien de la misma especie de Río. Al encontrarme con su mirada sentí mucha bondad. Río me inspiraba paz y confianza, pero Rohn tenía ojos muy enternecedores. Aunque ambos eran murciélagos, se diferenciaban en algunos rasgos y los ojos era lo que más llamaba mi atención.

No pronunció palabra alguna en ese instante, solo con un gesto amable me indicó que le acompañara. Caminamos por un pasillo largo con orificios en las paredes, como especies de mini cavernas. Ninguna tenía puerta, pero al pasar y tratar de ver hacia adentro estaba tan oscuro que nada se alcanzaba a divisar. Tampoco se escuchaba algo. Quise preguntarle a Rohn si era yo el único ser humano en ese lugar, pero no desee romper aquel silencio y la tranquilidad que había, preferí mantenerme callada y esperar el momento idóneo para hacer más preguntas. Ya había hecho demasiadas a Río.

De repente detuvo su paso frente a uno de esos orificios y nuevamente con un gesto que hizo con la mano me invitó a entrar.

Una vez dentro de aquella caverna noté que con una luz tenue que no identificaba de dónde provenía, se alcanzaba ver el lugar y su contenido. Había una cama individual, un sillón una mesita de noche y un pequeño armario. Además, divisé otro orificio en el lado izquierdo de la habitación. Me supuse que sería el cuarto de baño y me acerqué para confirmarlo. Tenía el mismo equipamiento que solemos tener los de nuestra especie. «¡Qué alivio!»

Finalmente, Rohn rompió el silencio:

—Deseo que el tiempo acá sea de gran utilidad para tu vida y tu crecimiento espiritual, si estás despierta y presente en todo momento podrás salir muy pronto y con un propósito muy claro.

—Gracias Rohn, qué hermoso. Tomaré en cuenta tu consejo. "Estar presente en todo momento". Trataré de no olvidarlo y aplicarlo, porque a veces mi mente se dispersa sin querer.

—Te espero afuera para que te acomodes y en cuanto estés lista, te llevaré para que comas.

—Si quieres vamos de una vez para no hacerte esperar. Yo me puedo acomodar luego.

—Para nosotros no existe esa palabra: Esperar. Aquí en este lugar el tiempo es relativo. Siempre estamos en el momento que ustedes nos necesiten. Estaré aguardando afuera por ti.

Al salir Rohn, noté que desde adentro sí se lograba ver el pasillo, pero desde afuera no se distinguía absolutamente nada hacia el interior de las mini cavernas.

Hasta ese momento empecé a darme cuenta del misticismo del lugar y de la tranquilidad que sentía. Aún no digería todo lo que estaba viviendo. Generalmente soy así. Soy de las que analizo todo antes de sacar conclusiones, pocas veces actúo por impulso.

Recordé las palabras de Rohn: "Estar despierta, estar presente". ¡Qué difícil! Por más que uno lo desea, a veces nos damos cuenta de que nos hemos perdido en un pensamiento, por situaciones del pasado o preocupándonos en el futuro. Últimamente me pasaba con Renzo. En tan poco tiempo llegó a ser tan importante en mi vida, que una gran fracción de mis horas las dedicaba a pensar en él. Por esa misma razón fue que decidí darme este tiempo a solas. Necesitaba restaurar la relación conmigo misma.

—Me propongo estar presente y consciente en todo momento. Este es mi tiempo, mi oportunidad. Río me dijo que los que llegábamos a este lugar necesitamos morir a viejos hábitos que no nos sirven para nuestro crecimiento y propósito. Tal vez es a lo que tengo que morir, a vivir con la mente llena de pensamientos que no me permiten estar despierta y en el ahora. Él lo dijo muy claramente, tengo que aprender a soltar. —Soliloquié.

A medida que me iba relajando, comencé a emocionarme

con la experiencia que estaba por vivir. «Creo que ya estoy empezando a soltar» pensé. Deseaba con todas las fuerzas salir transformada completamente de ahí. A partir de ese momento pacté conmigo misma no preocuparme por nada, incluso por mis amadas mascotas, que realmente eran lo que más me agobiaba, porque dependían de mí.

Terminé de acomodar en el armario la poca ropa que había traído y como Rohn dijo que para ellos no existía el esperar, se me antojó ducharme ya que todo el tiempo que anduve perdida en la cueva, sudé, no sé si de nervios o la humedad que había. Me vestí con ropa cómoda y salí de la habitación. Ahí estaba, esperando para llevarme al lugar donde íbamos a comer.

—Rohn, ¿soy la única de mi especie en este lugar? Pareciera que nada más estamos tú, Río y yo.

—Hay más de tu especie y de la mía, solo si fuera necesario, te toparás acá adentro con ellos. En su momento, Río te hablará más al respecto.

Llegamos al comedor y como era de esperar no había absolutamente nadie, me encontré con una larga mesa llena de alimentos con colores muy vivos, basados en plantas, frutas, verduras y semillas; Para beber solo agua y una infusión de hierbas y especias. Tomé lo que quise y me senté.

—En este lugar la alimentación es muy saludable, lo necesario para el organismo y para un mayor despertar espiritual. Es de vital importancia que los alimentos sean vivos, sin tanto proceso para su elaboración. —Comentó Rohn.

Recordé al de la bicicleta y la bolsa donde llevaba su comida, que parecía un animal vivo. Se lo mencioné a Rohn.

—En este lugar no todos los de mi especie tienen el mismo nivel de evolución Ruth. Las cuevas son nuestro hábitat, algunos aún comen animales vivos.

—Rohn, ¿crees que si hubieran notado mi presencia, me hubieran hecho algún daño?

—No te lo podría asegurar, sin embargo, una de las razones por las que tienes que mantenerte conmigo son esas, para tu propia seguridad, además de que podrías extraviarte fácilmente acá.

Preferí no hacer más preguntas y seguí degustando mis alimentos. Rohn se alejó un poco como queriéndome dar espacio. Al terminar de comer, me le acerqué.

—Lista para lo que sigue. ¿Qué haremos ahora? ¿Vamos con Río de nuevo para empezar sus enseñanzas?

—Es todo por ahora Ruth. Te dejaré nuevamente en tu habitación para que descanses.

—¡Cómo, pero si aún el día está iniciando Rohn! Hace apenas unas horas que me levanté y llegué a este lugar. Todavía no es hora de dormir.

—En este lugar no existe el tiempo como ya te comenté. En el primer momento que ustedes llegan, solo son recibidos por quienes les serviremos durante su permanencia acá y luego tienen libertad de hacer lo que deseen en su lugar de descanso. Cuando necesites salir, siempre estaré yo para guiarte, ya que si intentas desplazarte sin tu guía podrías extraviarte como te mencioné.

Una vez más me sentí algo desconcertada, pero ya más tranquila, no había temor ni dudas, solo algo de extrañeza por como sucedían las cosas.

Rohn me acompañó hasta mi habitación nuevamente y se despidió.

—A la hora de dormir, deseo que tu sueño sea revelador. Mantente alerta a las señales, no te preocupes, que de igual manera vas a descansar lo justo para seguir con tu proceso.

—Gracias Rohn, hasta mañana. Bueno, imagino que debo decir, hasta cuando nos volvamos a ver. Si no existe el tiempo, no te puedo decir mañana, al rato, y mucho menos en unas horas. ¡Qué tal! Aquí sí es solo el ahora. Qué gracioso, aquí si es de utilidad la expresión "Ahorita" —Hice el comentario y me reí, pero Rohn no entendió el chiste y le expliqué.

—A los de mi especie nos gusta usar mucho la frase "ahorita o ahora" cuando nos piden hacer algo. Nunca nos referimos al tiempo que lo haremos, el problema es que una gran mayoría lo dice, pero no lo hace. —Me reí nuevamente, pero a Rohn seguía sin causarle gracia.

«Dejémoslo así, es un chiste local» Pensé y permanecí en

silencio.

—Mantente en el ahora entonces Ruth, para que estés alerta.

Otra vez Rohn se refería a estar alerta, consciente. Es cierto que siempre hay señales por todas partes cuando se está presente, el problema es que vamos por la vida con la mente ocupada en diferentes cosas, excepto en lo que se debería estar. Desde que empecé a practicar la consciencia plena, me he dado cuenta que hay señales en todas partes para indicarme claramente el camino a seguir. Lo difícil es mantenerse siempre en ese estado de alerta.

Me recosté en la cama aún sin sueño, aunque un poco cansada por tantas emociones vividas desde que salí de casa de Rox. Gracias a la tranquilidad y el silencio del lugar empecé a caer en una especie de letargo. Además, recordé que esa noche no había dormido del todo bien por la levantada a las tres de la madrugada y el no haber pegado un ojo desde saber que vendría sola al retiro.

Al acordarme de la hora exacta que marcaba el reloj cuando desperté esa madrugada, pegué un salto en la cama quedando nuevamente sentada. «¡Tres, treinta y tres de la mañana!».

«Ese número…» Cavilé por un instante. «No recuerdo su significado en la numerología, pero si recuerdo lo que dice El Libro Sagrado en Jeremías treinta y tres, tres»

—*"Clama a mí y yo te responderé y te mostraré cosas grandes y ocultas que tú no conoces."* —Repetí el versículo en voz alta —¡Wow!

Los diez años de servicio y estudio en la iglesia me ayudaron a aprender versículos que venían a mi mente en los momentos justos que buscaba respuestas. Todo lo que estaba sucediendo verdaderamente para mí eran cosas sobrenaturales e inexplicables. «¿Qué otra revelación querrá mostrarme Dios para sorprenderme aún más?» Pensé.

He vivido episodios que confirman que Dios me guía y me socorre cuando lo he perdido todo, excepto la fe. Como en la ocasión que me vi sola y sin dinero.

Después de separarme de Rafael se vinieron gastos imprevistos y tuve que desembolsar todo lo que había ahorrado e invertido por años. Mis dos amigas fueron de gran ayuda, pero no lo suficiente ya que el dinero que destinaba para cubrir gastos fijos se iba en cosas que surgían de repente y me avergonzaba tener que pedir de nuevo.

Llegó un momento en que me vi sin un centavo en mi monedero y con la cuenta bancaria vacía. Todo lo que llegaba, producto de mi trabajo se iba como agua entre mis dedos y como no era del tipo de mujer que pide dinero a parejas, jamás le dije a Renzo. Ni siquiera lo llegué a hacer con Rafael en los años de matrimonio. Él aportaba lo que deseaba en la relación, pero pedirle dinero para mí, pocas veces lo hice en todos nuestros años juntos.

Trabajé día y noche intentando obtener más ingresos. Durante el día agendaba el mayor número de visitas para incrementar la posibilidad de vender o rentar algunos de los inmuebles que manejaba y para ayudarme comencé a vender bisutería que yo misma diseñaba. Años atrás había hecho cursos y tenía facilidad para crear modelos diferentes y llamativos. Ofrecía el producto entre mis conocidos y a los amigos o familiares de ellos, además contactaba directamente con *boutiques* y llegué a tener éxito.

El detalle no era que no me estuviera yendo bien, sino que cada vez que recibía dinero se presentaba algo inesperado, como fallas en mi coche, desperfectos en la casa que renté, que, aunque estos son gastos que debía asumir mi casera, pedía que me hiciera cargo con la promesa de luego descontármelo de la renta, ya que su madre estaba muy enferma y la estaba pasando también mal con el tema del dinero. No podía negarme a hacerlo, ya que la salud es más importante que cualquier cosa en la vida.

Con respecto a ese último punto, también lo viví con mis dos *perhijos,* se enfermaron de gravedad y esto vino a ser *la gota que derramó el vaso.* Parecía que la vida me estaba poniendo a prueba y con esto último me hizo tocar fondo ya que no podía cubrir los gastos médicos de ambos.

Pasaban los días y mis pequeños empeoraban, hasta aquel memorable siete de octubre que, verdaderamente desesperada y con ganas de tirar la toalla, entré en un ataque de ansiedad. Sentí que el oxígeno me faltaba y me hundí en un profundo llanto. De repente, al unísono llegaron dos mensajes a mi móvil, uno era de wasap y el otro de mi aplicación del banco.

Lo tomé y primero revisé el del banco. Informaba que recibí un ingreso por una muy buena cantidad de dinero, sin embargo, la incredulidad me quiso desanimar e imaginé que alguien depositó por error en mi cuenta. Luego miré mi wasap y el mensaje era de un cliente comentándome que acababa de hacerme un pago como adelanto de mis honorarios por un proyecto de remodelación que ni siquiera empezábamos.

Dirigí mis ojos llenos de lágrimas al cielo y agradecí por Su favor. Estaba segura de quién venía la ayuda y en seguida un versículo vino a mi mente: *"pues Dios, según su bondadosa determinación, es quien hace nacer en ustedes los buenos deseos y quien los ayuda a llevarlos a cabo."*

A veces de manera inesperada llega lo que necesitamos. Un día no hay para comer y alguien nos invita o nos trae una bolsa del supermercado llena de víveres; No hay trabajo y de repente una persona llama para ofrecernos uno porque alguien más le dio referencias nuestras, y como en este caso sucedió, llega la provisión que me urgía y que no esperaba. Esos son milagros y es Dios poniendo en el corazón de alguien el deseo de dar. ¿Hay otra forma de explicarlo? Al menos para mí no, porque nadie sabía que me faltaba dinero y mucho menos la desesperación que estaba viviendo, así que era imposible que mi cliente se enterara por alguien más y él no tenía que pagarme todavía ya que aún no iniciábamos con el proyecto.

Probablemente algunos le llamaran sincronicidades, está bien, finalmente son experiencias maravillosas que nos hacen creer que siempre algo bueno pasará si tenemos fe y esperanza.

Durante el tiempo de adversidad que estaba viviendo, jamás me quejé, ni me enojé con Dios, ni con la vida, ni con las personas que actuaron en mi contra en diferentes ocasiones. Incluso, aún seguía viviendo situaciones que cualquier ser humano llamaría injusticias, pero a pesar de verme sola en momentos tan difíciles, siempre me tomé fuerte de la mano de Dios. Ya no asistía a la iglesia, ni tampoco me sentía parte de alguna religión, pero al Dios que yo conocí doce años atrás, sabía que aún estaba conmigo y en aquellos momentos los sentí más cerca que nunca.

Además, después de conocerlo me di cuenta que desde niña había estado cerquita de mí. Reconocí que lo que yo llamaba intuición en ese entonces, era su voz guiándome y protegiéndome.

Así que, en aquella cueva donde me encontraba en ese instante, sentí la necesidad de escribir de todo lo que estaba experimentando y acerca de la revelación que tuve de la hora que había despertado esa madrugada, tres, treinta y tres. Me levanté de la cama, busqué en mi mochila la libreta que siempre llevaba conmigo y me senté en la mesita que tenía en la habitación, tomé el lápiz y con aquella luz tenue, sin pensar comencé a escribir lo que salía de mi mente y corazón.

Cuando tu alma necesita sanar, no importa si estás rodeada de una multitud de gente o estás sola. Es necesario buscar el silencio interior, Callar las voces a tu alrededor, para solamente escuchar a la del Creador. Él es tu sanador, tu luz y tu proveedor,

El que te ama más que a nadie y conoce tu valor. Te indicará tu misión, el sendero que debes tomar y si callas tu mente, echas a un lado el miedo y dejas que te invada su amor, Estarás lista para continuar.

A veces retroceder no está mal, ya que es la única forma de avanzar. Es de sabios retractarse y reconocer que tomamos el camino incorrecto, No debemos permitir que el ego no nos haga rectificar a tiempo.

El que más te ama en este mundo, nunca se va a cansar, Siempre y cuando tú no te canses de ir a Él y pedirle una vez más su ayuda, su guía, su protección, su amor...

Después de escribir con lágrimas todo lo que salió desde lo más profundo de mi corazón, me fui a la cama y caí en un profundo sueño.

20

EL PASADO ES SOLO UN MAESTRO
NO TE DEFINE, NI TE CONDENA

"Si el presente trata de juzgar el pasado,
perderá el futuro." Winston Churchill

Supuse que el momento de levantarme había llegado, por la lucidez y el nivel de alerta de mi cerebro. Dentro de la cueva era imposible saber si había amanecido y tampoco tenía idea de la hora ya que mi móvil se había descargado. Tuve la intención de apagarlo y así prolongar la carga de la batería, pero lo olvidé por completo después de aquel momento de revelación y de introspección que tuve antes de quedarme totalmente dormida. De igual manera, sentía que ya había descansado lo suficiente y era hora de moverme.

Sin abrir todavía los ojos y aún en la cama, empecé a recibir los primeros pensamientos y como era de costumbre, tenían que ver con los últimos que rondaron por mi mente antes de dormir. En esta ocasión no fue Renzo el protagonista, ya que, por mucho tiempo, diría años, acaparó el primer lugar. Él era la última y primera imagen en mi mente y hasta en mis sueños se colaba de repente. En esta oportunidad mis pensamientos se los dediqué a todo lo reciente que estaba ocurriendo en mi vida. Estaba emocionada al saber que venían tiempos nuevos, de cambios y evolución. ¡Cuánto lo había deseado! Le pedí ayuda a Dios muchas veces, llorando le rogaba que quería dejar de necesitar a

Renzo, porque en el fondo no deseaba hacerme daño ni causárselo a alguien más, pero se había vuelto una obsesión.

Así, que el simple hecho de haberme levantado pensando en algo diferente a Renzo por primera vez en tanto tiempo, ya me causaba excitación. Sentía que ya estaba empezando mi transformación.

Sin embargo, como dice la frase, *era muy bueno para ser real*, no tardó en llegar la nostalgia y la culpa al imaginar tener que dejarlo definitivamente. Comenzaba a pensar en los buenos tiempos vividos, en el cariño que le tenía y en lo mucho que me apoyó, pero antes de continuar, de un brinco me levanté de la cama y me puse de pie.

Me había propuesto estar presente y no quería repetir ese círculo vicioso. Agradecí también el estar donde estaba, ya que no caería en la tentación de enviarle algún mensaje como muchas veces terminaba haciendo para después, estar revisando el móvil cada cinco minutos esperando una respuesta de él.

Ya de pie di gracias a Dios por una nueva oportunidad, hice algunos ejercicios de estiramiento y finalmente me dispuse a tomar una ducha y vestirme. Tuve la motivación de arreglarme como si fuera al encuentro más importante de mi vida, me maquillé y me puse una vestimenta que me hiciera sentir bien, shorts color beige y una camisa de algodón blanca, acompañados de mis sandalias color beige. Era ropa que me encantaba, sobre todo muy cómoda para un retiro en la montaña; y, por supuesto no olvidé ponerme mi mejor atuendo, el que siempre iba conmigo y que a mucha gente le gustaba, mi sonrisa. Al hacer un análisis de mi vida, me había dado cuenta que algo en lo que siempre la gente coincidía, era que me veía muy linda al sonreír. Eso me recordó el versículo que dice "E*l corazón alegre, hermosea el rostro"*

Una vez lista, salí de la habitación y ¡ahí estaba Rohn esperándome! No acordamos hora, ni planeamos absolutamente nada, pero cumplió lo que había dicho, que siempre estaría cuando lo necesite.

—¡Hola Rohn, qué gusto verte!

—Hermoso despertar Ruth, igualmente para mí es un gusto servirte. ¿Lista para tomar tus alimentos?

—Si, ¡súper lista!

El desayuno transcurrió sin novedad alguna y finalmente llegamos hasta donde Río esperaba. Era un lugar maravilloso. Una cueva diferente de las que había visto. Tenía estalagmitas y estalactitas de piedra cristalina, al parecer era sal. Todo el lugar brillaba y al fondo, había una pequeña cascada que caía en un riachuelo, precisamente a un lado de donde estaba parado Río.

—Es un honor volverte a ver Ruth. Bienvenida a este lugar. Por tus gestos no necesito preguntar si te gusta. Tu cara lo dice todo —Río sonrió.

—¡Qué majestuoso lugar! —Comenté abriendo los ojos de par en par, sorprendida. El lugar era increíblemente maravilloso, jamás había visto algo así.

Soy el tipo de persona que se emociona y puede conmoverse hasta las lágrimas al contemplar las maravillas de la naturaleza. Una luna llena, un atardecer, el mar, un paisaje, un amanecer, e incluso el canto de las aves me llenan de un profundo sentido de plenitud y gratitud, mucho más que cualquier cosa material, como autos de último modelo, casas lujosas, vestidos elegantes o joyas. Aprecio esos obsequios, pero los regalos que ofrece la naturaleza son invaluables.

—Acomódate donde quieras, lo importante es que te sientas bien. Si deseas acostarte, quitarte los zapatos, incluso bañarte en ese río, eres libre de hacerlo. Vamos a iniciar. No hay pasos a seguir, ni reglas, todo se irá dando de manera natural.

—Perfecto, pero imagino tu das las pautas —Comenté mientras buscaba con la mirada un lugar que me invitara a sentarme.

Me acomodé en el piso cerca de una roca que me servía de mesa para escribir en mi libreta todo lo que Río me dijera. Estaba deseosa de conocimiento.

—Las pautas las has dado tú, con tus decisiones, pensamientos y palabras has creado este encuentro. Estamos aquí porque tú lo has propiciado. Eres una guerrera y de antemano te digo que Rapha se ha agradado mucho con tu proceder y al nivel que has llegado, pero...—Río hizo una pausa.

Me encogí de hombros y bajé la mirada, intuyendo lo que iba a decir a continuación.

—Exactamente Ruth, pero quiere que dejes de sentir culpa —Inquirió Río y sorprendida le respondí.

—¡Pero le fallé y lo avergoncé!

—¡Eso es lo que tú crees! Te has impuesto estigmas que Él no haría. Deberías saber que tienes capacidad para usar tu libre albedrío, ¿O acaso se te olvida que todos lo tienen?

—No se me ha olvidado, pero eso no quiere decir que todo lo que haga está bien. —Respondí.

—Así es, tienen poder de decisión para hacer lo que a ustedes les parezca y, es verdad que no todo les conviene, pero ya deja de avergonzarte. No te sigas juzgando. Si no hubieras vivido todo eso, hoy no estarías acá, ni hubieras visto todos los milagros que te mostró el tiempo que estuviste sola.

—Es cierto, eso no lo puedo negar. Lo he conocido mejor durante todo este tiempo y lo he sentido muy cerca de mí.

—Recuerda lo que dice El Libro Sagrado: *Para los hijos de Dios, todo, obra para bien.* Puedes dar testimonio que nada te faltó. En todo momento recibiste Su manifestación de amor. Comprende que lo que viviste forma parte de tu evolución y propósito. Rafael y tú ya no podían seguir juntos. Ambos aprendieron lo que debían y su ciclo había terminado. Debían soltarse y seguir cada quien su camino, sin embargo, tu tenacidad y terquedad por salvar algo insalvable, hizo que se mantuvieran por más tiempo del necesario. Pero, eso también fue bueno. Decidiste quedarte y luchar por tu matrimonio. Fue más doloroso, sí, y cansado, pero creciste aún más. Además, viviste el duelo y la despedida dentro de la misma relación.

—Sí y después terminé cometiendo un error más grave cuando me relacioné con Renzo estando aún con Rafael — Comenté. Sentí que era necesario confesar aquella falta, aunque me muriera de vergüenza.

—¿En verdad crees que a Rapha le sorprende los errores que

tú o alguien más comete? —Mencionó Río.

—Yo sé que no, Él lo sabe todo, pero es difícil evitar sentirse culpable cuando uno se equivoca.

—¿Sabes por qué pasa eso? Porque eres muy dura contigo, te haces fuertes críticas y te molesta equivocarte. Debes saber que no hay nadie perfecto. Luego hablaremos sobre este tema de sentirse perfectos Ruth, por ahora centrémonos en que dejes de sentir culpa—Mencionó Río.

—Pero es que si no supiera lo que estaba haciendo...

—Necesitas aprender a perdonarte. Obviamente, intentar ser mejor cada vez, pero un trato compasivo y amoroso ayuda más que uno en el que te hagas fuertes juicios. ¿Qué haces con los demás cuando vienen a ti a contarte que se sienten mal por sus faltas? Les das ánimo, les dices palabras amables y les haces ver que al menos ya reconocen que necesitan ayuda para dejar de hacer esas cosas que ya no quieren. ¿Recuerdas aquella fiesta en la playa, en la que se te acercó un joven y de un momento a otro empezó a confesarte que consumía drogas y que no quería hacerlo más?

—¡Ohh, claro que lo recuerdo! —Contesté con asombro porque Río me hablaba de algo que había pasado aproximadamente ocho años atrás.

«¡¿Cómo lo supo?!» pensé. Bueno, realmente sabía cómo, pero de igual manera no dejaba de asombrarme.

—¿Qué hiciste tú? ¿Alejarte? ¿Juzgarlo? ¿Regañarlo o decirle algo que lo desmotivara? ¡No! Al contrario. Le motivaste a que buscara ayuda, le comentaste que no estaba solo y que podía salir de esa situación y de cualquiera que se propusiera. Le dijiste que no se sintiera mal, que era un chico valioso. En fin, hiciste cosas que al menos en ese momento le ayudaron a irse de ahí con una sonrisa y con la esperanza de poder cambiar. Le subiste la moral.

Río hizo una pausa, supuse que fue intencional para que yo viviera nuevamente el momento y también sentí que estaba haciendo lo mismo que yo hice con aquel chico en aquella oportunidad: Subirme la moral y hacerme ver las cosas buenas de mí para sentirme orgullosa.

—¿Recuerdas aquella vez que tu vecina vino a contarte sobre la mujer con quien siempre andaba para arriba y para abajo? Aquella que en su pasado se dedicó a la prostitución

—¡Claro, su nombre era Ronda! —Contesté y me di cuenta que hacía mucho que no sabía de ella.

—¿Qué hizo tu vecina cuando Ronda se abrió con ella y le habló de su pasado, por la confianza que se supone que ya tenían? La juzgó, se alejó y no sólo eso, vino inmediatamente a contarte el chisme para desprestigiarla y para que también te alejaras de ella.

—Es cierto Río, eso hizo, pero me hizo sentir muy mal esa actitud que tuvo.

—Así es, ¿Qué hiciste tú? ¿Te alejaste? ¿La viste con cara de desprecio? ¡No Ruth! Fuiste a visitarla y te pusiste a la orden. La invitaste a salir un día para hablar, la animaste, le recordaste lo hermosa y valiosa que era. Intentaste ayudarla a salir de los problemas de depresión y alcoholismo que tenía.

—Sí, pobre, recuerdo que una vez estaba toda llena de hematomas porque cayó por las escaleras en una de esas veces que estaba en estado de embriaguez —Hice todo lo que pude para que recuperara algo de su valor. En verdad era una chica muy hermosa, por dentro y por fuera.

—¿Sabes por qué Rapha permitió que esa vecina viniera a ti con el chisme? Porque conocía tu corazón y sabía que ibas a ayudar a Ronda. Al menos por un tiempo. Sembraste amor y esperanza en el corazón de ella con tus actos compasivos. Ella pudo darse cuenta que había gente buena en el mundo porque estaba acostumbrada a ser usada y desechada.

—¡Es cierto Río! Hasta mi vecina lo hizo. Seguramente andaba con Ronda por el status que tenía, ya que se veía que le iba bien por la camioneta último modelo, el condominio en la playa y tal vez los lugares que frecuentaban, no lo sé, pero tan pronto se enteró del trabajo que tuvo y probablemente de donde salió todo aquel dinero, le dio la espalda, la desechó. ¡Wow! No lo había visto así.

—En tu caso, no pediste nada a cambio, solo le ofreciste tu amistad Ruth.

—Sé a dónde quieres llegar y es cierto, yo no juzgo a la gente por lo que haga, pero en mi caso, yo cometí el error y servía en una iglesia, se suponía que no debía hacer algo así.

—Ruth, las cosas que te he mencionado, las hiciste antes de servir en la iglesia. Ya eso estaba en ti. Siempre has querido ayudar al que está caído. ¿Por qué no podías tener la misma compasión hacia ti? Aprovechando que tocaste el tema de la iglesia. ¿Sabes qué pasa con algunos que son miembros de esos templos? Que se creen mejor que los que no son, e incluso hay unos que se creen mejor que los que están dentro de su congregación. Sienten que no pueden cometer errores y no caer en tentaciones y eso de una manera los hace prepotentes. ¿Recuerdas la palabra que dice el Señor acerca de los que creen estar firmes?

—Si, El Libro Sagrado dice que *el que crea estar firme, mire que no caiga. —*Respondí.

—¡Exacto! Eso se lo dice Rapha a aquellos que se sienten muy santos y mejores que los demás por el simple hecho de ir a la iglesia y ser miembros activos. No es una amenaza, es una advertencia a los soberbios de corazón.

—Quiere decir entonces que… ¿Yo era soberbia? —Indagué con temor a recibir una respuesta afirmativa.

—No, por eso has salido adelante porque al contrario has sido humilde de corazón. Te has humillado delante de Rapha y has reconocido no solo el error que cometiste, sino tu debilidad delante de Él. Has hablado con la verdad y de igual manera le has confesado que no puedes sola. Eso es lo que te ha diferenciado. ¿Recuerdas la carta que le hiciste?

—¿Cuál Río? he escrito muchas a Dios.

—Es cierto, le has escrito muchas cartas, me refiero en la que te declaras indigna de Su amor, porque a pesar de haber hecho todo lo que estaba en ti para no sucumbir y clamaste por Su ayuda, no lograste resistir y caíste en la tentación.

—Claro que recuerdo aún esa carta. En esos días me sentía

probablemente como Ronda, la chica que mencionaste hace rato. Muy avergonzada por ser quien era.

—¿Recuerdas el mensaje que recibiste? —Preguntó.

—Jamás lo olvidaría, al recibirlo sentí la paz que por mucho tiempo había perdido. Creo que pude volver a respirar sin que doliera tanto, aunque el malestar no desapareciera del todo.

Hice una pausa porque mi voz se quebró, sentí muchas ganas de llorar al rememorar aquel momento. El mensaje al que se refería Río, llegó en un instante en el que me vi hundida en un hoyo, oscuro y sola. Me sentía una perdedora por haber sido yo la que tomara la decisión del divorcio y sucia por el desliz que tuve con Renzo. Al escuchar aquellas palabras a través de una cuenta de Instagram de alguien que no seguía, lo sentí como un recado que venía a traer refrigerio a mi alma. Sabía que era Dios hablándome porque no podía ser más contundente.

—Tú bien sabes que Rapha usa cualquier medio para comunicarse y enviar palabras que sanen, alivien o den ánimo a quien lo necesita. Por esa misma razón nosotros podemos servir de instrumento para transmitir el encargo que Él quiera darles. —Mencionó Río.

—Sí, recuerdo que sentí mucho alivio. El mensaje decía que, aun conociendo nuestros defectos, Dios…

—Mejor deja que yo lo diga —Río me interrumpió y continuó hablando —para que no te quede ninguna duda de que ese mensaje era para ti: "*Dios escogió a Jonás, sabiendo que él huiría; Eligió a David, sabiendo que cometería adulterio; Escogió a Pedro, sabiendo que lo negaría; Eligió a Judas, sabiendo que lo traicionaría. Tus debilidades no escandalizan a Dios. Él te eligió, aunque tuvieras defectos. No te rindas*".

Río no terminaba de repetir aquel mensaje que recibí dos años atrás, cuando no pude aguantar más y rompí en llanto. Solo quien ha vivido con la condena de la culpa, puede entender lo que significa la redención a través de las palabras de alguien que está por encima de la humanidad, porque lamentablemente nosotros somos más duros y la mayoría de las veces nos cuesta perdonar, aunque nos falte moral para señalar a los demás.

Además, siendo honesta ese era el preciso mensaje que yo necesitaba, ya que la vergüenza que sentí no era con Rafael ni con las demás personas que se enteraron, sino con Dios, fue a Él que sentí que le había traicionado.

Sentía que a Rafael no le debía algo ya que siempre fui transparente y le comuniqué las cosas, incluso cuando me empezaron a gustar las propuestas de aquel chico, porque mi deseo era hacer algo para avivar el fuego del matrimonio y mantenernos juntos. Tal vez en ese entonces ya no era por amor, sino por los estándares que marcaban la iglesia y la sociedad...y cuando me refiero a sociedad, hablo de los familiares y amigos que nos rodeaban, que, a pesar de ser todos imperfectos y mantener sus historias bajo el agua, esas de las que pueden dar mucho que hablar, todo lo estigmatizaban y se sentían con propiedad de juzgar las fallas de los demás que salían a la luz.

Con ellos jamás tuve alguna vergüenza, realmente nunca me interesó sus opiniones. Lamentaba haberle hecho daño a Rafael, aunque él no hubiera hecho algo, "malo" ni "bueno" por recuperar nuestra relación, pero, delante de Dios estaba desecha y me sentía basura.

—¿Te fijas? —Continuó hablando Río. —El problema es que, a las religiones y a la sociedad en sí les gusta usar el juicio para avergonzar y hacer sentir culpables a las personas que cometen errores y recuerda: ¡no hay nadie perfecto Ruth, ni uno! Así que te repito ahora yo. ¡No te rindas!

Las palabras de Río me emocionaron mucho y lloré descontroladamente. Pude sentir una vez más el amor y el perdón de Dios a través de él. Algo dentro de mí empezaba a transformarse.

—¿Recuerdas aquellas señoras que siempre ves en la mañana cuando sales con tus perritos? Aquellas que se paraban en una esquina a hablar de su religión a los transeúntes. ¿Qué ha sucedido en varias ocasiones que pasas a su lado?

Me sorprendí una vez más de lo que Río me mencionaba porque jamás le había comentado a alguien al respecto.

—¡Sí! Muchas veces que he pasado a su lado, están tan

metidas en su conversación, que ni han reparado en nuestra presencia, la mía y las de mis *perhijos*. Las he escuchado cómo están juzgando a alguien, me supongo personas de su iglesia. Alguna vez escuché algo como "...no sé para qué se bautizó si iba a seguir así..." Otra vez las escuché diciendo "...ahora tiene otra pareja..." En fin, hablando de alguien, pero jamás de Dios, de su palabra o de los temas de los folletos que comparten. Qué pena. Nunca he hablado esto con nadie Río, ¿cómo lo sabes?

—¿Todavía preguntas Ruth? —Refirió viéndome con ojos cómo de "¿Aún te quedan dudas de todo lo que sé?"

Nos vimos y ambos sonreímos con complicidad.

—Es hora de que creas sin titubear lo que te dice Rapha. Recuerda la metáfora que usa en su Palabra para referirse al que duda, que es como la ola del mar que viene y va conforme el viento la arrastra, y esto da a entender que no sabes lo que quieres, que eres inestable. Él no puede bendecir a alguien así. Ya te ha dicho en muchas ocasiones que no te condena. Es tiempo de que te perdones y te quites toda carga de encima, necesitas ser libre de tu pasado para tu transformación.

—Tienes razón. No lo había visto así y me acabo de acordar de ese versículo del Libro Sagrado que dice, que el que duda es de doble ánimo y entonces no puede esperar nada de Dios. No había visto que, con mi comportamiento, estaba frenando mis bendiciones. Perdón.

—¡Exactamente, perdónate! Hazlo a tu manera, como te salga del corazón. Y es importante que este mensaje lo lleves a aquellos que tal vez como tú se juzgan por sus errores. Son seres humanos y por ende imperfectos. Cometerán errores, pero estos son para aprender de ellos, no para vivir condenados el resto de sus vidas. La culpa es algo que carcome a la gente por dentro, por eso enferman. Es necesario que busquen perdonarse porque al hacerlo también podrán perdonar a otros. No hay una frase mágica para liberarse de la culpa, cada quien lo puede hacer como le nazca del corazón. Si no pueden ellos solos, que busquen ayuda con otros que obviamente ya se hayan perdonado. En el perdón, lo importante es que haya un arrepentimiento genuino para librarse de las cadenas que lo atan y así vivir una vida plena. Obviamente, tomar la experiencia como un verdadero aprendizaje de vida ya que estos le llevaran a crecer, a evolucionar, a ser compasivos y tolerantes con los demás y también a mantener los pies sobre la tierra para no sentirse que ya casi les están saliendo alas por el simple hecho de ir a una iglesia, pertenecer a alguna religión o practicar alguna actividad espiritual, porque esto también sucede con gente que dicen no tener una religión, pero practican alguna filosofía o corriente espiritual.

—Es cierto Río, ahora que lo mencionas, recuerdo gente que dice llamarse espiritual, pero no religioso y también caen en el juicio y señalan a otros.

—Rapha desea que predomine el amor, la compasión y tolerancia entre ustedes. No juicio, señalamientos, críticas, chisme ni soberbia. —Mencionó Río y continuó. —Cuando reconozcan que no son perfectos y se traten a sí mismos con amor al cometer errores, aprenderán a tratar a los demás de la misma manera y a ser más tolerantes y empáticos. Ruth, es necesario que lo hagas y difundas este mensaje. Deben aprender a estar en paz con los demás y consigo mismos. Ahí está la verdadera liberación y vida plena. Es probable que al principio no sientan honestamente que están perdonando a la persona que les ha ofendido y tampoco sentirán que se perdonan a sí mismos, pero tienen que hacerlo constantemente, hasta que llegue el día que sientan la libertad que da el perdón. Ellos sabrán cuándo lo experimenten.

—¿Qué pasa cuando somos nosotros los que tenemos que pedir perdón? ¿Tenemos que ir con la persona a la que ofendimos? —Pregunté.

—Si es necesario, sí. Sin embargo, a veces no es conveniente o simplemente no se puede. Por ejemplo, si está lejos o ya falleció la persona a la que desean pedir perdón, hay que hacerlo con convicción y de corazón visualizándola. Solo si es así, quien pide perdón sentirá el alivio de la culpa y repito, es probable que tenga que hacerlo muchas veces hasta que sienta que ya no es necesario.

—Entiendo lo que dices, creemos que con decirlo es

suficiente, pero se siente diferente cuando realmente sucede y lo he vivido hoy. Finalmente sentí que he soltado una carga pesada que traía a cuestas. Aunque pedí perdón a Dios muchas veces e igual al mismo Rafael por haberle hecho daño, hoy experimenté que fue real.

—Antes de contestarte por qué te sentiste diferente, déjame decirte algo con respecto a las personas que han sido infieles a sus parejas y éstas nunca se enteraron. Muchas veces por querer ser honestos van con ellas a pedir que les perdonen por la falta cometida y terminan causando daño y acabando con una relación que querían salvar. Es conveniente no hacerlo porque probablemente su pareja no está preparada para escuchar una confesión como esa. La persona que fue infiel debe arrepentirse realmente y si no lo quiere volver a hacer, delante de Dios o su deidad, pedirá perdón. De esta manera la relación prosperará y ese error quedará como un aprendizaje para jamás volver a repetirlo.

—Ahora puedo entender lo que le pasó a un amigo. Salió con una chica de su trabajo mientras su esposa estuvo de vacaciones con los hijos. No llegaron a tener relaciones sexuales, pero si se besaron. Su conciencia no lo dejaba vivir en paz después de ese día y estaba tan arrepentido que quiso confesarle a su esposa todo para que ella lo perdonara y exactamente pasó lo que dijiste. Se quedó sin familia. Terminó solo y en la calle. Ahora entiendo. Ella no podía resistir una confesión como esa, aunque la intención de él era serle honesto.

—Con respecto a ti hermosa Ruth. Ven acá. Ya no llores. Tienes un corazón transparente para Rapha. Él te perdonó hace tiempo, lo que viviste ahora fue que tú te perdonaste finalmente. Rapha te conoce, *sabe de qué pie cojeas* porque eres tan sincera, que le dices la verdad, aunque a lo mejor no le agrade. No ocultas tus debilidades, pero debes dejar de andar cargando con la culpa. Como dije, estás acá para ser transformada, así que debes romper con lo que ya no sirve.

—Gracias, empezaré desde hoy de la manera que salga de mi corazón a perdonarme para estar en paz conmigo y liberarme de la culpa. Necesito sanar totalmente.

192

—Solo tienes que ser tú, ser auténtica y honesta contigo y con Rapha. Cada persona debe hacer lo mismo, según sus creencias. Al final, el perdón es tanto para creyentes como para no creyentes. La falta de perdón enferma a la gente, la mantiene presa de ira y odio y lo transmiten no solo hacia la persona que se niegan a perdonar, incluyéndose a sí mismos, sino al resto del mundo, porque eso está en su corazón y de ahí emana la vida. La gente se conoce por su forma de hablar, ya que lo que dicen sale de su corazón. Nadie puede engañarse, no pueden decir que son felices y que aman, cuando están insultando, ofendiendo y deseando el mal a los demás. Igual cuando señalan o acusan a otros, es porque en su corazón no hay compasión o empatía

Río hizo una pausa, mientras yo trataba de anotar lo que decía, no quería que nada se me escapara. Parte de eso lo había aprendido en la iglesia, El Libro Sagrado enseña que lo que sale de nuestra boca, proviene del corazón. Además, lo había experimentado en carne propia antes de tener mi encuentro personal con Dios. Fui una de esas personas que ofendía a otros, especialmente a los chicos con los que tuve alguna relación. Después de mi primer noviazgo y gracias a su infidelidad, sentí mi corazón partirse en trizas y derramé mares de lágrimas, me volví una mujer un poco dura con los hombres. Sobre todo, recuerdo cómo traté al chico que vino después de él. Lamento mucho haberlo hecho. Le pedí perdón hace unos años atrás, precisamente cuando Dios empezó a sanar mi corazón y mostrarme las cosas que había hecho.

Con Rafael fue puro amor al principio, pero también hay remembranzas de haber hecho comentarios hirientes cuando empezamos a tener discusiones. Doy gracias a Dios que llegó al poco tiempo de casados y no llegamos a lastimarnos demasiado. Me acuerdo que a partir de que empezó mi transformación interna, cuando Rafael quería pelear no le seguía el juego. Algo cambió genuinamente en mi corazón, ya no sentía deseos de entrar en polémica con él, y, cuando se ponía intenso, hacia lo que podía para controlarme.

La razón que me llevaba a mantener el control no era Rafael, sino ese Ser Superior que verdaderamente había conocido, ya que desde que tuve mi encuentro con Dios, sentí algo que jamás había experimentado antes, un amor indescriptible nació en mí. Me proporcionaba el estado de plenitud que había buscado en muchas partes, en la familia, los amigos, los chicos que me gustaban, en las fiestas, el dinero y en otras cosas más como los viajes, títulos universitarios y puestos de trabajo. Cada vez que obtenía algo creyendo que lo había encontrado, regresaba al poco tiempo aquel desesperante vacío. Por esa misma razón sentí morir y que mi vida no tenía sentido cuando traicioné ese amor y respeto hacia Dios, pensando que con mi pecado se alejaría.

Luego de aquel momento que Río se mantuvo en silencio, retomó el hilo de la conversación.

—Solo cambiarán su manera de hablar y tratar a los demás, cuando experimenten una verdadera transformación en sí mismos, es importante que todo el mundo lo concientice, nadie es perfecto, pero para iniciar una verdadera evolución o crecimiento espiritual se debe empezar por el perdón y hacerlo regularmente para ser libres y así recorrer el sendero que a cada quien le toca sin carga de más en su mochila.

—Exacto, como la mochila que traje para el retiro. —Mencioné de manera graciosa. Me reí y Río también.

—Muy bien querida Ruth, es hora de descansar, ha sido un momento de muchas emociones para ti. Te sugiero que vayas con Rohn a comer y luego lo que desees: caminar, nadar, leer, escribir, en fin, lo que quieras hacer.

—Gracias por todo. Esto que hemos hablado en verdad me ha servido de mucho. Salgo de acá con una carga más ligera. No voy a decir que me voy sin cargas, pero trabajaré mucho más en lo que me has dicho. Hay cosas que sabía sobre el perdonar y pedir perdón, sin embargo, me has quitado una venda de los ojos con lo que mencionaste acerca de los que hemos servido a Dios en las iglesias o pertenecemos a una. Es muy cierto, lo veía a menudo, incluso entre familias que iban a mi iglesia. Unos juzgando a otros por su proceder, les llamaban "impuros o inmundos" porque según su criterio, estaban obrando mal y no se relacionaban con ellos para no contaminarse.

—Ve a descansar querida Ruth, ya en nuestro siguiente encuentro hablaremos más sobre eso. En los de tu especie es muy común que creen juicios de los demás, incluso sin conocerlos. Te deseo un reposo agradable y mantente alerta a cualquier señal o mensaje que puedas recibir, incluso en sueños.

—Hasta pronto Río, ¡gracias nuevamente!

Abandoné aquel precioso lugar con Rohn y nos dirigimos al comedor. Me preparé una pequeña ensalada con todos los vegetales crudos que había en la barra. Di gracias que no tenía que elegir, porque, aunque era la mejor opción en las circunstancias en las que me encontraba, si hubiera habido otro tipo de alimento como panes, pasteles y café, estoy segura que los hubiera preferido. No tenía mucha hambre, más bien había salido un poco cansada de la sesión con Río y además con algunos sentimientos removidos. En ocasiones como esas, solía premiarme con comida que me hiciera sentir mejor, lo hacía como para consolarme, pero estaba empezando a comprender que el tipo de alimentos que realmente me ayudaba a tener más despiertos mis sentidos y mi cerebro, era el que estaba consumiendo.

Se me hizo extraño que mi cuerpo no experimentara los síntomas de desintoxicación, ya que en una experiencia pasada que me alimenté con puros vegetales y agua, me sentí fatal. «Tal vez eso sucede una vez» pensé. Aunque reconozco que, a partir de aquel régimen, mejoré mis hábitos alimenticios, tal vez por eso mi cuerpo no lo sentía como un cambio radical como la de la primera vez.

Al terminar la ensalada, le comenté a Rohn mi deseo de irme al dormitorio, me acompañó, se despidió con el mismo amor que hasta ahora me había dado y se puso a mi servicio como siempre.

Llegué directo a darme una ducha, me puse cómoda y me acosté en la cama a meditar un poco sobre todo lo acontecido. Deseé iniciar con la práctica del perdón a mí misma, así que cerré mis ojos y me dejé llevar.

Mi mente en principio me llevó a recordar todas esas

historias maravillosas de Jesús. Él solo enseñó a amar a los demás, sobre todo a aquellos que la sociedad desechaba. Desde que lo conocí en mí nació una profunda admiración hacia Él y en lo más profundo de mi corazón sabía que realmente era el camino, la verdad y la vida por su gran amor hacia la gente y su don de servicio. Nunca señaló ni condenó a nadie, con su amor los redimía y los invitaba a cambiar su camino para bien de ellos mismos y para los demás.

Finalmente, antes de dormir, tomé mi libreta y escribí lo que salía nuevamente de mi corazón y mente en ese momento.

Gracias Señor por perdonarme y liberarme de la culpa. Hoy entiendo que no eres tú el que condenas, sino las demás personas y además lo hacen sin conocer a fondo las situaciones que nos llevan a cometer errores. Por ese motivo yo hoy me perdono en el nombre de Jesús y me trataré con amor y compasión cuando cometa errores para poder avanzar y seguir siendo un mejor ser humano para mí y para los demás.

Hoy ya comprendo que el pasado no me condena, ni me destina al fracaso ni al pecado. No tengo por qué arrepentirme de él, ya que es un gran maestro y me hace ver lo importante que es alimentar mi espíritu para el despertar de la consciencia y así cambiar mi mundo, contribuyendo con los que me rodean.

Gracias Señor por cada una de tus enseñanzas. Llevaré este mensaje a otros para que lo hagan de la manera que ellos consideren y creyendo en quien crean. Amén.

21

MÁS AMOR,
MENOS JUICIO Y CRÍTICA

*"Cuando a las gentes les faltan músculos
en los brazos, les sobran en la lengua."*
Miguel Delibes

Una nueva oportunidad de estar en la compañía de Río y seguir aprendiendo de él.

—Querida Ruth, qué placer estar nuevamente contigo. Esa sonrisa ilumina hasta el rincón más obscuro de este lugar.

—Gracias, también estoy encantada de volverte a ver y deseosa de saber qué me enseñarás en esta ocasión.

—Desde muy niña has sido encaminada al mundo espiritual. —Comentó Río.

—Es cierto, desde pequeña he conocido algunas religiones y ramas filosóficas.

—Muy bien, entonces estás consciente que lo que piensas y dices es de suma importancia para lo que atraes, ¿Correcto?

No argumenté de manera verbal a la pregunta de Río, solo afirmé con un gesto que estaba en lo correcto.

—Perfecto, entonces hoy vamos a traer a la memoria todas esas mentiras que aún sueles decirte, mental o verbalmente. Es importante cancelarlas porque son maldiciones que atraes, y debes empezar a declarar bendiciones para tu vida. ¿Qué te parece? —Preguntó Río.

Aunque me avergonzaba por las cosas que solía decirme aún, estaba dispuesta a traerlas a la luz y a hacer todo lo que fuera necesario para propiciar el cambio espiritual que necesitaba. Deseaba salir de ahí preparada para iniciar una nueva vida y llevar a cabo mi propósito.

—No recuerdo todo lo que me he dicho a lo largo de mi vida, pero empezaré con la frase que muchas veces he repetido mentalmente: "No soy digna de amor". —Dije eso y algo dentro de mí se movió y dolió.

—¿Por qué lo dices? —Preguntó Río viéndome con una mirada tierna y a su vez sorprendida.

—No he tenido suerte en el amor. Ninguna pareja me ha amado como yo desearía. Creí que lo había alcanzado con Rafael, pero no fue así, y con Renzo, era imposible por lo que…Ya sabes…—Bajé la mirada y continué hablando —Por otra parte, ya no a nivel de parejas, sino familiar y de amistades, creo que el único que me ha amado, al menos me lo demostró, fue mi padre.

—Ruth, estás acá para sanar, para romper viejas creencias y patrones. De tal manera que voy a ser lo más sincero y duro posible para ayudarte a ver las cosas tal como son. Luego llegará el momento de consentirte.

—Está bien Río. Estoy lista a ser confrontada y a escuchar lo que me tengas que decir. Sé que dolerá, pero también como dices tú, estoy acá para sanar y sé que todo será para bien.

—Muy bien. Ahora te pregunto algo: ¿Tú te amas? ¿Realmente te aceptas y valoras tal cual eres?

«¡Esa pregunta!¡Qué difícil!» Pensé.

—Reconozco que antes no me valoraba. Solo veía en mí defectos y me criticaba. No me consideraba lo suficiente para alguien. —Respondí con voz triste.

—Seguramente atraías gente que hacía lo mismo contigo. ¿O me equivoco? —Comentó Río.

—Creo que es cierto, eso mismo conversé con mi amiga Roxana antes de venir. La gente, incluyendo la pareja nos trata de la misma manera que nosotros nos tratamos. En el tiempo que estuve sola después del divorcio y durante el confinamiento identifiqué que a lo largo de toda mi vida, solo veía mis defectos y me criticaba. También pude detectar lo cruel que era conmigo cuando estaba triste y empecé a tratarme un poco mejor. Recordé la manera como me gritaba mentalmente en los momentos de tristeza y me decía cosas como: "¡¿Qué pasa contigo?! ¿Por qué estás así? ¿Por qué lloras? Tienes todo lo que necesitas; Cosas que otros quisieran tener y estás llorando. ¡Estás mal!"

Hice una pausa y abrí los ojos de par en par sorprendida. Una imagen mental, auditiva y visual me llevó a recordar una experiencia pasada que venía a revelarme algo que no había visto anteriormente.

—¡Río! Acabo de recordar que esas mismas palabras: "¡Estás mal! ¡Estás enferma!", me las llegó a decir mi amiga Rocío en una ocasión que estaba muy triste por Renzo y le compartí mi sentir. No entendí por qué me dijo esas cosas si siempre yo la había escuchado y apoyado cuando era ella la que necesitaba desahogarse. Ahora me doy cuenta que ese trato primero me lo daba yo y por eso los otros también lo hacían.

—Sí querida Ruth, la gente te tratará igual que tú lo haces, pero déjame explicarte algo, esas conductas vienen desde la niñez. Creciste escuchando juicios y siendo señalada, desde entonces, de manera inconsciente has venido repitiendo el patrón. Creíste que era correcto tratarte así, no recibiste mucha empatía en tu infancia y eso al final te hace ser exigente.

—Pero he intentado cambiar. Comencé a tratarme mejor desde que me fui a vivir sola. —Mencioné.

—Es correcto. ¿Por qué crees que decidiste divorciarte de Rafael? Antes de que te dieras cuenta, ya habías empezado el cambio y sigues mejorando. Definitivamente hoy te tratas muchísimo mejor, pero te cuesta dejar de querer controlarlo todo y si algo sale mal, vuelves a las fuertes críticas, pero para poder seguir tu evolución, necesitas dejar la autocrítica, al igual que dejar de sentir culpa y ya en eso trabajamos, así que cada vez que te veas culpándote por algo, frena al impostor que está en tu mente. Recuerda que el único que podría juzgarte, ya te perdonó.

Me mantenía alerta a todo lo que me decía Río y analizaba

cada palabra. Es cierto, durante mi niñez no tuve el apoyo de quienes debía. Me sentía incomprendida y por muchos años llegué a pensar que había nacido en la época y el lugar incorrecto. No lo entendía en ese momento porque era una niña, sin embargo, en mi adultez, sobre todo después de mi divorcio asimilé ciertas cosas y en específico me di cuenta que hay mucha gente en este mundo que opina sobre lo que hacen o dicen los demás y se creen con facultad para juzgar y sacar conclusiones, pero pocas se toman el tiempo para escuchar y comprender.

Ahora, en este lugar con Río, estaba descubriendo lo más importante, que atraemos a personas que nos tratarán como lo hacemos con nosotros mismos.

—Río, ¿podrías explicarme por qué dices que desde antes de terminar la relación con Rafael ya yo me trataba mejor?

—Hagamos algo mejor Ruth. Cierra tus ojos en este momento y pídele a Rapha que traiga a tu mente la respuesta a esa pregunta.

—Okay.

Cerré mis ojos, repetí a Rapha lo que Rio me había dicho y esperé. Respiré profundo, me relajé y el sonido del agua cayendo en el riachuelo, hizo que mi mente me llevara a mi casa. Recordé a mis *perhijos*, me vi con ellos acostada en el piso de mi estudio, uno a cada lado mío, escuchando la música de meditación que ponía en las tardes después de llegar del trabajo. Era música con sonidos de agua y flautas, o a veces se escuchaban los cuencos tibetanos que tanto me fascinaban al igual que el toque del shofar. Ahí me veía de largo a largo en el tapete, haciendo ejercicios de respiración.

Al hacer nuevamente reparo de mis pensamientos, había viajado hasta otra etapa un poco más lejana de mi historia, al momento en el que decidí separarme de Rafael. Como una revelación, llegó a mi mente la verdadera razón por la que dejé de amarlo, o más bien por la que ya no cabía en mi vida.

«¡Ahí está! ¡Por esa razón me casé con él! ¡Y al yo cambiar, era imposible seguir juntos!» Me hablé en pensamiento y empecé a repasar la película de mi vida con él al igual que pude ver un poco la de mi niñez.

Rafael vivió toda su niñez y su vida siendo señalado y culpado, incluso por las cosas que no hacía. Aprendió desde entonces, a repartir la responsabilidad de todo lo que sucedía *a diestra y siniestra*. Aunque él fuera el causante de lo que acontecía, buscaba siempre a quién señalar, como lo hicieron con él, y yo era lo más cercano que tenía, aparte de mis *perhijos* que también en ocasiones les tocó cargar con situaciones insólitas, como si fueran ellos animales racionales.

En mi caso, durante mi niñez, no recuerdo haber sido culpada, justificada o injustificadamente, pero si crecí siendo etiquetada por todo, eso me hizo una niña muy insegura y en el fondo me culpaba por mis comportamientos.

«¡Ahora puedo ver de dónde viene todo! Por eso me trataba tan mal y me decía exactamente las palabras que escuchaba desde muy niña.» Exclamé nuevamente en pensamiento.

Desde pequeña he sido muy transparente, pero no todos los adultos sabían leer mi rostro. Recuerdo que en los momentos que estaba triste por alguna razón, buscaba aislarme, no quería hablar y por obvias razones me veía seria y en lugar de recibir un abrazo o al menos una pregunta como: ¿qué tienes? O ¿te sientes bien?, a cambio recibía señalamientos, como, "¡Eres una amargada, te pareces a tal persona, ese mal carácter que tienes!", entre otras cosas que me decían. Me volví insegura porque no sabía cómo actuar la mayoría del tiempo para no causar en los demás enojo y crítica

Eso ocasionó en mí la necesidad de culparme y criticarme cada vez que me sentía mal, al igual me convirtió en una persona complaciente para obtener la aceptación de los demás.

Hice consciente lo inconsciente y me di cuenta que una de las razones por las que Rafael me atrajo fue que recibía lo que desde muy pequeña aprendí a obtener, críticas y señalamientos. La relación perfecta, me sentía en un lugar familiar.

De un momento a otro, abrí los ojos y regresé al presente, a la cueva con Río.

—¡Pude entender todo Río! Es cierto lo que dijiste, empecé

a cambiar desde aquel viaje que hice en dos mil diecinueve para visitar a mi familia y regresé con la determinación de jamás volver a hacer las cosas solo para complacer a los demás. ¡Wow Río! ¿Y cómo sucedió eso? Me refiero a, ¿Cómo esa decisión pudo ocasionar todo este cambio? Otra pregunta, ¿Por qué busco en las parejas lo malo de mi niñez y no lo bueno? Porque obviamente no todo fue sufrimiento, de hecho, siempre he dicho que tuve una hermosa infancia.

—Permíteme y te explico Ruth. Cuando te mencioné que atraes gente que te da el trato que tu misma te das, es por la siguiente razón: El amor no se busca; la gente cree que lo hace, pero en realidad lo atraen. Atraen lo que son y lo que necesitan. Son espejos que vienen a mostrar la herida que deben sanar. Ellos no hieren, solo te muestran dónde duele para que tu hagas algo. Cuando fuiste a ese viaje familiar, esa persona espejo le habló a tu inconsciente y finalmente aprendiste.

—Ahora entiendo. Recuerdo que después de haber estado casi un mes allá, al haberme visto sola la mayoría del tiempo, cuando se suponía que fui a visitarlos para convivir, en algún punto lo comprendí y me dije, "Ya no más." Pero agradezco tanto ese viaje.

—¡Claro! Por supuesto que lo vas a agradecer, te ayudó a sanar una herida que estaba abierta y te mantenía sufriendo desde la niñez. ¡¿Cómo no lo vas a agradecer?!

—En un principio me sentí culpable y egoísta por pensar de esa manera, pero no tardé en entender que no existía razones para sentirme así. Sufría para complacer a los demás, pero esa no es mi tarea, además, no lo agradecían y entonces sufría aún más.

—No eres egoísta y mucho menos culpable Ruth. Tienes que empezar por amarte y respetarte. Ya no hubo correspondencia con Rafael y las demás personas de las que te alejaste, ya que todos eran espejos de la herida de rechazo.

—¡Wow! Perdona Río, son muchos wow los que he dicho, pero es que esta sesión contigo ha sido de revelación tras revelación. No paro de sorprenderme.

Toda la información que estaba recibiendo de Río era

fabulosa y como una película, empezaron a desfilar por mi mente todas esas amistades de las que me distancié de un día a otro porque sentí que ya no tenía ningún compromiso de hablarles o escribirles. Aún estaba el afecto por ellas, no quería perder su amistad y conexión, pero lo que si estaba segura era que no quería, ni necesitaba personas que me juzgaran por ser quien soy, así que, si ellos no trabajaban en sí para romper con esos patrones tóxicos, lo mejor era que siguieran su camino y se dejarán atraer por gente que se dé el mismo trato que ellos dan.

Comprendí por qué comencé a disfrutar tanto de mi soledad. Las personas que hasta esa etapa de mi vida había conocido, representaban esos viejos hábitos con los que yo rompí. Empecé a cambiar antes de llegar a esa cueva, precisamente Río me lo había dicho. Fui la creadora del instante que estaba viviendo, gracias a las decisiones acertadas que tomé. En ese instante pude darme cuenta lo poderosas que son las elecciones que uno hace en la vida. ¿Que si dolieron? ¡Muchísimo! en su momento, pero ahora más que nunca estaba totalmente agradecida por esa transformación y quería seguir creciendo.

Por otro lado, entendí la razón por la que solo quería estar con Renzo y Rebeca. Eran los únicos con los que podía abrirme y ser yo; Me escuchaban sin emitir juicios. No significaba que en todo estaban de acuerdo conmigo, simplemente me respetaban y me hacían ver sus puntos de vista, sin necesidad de cuestionar o hacerme sentir culpable. Como reza el dicho *No es lo que se dice sino cómo se dice*. Ahí está la gran diferencia y ellos eran ese tipo de personas que sabían decir las verdades en la cara sin etiquetas, críticas o juicios.

—Estás acá exactamente para que te sean reveladas todas esas cosas Ruth, no tienes que disculparte por los wow —Río comentó sonriendo y continuó. —Ojalá haya más y además lleves toda esta información a los que puedas, ese es parte de tu propósito. Enseñarles a otros a sanar sus heridas.

—Claro que sí, con gusto lo haré. No hay nada que ame más que ayudar a otros. Quiero difundir lo que he aprendido por si a alguien le puede servir mi testimonio. Ahora entiendo también por qué me trato diferente cuando estoy triste desde que me quedé sola. No ha sido fácil, a veces, mentalmente me pregunto por qué estoy así, pero ya no me regaño, me trato con mayor respeto, me consiento y me digo que ya pasará, que todo es temporal. Eso lo aprendí de Renzo que me ayudó mucho en la primera etapa de mi separación. Es una de sus frases favoritas. Comencé a valorarme poco a poco, sé que me falta mucho, pero estoy en eso.

—Lo sé, se me ha permitido ver tus avances. Y ahora mismo lo pondremos en práctica. Quiero que hagamos un ejercicio.

De repente se escucharon pasos. Giré mi rostro y vi que Rohn se acercaba con algo en las manos. Era un espejo de cuerpo entero.

—Ven Ruth, ponte de pie frente al espejo, quédate ahí y dime lo que ves —Comentó Río.

Antes de decir cualquier cosa, me observé de arriba abajo por mucho tiempo. Observé mi rostro, mi cabello, meticulosamente reparé en cada parte de mi cuerpo, me puse de un lado y del otro para verme de perfil e incluso por atrás. Terminé parada nuevamente de frente al espejo y me quedé detallando mis ojos, la forma, el color, esa línea oscura que siempre noté bordeando el iris y de repente empezaron a brotar lágrimas.

Por primera vez reconocí a esa mujer parada frente a aquel espejo, por quién era, por todo lo que había pasado y aún seguía de pie, con ganas de luchar, de ser mejor para ella misma y no para alguien más. Veía a una mujer valiente e incansable.

—Dime, ¿que ves preciosa alma? —Preguntó de nuevo Río.

—A una gran mujer —Dije con voz suave y entrecortada— Que ha luchado, que ha caído muchas veces y se ha levantado, una mujer, que a pesar de todo los golpes que ha recibido, mantiene un corazón sensible, un ser humano que no odia, ni guarda rencor, siempre dispuesta a ayudar y a levantar al que está caído.

Guardé un momento de silencio, nuevamente me barrí de arriba abajo con la mirada y continué:

—Y además de todo eso, veo a una mujer increíblemente guapa, trabajadora, que no le tiene miedo a los retos y además inteligente —Terminé de decir todo eso, volví mi rostro para ver a Río, sonreí y dije —¡Me admiro!

—Excelente Ruth, dime ¿qué pasó en ti para que hoy ya no veas defectos sino todas esas virtudes que acabas de enumerar?

—Creo que tiene que ver con lo que hemos hecho, primero me perdoné, además, pude experimentar el perdón de Dios. Aunque me dijiste que ya lo había hecho, esta vez lo sentí realmente y, por último, todo lo que me has enseñado ahora acerca de no criticarme y sentirme digna de amor. Me estoy aceptando.

—Exactamente, procura ya no juzgarte ni buscar defectos en ti. Ámate, valórate cada día y no esperes que otros lo vengan a hacer. Lleva este mensaje también a los de tu especie. No esperen validación y aprobación afuera. Se empieza desde adentro y lo demás lo atraerán. ¿Ahora cómo te sientes Ruth?

—En paz, y con mucha menos carga encima. En un momento sentí como si algo dentro de mí se rompiera. No sé cómo explicarlo, pero me siento más... ¡Más fuerte! ¿Será la palabra correcta?

—La aceptación al igual que el perdón trae mucha paz. Y puede que esa sea la palabra correcta Ruth, has sido una mujer muy fuerte, has logrado superar las pruebas y obstáculos que la vida te ha presentado con firmeza y sabiduría desde muy temprana edad hasta el día de hoy; y finalmente te has valorado. Ese es el inicio de un amor verdadero.

—Ahora lo sé, comprendí que esperaba de los demás algo que yo no me daba y que además ellos tampoco se dan porque tienen que trabajar en sus heridas, amarse y aceptarse a sí mismos primero. Y así atraeré gente que también ha sanado y se valora.

—A partir de ahora, cada vez que te veas en un espejo, exprésate todas las palabras de amor que se te vengan a la mente, jamás vuelvas a criticarte, ni decir, ni pensar mentiras como que no eres digna de amor, ni suficiente para alguien. ¡Intentémoslo una vez más! Ahora que estás frente a ese espejo, ¿qué otras palabras te dirías?

Me vi nuevamente a los ojos y sonreí.

—Qué hermosura de mujer, me amo, me valoro y me acepto

tal cual soy. ¡Soy valiente y capaz de alcanzar todo aquello en lo que me enfoque!

—¡Perfecto, Bravo! —Aplaudió Río y continuó hablando —Cuanto más te valores menos amor necesitarás de los demás. Tienes de sobra adentro y cuando la descubres, querrás compartirla en lugar de pedir. Estarás dispuesta igual a recibir la que te ofrecen, pero sin la necesidad de querer retenerla.

—¡Oooh! Eso no lo sabía Río, que cuánto más amor encuentre en mí, menos necesitaré el de los demás. Ahora entiendo ciertas cosas que he experimentado. Descubrí que sola me siento bien, con decirte que me di cuenta que tengo muy buen humor y me divierto conmigo. El dolor de la soledad que en otros tiempos había sentido ya no está. Reconozco que la compañía de Renzo la deseo aún, pero él no puede dar, ni recibir lo que estoy dispuesta a hacer yo. Nuestros últimos encuentros fueron dolorosos, quería verlo, pero siempre terminaba con mal sabor de boca.

—A partir de que te conectas con tu amor propio, solo aceptarás el de quien te complementa y no el de cualquiera.

—Por cierto, antes de venir al retiro, tuve una cita con un psicólogo.

—Si, Rey. —Contestó Río.

Nuevamente no pude evitar la cara de sorpresa. Aunque sabía que él conocía todo, no dejaba de admirarme cada vez que se anticipaba a decir algo que no le había contado.

—¡Exacto Rey! —Dije. —Me comentó que las personas como yo, que estamos en un triángulo amoroso y tenemos el papel de amantes, buscamos aislarnos y quedarnos solos para evitar que otros se inmiscuyan en la relación, pero ahora que dices tú que la soledad es buena y que cuánto más nos amamos, menos necesitamos de los demás, me confundí. Aunque yo estoy de acuerdo que la soledad me ha ayudado mucho a reconocer ciertas cosas en mi vida.

—Ruth, lo acabas de decir, que la soledad ya no te duele. Además, hace un momento experimentaste un gran amor y admiración por ti, y confesaste que necesitas un compañero.

—Sí, en realidad quisiera en mi vida un compañero para cuidarnos, protegernos, ser cómplices, amigos, amantes y divertirnos juntos. ¡Ah! y por cierto esta vez sí pido como requisito vital que nos deseemos el uno al otro, que haya mucha pasión. —Sonreí tímidamente.

—Claro que sí, llegará ese compañero que deseas, pero recuerda: Primero debes amarte tanto que no necesites el amor de nadie. Los seres humanos no fueron diseñados para vivir en soledad, ni aislados, sin embargo, es necesario pasar por ese proceso y así poder encontrarse consigo mismos, es decir, mirar hacia adentro y reconocer el valor propio. Solamente así, atraerás el amor que te complementa, estarán juntos porque así lo quieren, no porque se necesiten.

—Eso es lo que deseo en un compañero. Alguien que no me necesite, ni yo a él, sino que decidamos compartir la vida juntos. Bueno, ya el tiempo dirá. —Comenté.

—El tiempo no, ustedes. Cuando se encuentren y se reconozcan, pero por ahora es tiempo contigo, disfrútalo, descubre todo lo valioso que tienes y trabaja para ser cada día una mejor versión de ti misma. Es momento de descansar. Espero medites en todo. Pronto estarás lista para regresar con los tuyos y compartirles lo que has aprendido para que ellos también lo apliquen en sus vidas.

—¿En serio Río? ¿Ya pronto saldré? No me quiero ir aún. —Contesté con voz compungida.

—Sólo tú sabrás cuándo sientas que estás lista. Recuerda que tú eres creadora de todo esto que estás viviendo y lo estás haciendo muy bien. —Respondió Río.

—Gracias, quiero salir de acá preparada para lo que viene, pero no antes de conocer mi propósito de vida con claridad. Hasta la próxima Río. —Comenté y salí del lugar acompañada de Rohn.

Terminé de comer, y le dije a Rohn que regresaba a mi habitación. Podía hacer otras actividades en su compañía, pero preferí seguir trabajando en lo que estaba aprendiendo con Río y escribir lo más que pudiera. Aprovechar el tiempo a solas en aquel lugar era prioridad. No siempre se tiene la posibilidad cuando uno está en la rutina diaria, rodeada de gente y de actividades que cumplir. Era momento de enfocarme.

Después de ducharme y ponerme ropa cómoda, me tendí en la cama boca arriba con la mirada perdida hacia el oscuro techo de la cueva y profundicé en lo conversado con Río. Todo estaba muy claro, acerca de las personas que llegan a nuestra vida como espejo para ayudarnos a sanar.

Reflexioné en todo lo que hice por esas relaciones y me di cuenta que en la mayoría de las ocasiones no debí culparme por las reacciones que ellos tuvieron ante mi forma de actuar, pero ahora entendía que ellos daban lo que tenían y sin intención, lastimaban la herida que tenía abierta.

«Debo seguir trabajando en mí, es lo único en lo que me quiero enfocar. Me lo merezco. Ha sido un proceso duro, pero lo ha valido. Seguiré buscando adentro todo el poder que ahí radica para ser la verdadera yo y así lograr cumplir mi propósito.» Pensé.

También me di cuenta que Renzo llegó a mi vida para ayudarme a sanar otro tipo de herida, no la de la culpa y el rechazo, pero aún no sabía cuál era. «Le mencioné a Río que quería estar con él, pero las últimas veces fueron dolorosas y no me comentó nada. Luego le preguntaré.»

22

¿"V" DE VÍCTIMAS O VENCEDORES?

"Cuando te quejas, te haces una víctima.
Deja la situación, cambia la situación o acéptala.
Todo lo demás es una locura." Eckhart Tolle.

"Hay victoria en vencer al enemigo,
pero la hay mayor cuando el hombre
se vence a sí mismo." José de San Martín.

—¡¡Mi niña, ojos preciosos!!, nos volvemos a ver y eso me llena de energía. —Río comentó en una siguiente ocasión al encontrarnos.

—Ojos preciosos los tuyos y los de Rohn, —Respondí y sonreímos ambos.

—¿Cómo te has sentido?

—Te confieso que hace mucho no sentía esta paz. Allá afuera estando sola o acompañada, de repente empezaba a sentir mucha ansiedad. Sé que muchas veces se debía al deseo de querer ver a Renzo, pero precisamente acá no lo he sentido. Es mi momento, como tú lo has dicho y me he propuesto a estar presente cómo me recomendó Rohn. Quiero salir de acá transformada y tener todas las herramientas necesarias para sobrevivir allá afuera, además quiero compartir todo esto con otros.

—¡Excelente! Has tomado el poder que te correspondía desde hace mucho. Tú eres la única que puede decidir cambiar el camino por donde transitar. Si continúas en el mismo, obviamente seguirás llegando al lugar de siempre, del que muchas veces has deseado escapar.

—¡Cierto! Escuché en reiteradas ocasiones que cuando uno cambia, nuestro mundo cambia y lo estoy viviendo. —Contesté.

—Eso tiene que ver con lo que hablamos antes. Las mentiras que la gente siembra en su corazón y mente son en realidad excusas que usan para no hacerse responsables de sí mismos. Tal vez no se han dado cuenta, pero si siguen haciendo lo mismo obviamente obtendrán el mismo resultado.

Río continuó con sus enseñanzas. Me habló acerca de los contratiempos y momentos de crisis que se presentan en la vida, solo vienen a enseñarnos algo que necesitamos aprender.

—Es necesario que los de tu especie sepan que todos pasan por adversidades. La cuestión está en cómo la toma cada quien. Las crisis no llegan para que se sientan desdichados, heridos o amargados, ni tampoco deben creer que solo a ellos le pasa. ¡Todos Ruth, todos! viven pérdidas y tienen batallas, unas más fuertes que otras, pero son para crecer a través del dolor, para trabajar en sus emociones y vencer los pensamientos de derrota y negatividad. Es cierto que cuando se está pasando por una situación difícil, la gente tiende a sentirse sola e incomprendida, pero los contratiempos tienen un propósito y uno de ellos es crecer en sabiduría.

—Es complicado, pero finalmente uno va entendiendo que el drama no ayuda. Y ahora me doy cuenta que lo mejor es precisamente quedarse solo en esos momentos para hacer introspección.

—¡Exacto! En lugar de hacer dramas, quejarse, culpar a los demás de sus desdichas o luchar contra lo imposible es mejor quedarse en silencio y esperar. De esta manera aprenderían a gestionar sus emociones y consumirían menos energías para usarlas de una manera eficiente cuando sea necesario. Esto tiene que ver con la ley del mínimo esfuerzo, lo que tiene que suceder, sucede con un propósito y es parte del crecimiento y transformación. Por ejemplo, el césped no tiene que esforzarse para crecer, simplemente lo hace y la lluvia es necesaria para que esto ocurra, no la ve como una desgracia.

—Es lo que llamo fluir. Poco a poco he aprendido a no luchar con las situaciones como dijiste. Mis luchas siempre fueron internas, no se las contaba a nadie, pero, sufría, me resistía y terminaba sin fuerzas y frustrada. Ahora aprendí lo que dijiste, a quedarme en silencio, esperar a que la crisis pase y ver su resultado. Como Renzo dice también, no hay mal que dure cien años. Obviamente, se sufre de igual manera, sin embargo, ya no peleo y solo actúo cuando debo hacerlo.

—Y así utilizas tu energía eficientemente. Al estar calmada puedes pensar mejor y tomar decisiones más asertivas. Seguirás creciendo. Eres una mujer resiliente y tu fe ha aumentado en estos tiempos. —Mencionó Río.

—¡Uf! Muchísimo Río, eso es totalmente cierto. Ahora confío ciegamente y creo en lo que dice El Libro Sagrado, que todo lo que sucede es para bien. Hay otro versículo que me encanta y dice: *Cosas que ojo no vio, ni oído oyó, Ni han subido en corazón de hombre, Son las que Dios ha preparado para los que le aman.* ¡Esa palabra me encanta! Y hay otra que habla de que los pensamientos de Dios son más altos que los nuestros y que solo desea nuestro bien. Lo he vivido en carne propia. Hubo un momento en el que me rendí y dejé de luchar para que las cosas salieran como yo quería. Recuerdo que fue el día que dije, "¿Qué peor me puede ir de lo que ya me ha ido?" y solté. A partir de ahí me sorprendí con todo lo que llegó sin involucrarme activamente. Cosas mejores de las que yo había imaginado empecé a recibir. —Comenté y sonreí por lo que aprendí en esa época. Dejé de ser terca, para lo que no debo.

—¡Precisamente esa es la ley del menor esfuerzo! Decidiste dejar de pelear y querer controlar lo que no puedes y empezaste a manejar de una mejor manera tus emociones en el caos que estabas atravesando. En ese tiempo de silencio. es necesario mirar hacia adentro y buscar sus fortalezas y las respuestas a las situaciones que viven. Todo está ahí, tú lo mencionaste Ruth, hiciste introspección en ese tiempo.

—Si, fueron tiempos difíciles, pero no me quedó de otra. Creo que Dios o el Universo como le dicen otras personas, conspiró para quedarme sola. Gracias al confinamiento y a unas fuertes tormentas que llegaron donde vivo, me quedé encerrada en mi casa sola, pero al final no fue así, me encontré conmigo misma y vi entonces hacia dentro. Fue un tiempo maravilloso Río. Hoy lo veo así, no fue nada fácil. Lloré y tuve que lidiar con la ansiedad y la depresión, pero hoy me siento más fuerte.

—Muy bien Ruth, tomaste el papel de protagonista en tu vida y es la única manera de salir victoriosa. Hoy no estaríamos acá si te hubieras rendido.

—Creo que no estaría acá, ni físicamente en ningún lado. Estoy segura que si no hubiera escuchado esa voz que me habló desde adentro y me infundió ánimo, hubiera dejado de luchar por salir adelante.

—Lo sé, por eso te digo que eres una mujer valiente. Tomaste la decisión de mirar adentro y asirte de todas las herramientas que tenías para triunfar. Es cierto, no es fácil, pero es la única manera. Y cuando haces introspección te das cuenta que las experiencias y personas que han pasado por tu vida querían enseñarte algo, lo que necesitabas aprender. Al no hacerte víctima de esas circunstancias, asimilas la lección y la apruebas.

Mientras Río hablaba, rememoré aquella época de mi vida, hoy la recuerdo con amor y agradecimiento, pero pude verme llorando de rodillas en mi habitación, muriéndome de dolor en el alma pidiéndole a Dios Su auxilio. Solo quién lo ha experimentado lo puede entender.

—¿Sabes cuál es uno de los principales beneficios que trae el ver dentro de uno mismo? Que encuentras todas las fortalezas que traes. A partir de ahí comienza un proceso de autoaceptación y admiración. Por eso pudiste decirte todas esas frases delante del espejo. Salieron de ti. Las dijiste creyendo porque ya hoy ves y sabes quién eres, pero habrá gente que tendrá que repetirse palabras de amor, en lugar de crítica y juicio, hasta que se lo crea. Es más difícil porque se pueden sentir como impostores, pero deben romper con todas esas mentiras que los estancan.

—Sí, se lo que es repetir sin sentir lo que se dice. Lo hacía tomando frases de libros. La diferencia es que hoy me puedo ver a los ojos y decir las cosas que salen de mí y creo en lo que me digo. —Respondí.

—De alguna manera sirvió el que repitieras sin creer, estabas sembrando una semilla en tu alma y en algún momento floreció. La gente debe dejar de poner excusas y otorgar el control de su vida a otros porque además eso es imposible. Nadie tiene poder en alguien a menos que lo ceda.

—¿A qué te refieres Río? ¿Por qué dices que nosotros cedemos a los demás ese poder?

—Cuando no miran hacia adentro, creen todas las mentiras que otros le han dicho, empezando por las personas que estuvieron presentes desde su infancia. Por ejemplo, si les dijeron que no podían o no merecían; Si los trataron con desprecio o fueron abandonados, viven la vida pensando que eso es verdad y maltratándose. Obviamente, esas mentiras influyen en su personalidad, sobre todo si fueron dichas en la niñez, pero en algún momento necesitan recuperar el control que les pertenece y no seguir culpando a los demás, se están poniendo en el papel de víctimas. Probablemente aquellas personas que les dañaron, también recibieron las mismas mentiras o peores, de sus padres u otros adultos, y siguieron la cadenita porque no se hicieron responsables de su vida. Es hora de romper patrones.

Todo lo que comentaba Río era fascinante y muy cierto, aunque difícil de reconocer desde la perspectiva en la que siempre estamos parados, en el papel de víctima, con la creencia de que son los demás los que nos hacen y son culpables por el estado que nos encontramos. Yo solo escuchaba y escribía, sobre todo para poder compartir con otros el conocimiento, además de repasarlo en las ocasiones que lo requiriera. Aunque me he dado cuenta que nunca regreso a leer lo que escribo, sino que me encuentro con mis anotaciones en el momento que necesito recordar para tomar el camino correcto cuando me he desviado.

—El cambio es interno, de otra manera será inútil. Por ejemplo, tú decías que no eras digna de amor y te pregunté qué razones tenías para pensar que eso era cierto. Me respondiste, "porque nadie me ama". Culpabas a los demás. ¿Cierto?

—Cierto —Respondí interiorizando el error de muchos de nosotros. Diría que la mayoría de las personas que conozco.

—Te diré algo: Nadie tiene la responsabilidad de hacer que alguien se sienta amado y, aunque llegaran personas a su vida que le expresen su amor, no se lo creerán hasta que no se sientan dignos de ser amados. No podrá abrirse a que alguien le ame.

—¡Wow! Muy cierto. —Contesté haciendo consciencia de que así era porque en mi vida sé que han pasado personas que tenían buenas intenciones y me trataban con mucho cariño y sutileza, pero yo los rechazaba. Podría estar segura de que su trato me molestaba.

—Te pondré otro ejemplo: Hay gente que cree que la abundancia económica es solo para algunos. Se viven quejando porque el dinero se les va como agua entre los dedos. Les pregunto por qué piensan que nunca tendrán suficiente dinero y las excusas son que nacieron en familias de bajos recursos, que no estudiaron, que viven en equis lugar y de ahí nada bueno ha salido o peor aún, que no hay oportunidades para ellos. Decidieron adoptar la mentira que les dijo alguien en algún momento. Y, por otra parte, he visto gente que por querer salir de la miseria en la que nacieron, hoy son muy adinerados y poderosos. Cada quien decide en qué creer y según esas creencias, será su destino.

—Ahora que lo mencionas, me acuerdo de gente que he conocido con historias muy duras en su niñez y de mucha escasez y hoy son todo lo contrario. Están obsesionados por acumular y acumular dinero y cosas materiales.

—Ese es otro tema. Algunas de esas personas actúan por miedo u orgullo. Se encarcelan a esos estilos de vida para huir de un pasado que traen consigo. No se dan cuenta que mentalmente siguen ahí y por esa razón unos vuelven a perderlo todo, mientras que otros no disfrutan lo que han logrado obtener. Ojalá se dieran cuenta que lo más importante ya lo poseen: A ellos mismos y esa voluntad para hacer frente a las situaciones adversas; además, de la gente que les rodea, para disfrutar de todo lo que han cosechado con su esfuerzo.

Cada frase que Río mencionaba, me hacía reflexionar sobre la manera de vivir que nos imponemos. El hecho de hoy estar presente me mostraba una vida más real, sin las complicaciones que nos llevan a estar diariamente estresados, pensando en que no falte lo que creemos una necesidad vital, en lugar de ver lo que sí tenemos para disfrutar y agradecer.

—Ruth, es importante dejar claro que lo que está sucediendo en el mundo exterior de cada quien, proviene del interior. No lo que la gente cree, que hoy son lo que son, gracias a las situaciones que vivieron. No se están haciendo responsables de sí mismos y aunque señalar a otros es más fácil, deben saber que cuando lo hacen, hay un dedo apuntando a alguien y cuatro señalándose a sí mismo.

—¿Con eso quieres decir que la responsabilidad está en uno mismo?

—¡Claro Ruth! Eres lo que piensas y crees de ti misma, no lo que otros creen de ti. Nadie puede gobernar en los pensamientos de otro, solo uno mismo. Es cuestión de escuchar esa voz interna y por eso es necesario el silencio. Así se conocerán realmente y cambiarán las limitaciones por pensamientos nuevos que atraigan todo lo que les pertenece.

—Río, y cuando uno cambia ¿qué pasa si otros piensan que eres muy creído y se alejan de ti porque ahora te muestras diferente?

—Tampoco hay que creer que lo que uno piensa de sí mismo los demás lo apoyarán. Recuerda que mucha gente ya no estará en tu misma vibración y se alejará. Lo fundamental es que te creas merecedora de recibir todo lo que el Universo o Dios ha puesto al alcance de todos, empezando por sentirte digna de amor y amarte. No todos lo harán, pero eso no debe afectarte, quédate donde sí lo hagan y ámalos tú también. Encuentra tu círculo de personas. Cuando los conoces sientes esa gran conexión, ya lo has experimentado antes. Camina con ellos y ayúdense unos a otros a crecer y evolucionar. Sin embargo, entre todos ellos, la más valiosa eres tú. Tienes dentro esa fuente de poder que te alimenta, te ayuda a moverte y te transforma y, cuando no te amas esa fuente se apaga. Algunos le llaman voluntad y es esencial que esté encendida ya que es la que te motiva y empuja a continuar a pesar de las tormentas que lleguen.

—¡Wow síii! Exactamente eso fue lo que me pasó. En mis momentos más oscuros, cuando quise tirar la toalla una voz interna me decía *"Aún no, sigue adelante que pronto verás la recompensa"*. Es la que me decía también *"Tienes que comer, levántate, tienes que animarte Ruth, no permitas que te enfermes"*. Esa ha de ser la voluntad Río. Cuánto me ayudó y me ayudará. Estoy muy agradecida porque estuve muy sola y sin esa voz, no sé qué hubiera sido de mí.

—Es la voz más influyente en la vida de cada quien porque, aunque es cierto que existe un grupo de personas siempre dispuestas a ayudar a otros a levantarse cuando están caídos, si el que está en el piso no tiene la voluntad, nadie podrá ayudarlo, solo depende de él mismo. También recuerda que esa voluntad viene de Rapha, pero definitivamente da libre albedrío a cada quien, aunque Su voluntad será que te levantes y sigas caminando. Si tú no lo quieres, nadie podrá.

—Es maravilloso Río. Ahora que dices eso, recuerdo algo que leí hace poco y decía que nosotros no tenemos control en el desgaste normal del cuerpo, pero en el espíritu sí. Si dejamos que decaiga, es por nosotros mismos. Ni siquiera por los demás, aunque nos digan lo peor para desmotivarnos.

—¿Qué fue lo que hiciste cuando quisimos acabar con esa mentira de ser indigna de amor? —Preguntó Río.

—Miré dentro de mí y me reconocí.

—Así es, no me preguntaste a mí o a alguien más si eras o no digna de amor. Eso es lo que se debería hacer cada vez que tu mente o alguien te digan mentiras, parar y preguntar a esa voz interna: "¿Eso es cierto? ¿No merezco? ¿No puedo? ¿No tengo? ¿No soy?" Hay que descubrir al impostor, que te quiere engañar y limitar. La mayoría de las veces es una lucha interna, no con alguien más. La batalla más fuerte que cualquier persona necesita librar es con la mente porque es ahí donde radica el poder y el secreto para alcanzar todo lo que se propongan. No será fácil luchar con esos pensamientos, pero he ahí la recompensa si persevera y vence. Vale la pena pelear la batalla y es diariamente. La gente se enoja con los demás por lo que éstos le hacen, pero realmente ellos son solo instrumentos de lo que la mente está atrayendo.

—Increíble Río, por eso nos pasa lo mismo. Cada uno de nosotros lidia con situaciones que se repiten muchas veces a través de diferentes personas y ahora lo veo claro. Nosotros lo atraemos.

—Les aseguro que el día que modifiquen sus patrones de pensamiento ya nada volverá a ser igual, pero para ello, repito una vez más, hay que cambiar la perspectiva de víctima a protagonista, dejar de culpar a los demás y ver hacia adentro para saber qué hay que transmutar. —Mencionó Río.

—¡Claro! Siempre he deseado un compañero que me ame, me respete y valore, pero ahora comprendo que jamás lo iba a atraer pensando que no era digna de amor y no cultivando el amor y valor propio. ¡Es increíble lo que hacemos a nivel inconsciente Río! Y luego culpamos a los demás. ¡Cuánto aprendizaje! Ya deseo decirle esto a otras personas.

—No todos estarán listos para entenderlo, pero sembrarás una semillita en el alma de quien se lo reveles. Primero es ser y luego tener. Es decir, no tendrás la pareja que quieres ni el trabajo, ni la casa o el dinero, ni absolutamente nada, si primero no lo experimentas internamente y lo crees. Con mucha convicción, debes actuar, pensar, hablar…¡SER! y verás los milagros ocurrir. Cuando haya coherencia total en ti, lo que ha tardado toda una vida en llegar, en un abrir y cerrar de ojos se materializará. — Mencionó Río.

—Eso me hace recordar un versículo del Libro Sagrado que dice «*Amado, yo deseo que tú seas prosperado en todas las cosas, y que tengas salud, así como prospera tu alma*» Creo que ese versículo se refiere a lo que me acabas de decir Río, que primero trabajemos en ser y luego llegará el tener.

—Correcto, lo fundamental es ir a la raíz y renovar patrones mentales, ya que, si no se empieza por ahí, lo que desean llegará y lo perderán nuevamente o les traerá complicaciones por no estar preparados para recibirlo. Por eso es que se necesita primero tener consciencia plena de quién eres antes de tener. Existe un almacén de bendiciones esperando por ustedes que nada ni nadie se las puede quitar, excepto ustedes mismos por rechazarlas de manera subconsciente. No llegarán porque no tienen lo necesario para mantenerlas.

Río continuó revelándome cosas impresionantes que me confirmaban que definitivamente somos los creadores de nuestra realidad. Yo solo escuchaba y escribía todo, sentía, que quitaba vendas mentales que me coartaban.

—Hay gente que quiere que llegue el amor a sus vidas, pero tienen heridas del pasado y actúan desde el dolor lastimando a los demás, o inician una relación pensando en que les van a traicionar de la misma manera que ya lo hicieron. Dime ¿Cómo va a llegar el amor a esas personas que piensan así? Nadie quiere estar en un lugar en el que no es bienvenido. Por eso no llegará esa pareja que sueñan.

Río hizo una pausa y continuó ejemplificando cómo alejamos lo que más deseamos.

—Hay personas que quieren llegar a tener millones en su cuenta bancaria, pero piensan que es malo ser rico, que el dinero es la raíz de todos los males, que la única manera de hacerse rico, es haciendo fraudes o negocios ilícitos. Una persona que piensa así del dinero, cuando lo recibe inmediatamente éste huye de sus manos.

—Me queda clarísimo con eso que mencionaste acerca de que nadie quiere estar donde no se le quiere. Me acordé de la familia de Rafael. Algunos se expresaban muy mal de mí. Con todo eso él pretendía que conviviera con ellos. Un día me invitó a pasar unos días todos juntos y le dije que no tenía caso ir a verlos si sabía que ellos no me querían, que mejor les hacía un favor y me mantenía lejos de su presencia para no incomodarlos. Ahora entiendo, si lo mismo hacemos con el amor, el dinero y de todo lo que nos expresemos mal, obviamente nos huirán. ¡Wow, cuántas revelaciones!

—Así es, recuerda que hay un almacén de bendiciones para cada quien. El único problema es que la llave la tiene cada uno en su alma. Deben empezar por trabajar en ella, sembrar bendiciones para cosecharlas después y llegue la prosperidad que tanto buscan. Repito: Ser y luego tener, cambiar la perspectiva y reconocer lo dichosos que son, de esa manera TODO lo obtendrán...Cuando digo todo, es todo.

—Río, estás diciendo eso y me estoy acordando de tantos versículos en El Libro Sagrado que nos dice que somos vencedores, que tenemos un gran poder en la mano, que además nos habla de tener fe. Es tan cierto, pero no es fácil cambiar los patrones y aplicarlo.

—Con voluntad todo se puede Ruth, lo que pasa es que la gente prefiere quedarse en ese lugar de confort y no atreverse. El Libro Sagrado también dice que "Solo los valientes arrebatan las bendiciones"

—¡¡Uff cierto!! Cuánto poder hay en ese libro. De hecho, cuando empecé a estudiar el Libro Sagrado recuerdo la sorpresa que me llevé al encontrar tanta similitud con la metafísica, solo que en ésta no se menciona a los protagonistas: Padre, Hijo y Espíritu Santo. Es una lástima que tanta gente le huya a todo lo que tiene que ver con las iglesias y entiendo que es por el fanatismo que hay, sin embargo, fanatismo hay en todos lados. Son los seres humanos los que hacen ídolos y sectas en la tierra. Dios no tiene la culpa de eso, Él solo nos está dando un patrón a seguir, pero como siempre nos pasa, preferimos ver lo malo y no lo bueno. Gracias Río. ¡¡Somos poderosos si trabajamos en nosotros y nos atrevemos!! Y eso me hizo recordar el versículo donde Jesús dice que las cosas que él hizo, aún mayores las haremos nosotros.

En mi habitación, medité en todo lo aprendido, empecé a sentirme aún más la protagonista de mi vida y me emocioné por todo lo que vendría después de aquel encuentro. Tomé mi libreta y anoté lo que salió en ese instante de mi corazón.

Toda la vida fui la Ruth que quería gustarle a otros y terminé en una versión de mí que no conocía, hasta que llego un momento que no sabía cómo actuar o qué decir y finalmente terminé aborreciéndome. Por obvias razones, los demás también...

Atraía lo que era.

Ya hoy lo tengo muy claro y gracias a Dios, desde hace tiempo emprendí un camino de regreso a mí y a amarme.

Ahora más que nunca entiendo que si quiero ser libre, tengo que ser yo misma. Dejar salir a mi auténtico yo, a la que tengo encerrada en el clóset. Es hora de que la Ruth real salga...

Más me vale saber quién es mi verdadera Ruth, así que debo seguir mirando hacia adentro.

—Necesitas más citas a solas contigo Ruth, para conocerte más. Así como cuando alguien te gusta, que quieres saber todo de él. Llegó la hora de saber todo de ti misma.

23

TU CORAZÓN
TU MAYOR TESORO

Sobre toda cosa guardada, guarda tu corazón;
Porque de él mana la vida.
Proverbios 4:23

Una nueva oportunidad se acercaba para volver con Río y como siempre estaba la expectativa de saber lo que me enseñaría. Hasta ahora el tiempo que llevaba en la cueva, me había transformado en una mujer, no solo más segura, sino más despierta a lo que sucedía internamente. Poco a poco iba aprendiendo a estar más consciente y presente. Cada vez que llegaba un pensamiento que me producía tristeza o añoranza, trataba de gestionar la emoción con todo lo aprendido. Finalmente reconocí que era aprehensiva con muchas cosas y estaba aprendiendo a soltar.

El trabajo en el amor propio me hizo creer merecedora de lo mejor y estaba lista para recibirlo. Me di cuenta que Renzo era un hombre muy especial, pero merecía alguien en mi vida que me pudiera dar todo lo que yo estaba dispuesta a dar también en la relación. Sentí que era hora de dejar atrás apegos y relaciones que, en lugar de darme fuerza, me quitaban la que obtenía de otras fuentes.

Hoy estoy consciente que las parejas que atraje, eran las idóneas para crecer y llegar hasta aquí. Río me enseñó que mi felicidad, el sentirme amada y valorada, solo es responsabilidad mía. Finalmente estaba tomando el control de mi vida.

Antes de salir de la habitación me pare frente al espejo que puso Rohn después del ejercicio que hice con Río y, viéndome a los ojos repetí, —Hoy soy consciente de que yo no busco, solo atraigo y declaro que atraigo lo mejor, ¡Soy un imán de bendiciones! Sonreí y lancé un beso hacia arriba en agradecimiento a Dios por todo lo que estaba haciendo en mí.

Puse un pie fuera de la habitación y ahí estaba Rohn. Nuestras miradas se encontraron, sonrió y me guiñó un ojo.

—¿Lista para lo que viene?

—¡Listísima Rohn! —Dije tomándolo del antebrazo y apoyando mi cabeza en su brazo. Así caminamos hacia el comedor.

Me detuve repentinamente en la entrada. Esta vez el comedor no estaba solo, en la mesa estaba un hombre sentado. «¡Finalmente alguien de mi especie!» Pensé. No pude pasar por alto su atractivo, era un chico de tez morena y ojos color miel.

Él estaba absorto con la mirada puesta en su plato de comida, probablemente no esperaba a nadie más. Al escucharme, levantó su rostro, me miró estupefacto y lanzó la sonrisa más preciosa que alguien jamás me había regalado.

—Hola guapa ¿qué tal?

—Hola, bien gracias y tú, ¿qué tal?

—¡Súper! Comiendo para irme con Rex.

—¿Quién es Rex? ¿El que te guía y te acompaña a todos los lugares que tienes que ir?

—No, mi guía de turista es Ray. —Comentó el chico de ojos lindos.

Sonrió nuevamente y todo se paralizó. Su dentadura era tan blanca que parecía alumbrar todo el lugar. Le regresé la sonrisa y respondí:

—¡Ah! Es como mi Río.

—Por cierto, soy Rakim, es un placer conocerte, ¡Qué afortunado! Las probabilidades de cruzarse con alguien acá adentro son muy bajas y no solo tuve suerte, sino que ese alguien sea una mujer tan hermosa como tú.

—Gracias Rakim, mucho gusto, soy Ruth —Contesté.

—Me encanta tu sonrisa y ¡qué ojos! tienen un brillo especial —Mencionó Rakim.

—¡Gracias y mira quién habla! Lo mismo diría yo de ti. Tienes unos ojos muy hermosos y cuando sonríes, contagias a los demás. —Dije.

—¡Awww gracias guapa! —Respondió y noté cierto rubor en su rostro.

Mientras comimos conversamos sobre muchos temas de nuestras vidas y lo que nos había llevado al lugar donde estábamos.

Me comentó que era un hombre de negocios, dueño de dos restaurantes muy famosos en su ciudad, además de tener propiedades e inversiones. Hablaba con pasión del mercado financiero y de temas muy en boga como lo era las inversiones en criptomonedas. Se enfocó más en hablar de los logros que había obtenido hasta la fecha. Se sentía muy orgulloso de haber llegado hasta donde estaba.

Era interesante lo que decía, disfrutaba la conversación, sobre todo porque sentía que había pasado mucho tiempo que no hablaba con gente y Rakim además se expresaba con mucha pasión, su energía era contagiosa. Sin embargo, me interesaba más indagar sobre el proceso que llevábamos ambos dentro de la cueva, que hablar de nuestras vidas afuera.

—¿Llevas mucho tiempo acá?

Rakim suspiró fuerte y exclamó.

—Esa pregunta es complicada, ya que acá adentro se pierde un poco la noción de los días, pero tomando en cuenta todo lo que he aprendido creo que llevo el tiempo necesario. Por cierto, guapa, me encantaría conocerte más y como no podemos quedar para una cita ya que no sabemos si será posible volvernos a ver, quiero proponerte un escape ahora, ¡¿Qué dices?!

—¡Un escape! Pero, ¿cómo y a dónde? Se supone que no debemos andar por este lugar solos. No lo conocemos y se darán cuenta si salimos de acá. De hecho, Rohn me dijo que siempre aparecen cuando uno les necesita, a donde nos escapemos lo notarán. —Mencioné.

—¡Vamos! Di que sí, no vayamos a nuestra sesión. —Mencionó Rakim y puso su mano sobre la mía.

Titubeé y me puse nerviosa porque en el fondo si deseaba pasar más tiempo con él, pero, por otro lado, el sentido de la responsabilidad y la moral, me decían que tenía que ir con Río. Además, pensaba en las consecuencias que me traería si hacía lo que deseaba.

De inmediato me di cuenta que de nuevo aparecía el juicio o la culpa creyendo que, si desobedecía algo malo sucedería y me incomodó repetir esa vieja manera de pensar. Respiré y le dije a Rakim lo que sentía.

—Para ser sincera a mí también me gustaría seguir hablando contigo, no me quiero ir todavía.

—¡Eso guapa! Así se habla. ¡Entonces vamos!

—¿Pero a dónde? No conocemos el lugar y nos podemos perder.

Con una sonrisa pícara me contestó que un día quiso irse solo a caminar por ahí y se encontró un lugar muy hermoso y cercano de donde estábamos.

Seguí mi instinto y decidí ir a ese lugar con él. Esperamos el momento que estuvimos solos en el comedor para salir. Rakim tomó mi mano y corriendo nos metimos por un pasillo largo y obscuro. Mi corazón latía fuerte, no por el esfuerzo físico, sino por el temor de no saber a dónde me llevaba y la idea de las posibles consecuencias seguía taladrándome a pesar de que luchaba con ella.

Llegamos a un lugar realmente espectacular, parecía que las estrellas habían bajado a iluminar esa pequeña, pero hermosa caverna y se reflejaban en el agua de un riachuelo.

—¡Dios, qué hermosura de sitio!

—¿Verdad que sí guapa? Hermosa como tú y esos ojos. —Dijo acercándose a mí.

Sentí el peculiar cosquilleo en el estómago. Esa química que no se siente con cualquier hombre que intenta, al igual que él, coquetear y pararse muy de cerca. Aquella electricidad que recorre todo el cuerpo. Solo con Rafael y con Renzo me había sucedido antes, sin embargo, me alejé y busqué un lugar donde sentarme para seguir contemplando la majestuosidad del lugar al que me había llevado.

—¿Sabes qué son esas luces Rakim?

—Después de confesarle a Ray mi escape a este lugar, le pregunté sobre esas luces y me dijo que eran luciérnagas.

—¡Claro! Son las únicas que tienen luz, pero no sabía que estaban en cuevas. Ahora entiendo por qué ya no se ven afuera, creo que todas se vinieron acá. —Dije sonriendo y él también sonrió.

—Están en huelga. —Comentó dando continuidad a mi mal chiste.

—¡Qué maravilla! Gracias por traerme hasta acá. Pensar que estuve a punto de no venir por no querer hacer cosas que están mal. De lo que me hubiera perdido —Comenté deleitándome en aquel paraíso que tenía en frente.

—Preciosa, pero si no estamos haciendo nada malo. Tienes que aprovechar las oportunidades que la vida te da. ¿Qué probabilidad hay de que tú y yo nos volvamos a ver? Al menos durante el tiempo que estemos acá, porque te aseguro algo, saliendo te buscaré. —Dijo y se acercó nuevamente para besarme y en esta oportunidad no lo evadí.

Me besó suave y lentamente, pero, puse mi mano en su pecho y me aparté. No dijo nada, solo me miró con ternura y sonrió.

—Ya sé que hay que aprovechar las oportunidades que la vida nos presenta, es que solía pasarme que si me salto las reglas luego sentía remordimiento. Precisamente esa es una de las tantas cosas que debo dejar atrás aquí en este lugar. Tendía a culparme por todo y además sentir que al hacer cosas que para los demás están mal vistos, sería juzgada y tendría consecuencias.

—Entonces yo te estoy ayudando a romper con esos viejos e inútiles hábitos. Me alegro de poder ayudar. —Mencionó y sonriendo se acercó e intentó nuevamente besarme, pero yo me escabullí. —Bueno cuéntame ¿ya has descubierto tu propósito?

—Preguntó.

—Aún no, pero creo tener pistas. De hecho, me parece que uno en el fondo lo sabe desde mucho tiempo atrás, ¿no te parece?

—Sí, es cierto, creo que como andamos distraídos, no lo reconocemos de inmediato y, por otra parte, estamos acostumbrados a ver hacia afuera y no dentro de nosotros. — Mencionó.

—¡Exacto! Mejor dicho, imposible.

—Lo cierto es que ver hacia adentro es difícil y doloroso porque hay cosas que no queremos recordar para no volver a sufrir o enojarnos. —Comentó.

—Sí, pero esas cosas son las que no nos permiten crecer y evolucionar si no las sanamos y soltamos. —Mencioné.

—Ya sé Ruth, esa razón es la que me ha mantenido acá más tiempo del que deseaba.

—¿Por qué? ¿Qué es lo que no quieres soltar? Si no es demasiada indiscreción. —Pregunté.

—No guapa, no es indiscreción, de hecho, contigo me siento en confianza, como si ya te conociera desde hace tiempo. Lo que pasa es, que hay cosas en la vida que son muy difíciles de perdonar.

—Si, te entiendo. A veces no es fácil perdonar, pero se nos enseña que hay que hacerlo ya que nos conviene para vivir una vida en paz. —Comenté.

—Dime Ruth, ¿Cómo puedes perdonar a un padre que te trató como un perro miserable y que además era lo único que tenías en la vida?

Me contó que su madre falleció durante el parto de su hermana cuando él tenía tan solo tres años. Su padre se volvió a casar, tuvo hijos con su nueva esposa y él y su hermana fueron relegados. No recibían la misma atención ni beneficios que los hijos del nuevo matrimonio de su padre, de quienes además sufrían burlas y desprecios. Tuvo una infancia muy difícil.

Eso lo impulsó a irse de su casa a temprana edad y a valerse por sí mismo. Trabajó y progresó rápidamente y de esa manera obtuvo lo necesario para su sustento. Años después fue por su hermana y le ofreció los estudios y el hogar que nunca tuvo y una vida con ciertas comodidades.

Fue un hombre que creció soportando el dolor del abandono y el rechazo. Esa experiencia lo hizo ser compasivo con otras personas que habían pasado por situaciones similares. Mostraba empatía y paciencia, ayudándolos, escuchándolos y, cuando era necesario, ofreciéndoles consejos.

Se trazó como meta evitar volver a vivir en la miseria, pasar hambre o depender de otros para salir adelante. Por esa razón, se volvió adicto al trabajo y terminó acumulando una gran fortuna. La persecución de este éxito, contribuyó a que a sus cuarenta años aún no se hubiera casado, sin embargo, la principal razón de su soltería, era la falta de perdón en su corazón. Siempre terminaba hiriendo a las mujeres con las que mantenía una relación íntima.

Era un gran hombre, un valioso instrumento para servir a los demás. Por eso se encontraba en ese lugar; necesitaba dejar atrás el pasado para evolucionar y cumplir con su propósito. Cada vez que intentaba perdonar a su padre, sentía una gran rabia y perdía el control, junto con la paz que aparentemente había alcanzado.

—Rakim, lamento que hayas pasado por esa terrible experiencia y admiro tu fortaleza emocional para hacer que todo trabajara a tu favor. Al final te convertiste en un hombre exitoso y lleno de bondad. La gran mayoría al sentirse víctima se pasa el resto de su vida culpando a los demás y peor aún, tratando mal a todo el mundo. Tengo la seguridad de que, por ser diferente estás acá y necesitas ayuda en esta situación. Tú mismo lo has dicho, estás estancado, te estás poniendo cadenas que no te permiten ser libre por no perdonar a quienes te hicieron daño, pero te estás perjudicando. Te diré algo más y me callo. —Comenté y me llevé la mano a la boca.

—No cariño, tú dime, te escucho. —Dijo esta vez con un tono de voz diferente.

—Todos tenemos una historia que contar y generalmente comienza en la niñez. Yo perdoné a quienes en algún momento me hicieron daño cuando entendí que también ellos eran producto de los traumas de su infancia, pero no se hicieron cargo de procesarlos para sanar y así no seguir lastimando. Yo no quería hacer lo mismo, no quise esa herencia. Aunque no he tenido hijos a quienes dañar, lo haría a todo el que se me acerque y no quería seguirlo haciendo porque, si lastimé a algunos. Claro, todo esto que te acabo de decir lo entendí a una edad adulta. En mi niñez sufrí situaciones que eran injustas, tal vez no tan fuertes como las que viviste tú Rakim, pero para una niña inocente, las palabras y maltratos físicos hieren profundamente. pero cuando dejé de verlos como lo que ellos me hicieron, comprendí que esas personas estaban en mi camino para ser maestros o instrumentos que me ayudarían a crecer y a saber perdonar, si así lo quieres ver. Así que terminé dando gracias.

—¿¡Agradecerle!? ¡Y todavía tendría que agradecerles! Todo lo que hice fue gracias a mí. —Exclamó de manera intempestiva.

—Créeme que te entiendo más de lo que imaginas. Como te mencioné, en mi niñez no viví situaciones tan injustas, pero si no perdonáramos, viviríamos con amargura en el corazón y eso puede ser peligroso. Hace unos años me enteré de un padre que fue a prisión porque abusaba de sus hijas. Sentí furia e impotencia y te prometo que en mi mente imaginé las maneras de cómo tomar la justicia por mis propias manos si hubiera estado ahí cuando lo descubrieron. Hasta que me di cuenta que esa no era la salida. Eso trae más maldad y odio en el mundo. Fue muy injusto para esas niñas, pero precisamente por gente que no se responsabiliza en sus heridas emocionales y traumas de la infancia, se sigue propagando el dolor y la injusticia, hasta que llegue alguien valiente y trabaje en sus heridas y, aunque duela, las abra, las limpié y las cure para que cierren y cicatricen. Así, paramos la maldad en el mundo. Sé que es difícil agradecer al que te hirió, pero si le puedes dar gracias a Dios por esta oportunidad y perdonar.

Rakim hizo una pausa y mantuvo su mirada en el piso, donde con la punta de su zapato chapoteaba en la orilla del riachuelo.

—Tienes razón Ruth, si no trabajamos en nosotros mismos y en nuestras emociones, seguiremos esparciendo mucho más odio del que ya hay en el mundo. Es cierto, no nos damos cuenta que el enojo, el resentimiento, la ira y todos esos sentimientos que producen la falta de perdón, son los que nos han llevado a vivir en un planeta tan violento, con pocos valores y lleno de maldad.

—Exacto, la gente resentida y sin valores pregunta por qué hay tanta maldad en el mundo, pero no se dan cuenta que todos somos parte del problema y si miráramos hacia adentro como tú mencionaste, las cosas mejorarían.

—Y ahora que lo pienso bien, hay algo que sí tengo que agradecer a mi progenitor. Aquellos momentos en los que apenas nos alcanzaba para comer a mi hermana y a mí. Era poco el dinero y los alimentos, pero preparados con amor sabían a gloria. Esos días jamás los olvidaré, estábamos muy unidos, todo lo compartíamos. Recuerdo que yo quería darle a ella siempre la porción más grande, y me decía que su estómago se llenaba con menos de eso y que yo tenía que comer la mayor parte porque era el más tragón y, además, trabajaba todo el día. Cuánto disfrutamos esa época mi hermana y yo. Aún conversamos de esos lindos tiempos.

—¡Sí, Rakim! Entiendo totalmente a qué te refieres; también viví algo parecido. Un día fui al supermercado y vi un pan que acostumbraba a comprar en la época más dura de mi vida y no pude evitar llorar de emoción al verlo. Me trajo hermosos recuerdos de esos días en los que, gracias a Dios, nunca me faltó la comida. De hecho, Él lo promete en El Libro Sagrado: que sus hijos no pasarán hambre. Pero el dinero era tan escaso que tenía que comprar lo más económico y hacer que rindiera. Ese pan era uno de esos alimentos que rendía y, además, me llenaba el estómago y el alma. ¿Sabes? Los platillos que preparé en aquellos días quedaban como un verdadero manjar. Hoy que puedo comprar lo que desee para comer, no he logrado volver a obtener esos sabores. Estoy segurísima de que Dios, al ver agradecimiento, aunque llorando se lo daba, ponía el toque especial en esos platillos. Qué hermosos días, entiendo lo que dices. Fuimos bendecidos.

—Sí, he visto gente que, aun sin tener escasez de dinero, se queja o maldice la misma comida que alguien más le preparó. En ocasiones no dicen nada, pero hacen malas caras en frente de quien cocinó. Tuve amistades de la universidad que me invitaban a comer a sus casas y eran de estratos económicos medio-altos. Presencié en una ocasión a un compañero recriminar a la madre por servir la misma comida del día anterior. Observé la cara de la pobre madre, triste y apenada por los comentarios del hijo. Hay gente muy desagradecida.

—Exacto, eso es ser desagradecido. Entonces, ¿ahora te das cuenta de que hay cosas que agradecer a esas personas en nuestra vida? —Comenté e hice silencio.

—Gracias, guapa. Tienes razón, esos momentos, a pesar de que fueron dolorosos, me empujaron a ser la persona que soy hoy. Me acabas de hacer ver las cosas desde una perspectiva que no había considerado antes. Creo que ahora puedo ver a mi padre... —Se le cortó la voz por unos segundos y continuó —No es fácil, pero creo que ahora puedo verlo con un poco de bondad. Además, sé que él también tuvo una vida muy dura en su niñez con el abuelo. Ruth, creo que puedo intentarlo. Puedo perdonar a mi padre. No agradecerle, porque tuve una vida muy difícil desde que me fui de casa. Pasé mucho tiempo durmiendo en la calle hasta que pude pagar un lugar para mí.

—Considero que, a quien hay que agradecer es a Dios Rakim, por lo que hizo en nosotros a pesar de que pudimos haber terminado mal por la irresponsabilidad de otros, pero ya no recuerdes esos momentos, por favor. Mira dónde estás hoy y lo que has logrado. Mira dónde estamos, a punto de llegar a un nivel más alto de evolución, y podremos ayudar a mucha gente que lo necesita. Todo lo que vivimos tiene que haber valido para llegar hasta acá. Además, recuerda que, si no perdonas, las personas a las que tú les hiciste daño tampoco te perdonarán. Todos hemos lastimado a alguien en algún momento de nuestras vidas. Estoy segura de que lastimé a gente apenas unos días antes de llegar acá. —Dije aquello pensando en Renzo y continué —¿Acaso no lo has hecho tú?

Por un momento hubo silencio total y finalmente habló.

—Si, también he causado dolor a otras personas, tienes razón.

—¿Ya ves? Cuando lo entendí así, me di cuenta que no había que hacer drama por lo que otros nos han hecho. Lo mejor es perdonar y seguir. Obviamente, para bien de uno lo ideal es alejarse de personas que nos lastiman. Perdonar no significa que vamos a volver al mismo lugar donde no nos valoraron, nos juzgaron y nos hicieron daño. Los perdonamos para beneficio propio. Nuestro corazón ya no guarda rencor hacia esas personas, pero nuestro lugar es donde merecemos estar.

—Ya comprendo, preciosa. Es cierto, aunque intentemos alejarnos de las personas que nos hicieron daño, nos perseguirán siempre si no las perdonamos. Ahora me queda claro. Por eso, cada vez que recuerdo aquella faceta de mi niñez, siento amargura en todo mi cuerpo. Tengo que soltarlo, ¡Qué estupidez! ¿Por qué no lo había visto así antes?

—¡Ey! Tampoco tienes que decirte esas cosas. No es fácil entenderlo a la primera. El perdón es lo más liberador que hay. Lo aprendí hace tiempo, pero me faltaba aprender a perdonarme a mí misma, y aquí lo hice. Se ve muy simple después que lo comprendemos. A mí me enseñó Río. ¡Ahhh Rió! —Exclamé. —¡Deben estar esperándonos, Rakim!

—Gracias guapa, has sido de gran ayuda para mí. Ahora entiendo por qué teníamos que encontrarnos aquí. Eres mi angelita. Una linda angelita. —Diciendo esto, se acercó a mí y, con su mirada puesta en mis labios dijo. —Finalmente podré salir de acá. Era lo que me faltaba hacer y te buscaré, ya lo sabes.

—Tienes todo para lograr lo que desees. No solo eres un hombre guapo, sino que eres sensible, inteligente, emprendedor y creativo. No acabaría de enumerar todas tus virtudes. Además, con esa sonrisa y ojos tan lindos, ¿Qué esperas para soltar la carga que no te deja avanzar?

—¡Wow! Eres una chica muy romántica. Como yo, preciosa. Tenemos muchas cosas en común. Me encantas —Se acercó más y me besó. Esta vez no me opuse. Nos entrelazamos en un beso largo y apasionado. Él comenzaba a acariciarme con sus manos, pero en un momento reaccioné y pedí que me soltara.

—Rakim, regresemos ya por favor. Creo que hemos estado mucho tiempo aquí, Rohn debe estar buscándome.

—Está bien preciosa, pero ya sabes, te buscaré después que salgamos de este lugar. Siento que eres la mujer de mi vida, pareciera que ya nos conocíamos.

Caminé por el riachuelo, miré hacia el techo de la gruta nuevamente y me perdí en el encanto del lugar y de sus luces. De pronto vino un pensamiento y me di cuenta que estaba repitiendo el patrón de siempre con las parejas, al principio idealizándolas como acababa de hacerlo con Rakim. Recordé cómo iniciaron mis dos últimas relaciones y había muchísima similitud.

«¿Tendrá que ver con la necesidad de brindar protección a los demás?» Pensé.

Entendí que deseaba sentirme necesitada y, por la misma razón, atraía gente que requería ayuda. El problema estaba en que, en el intento de ayudarles me perdía, porque los hombres a los que quería cuidar y amar, no estaban preparados para recibir todo lo que yo estaba dispuesta a dar. También pude captar que mis antiguas relaciones tenían algún tipo de conflicto con la figura paterna. No todos habían sido abandonados físicamente por el padre, pero sí emocionalmente y esto conllevaba a una total desconexión en la relación. El padre solo estaba para proveer.

Reflexioné e inferí que esta era la razón por la que Rakim había llegado a mi vida. Yo llegué a la suya con el fin de mostrarle lo importante que es perdonar de corazón para avanzar y él, para enseñarme que antes de iniciar una nueva relación, debía ponerme en primer lugar y cuidarme, antes de hacerlo con otros.

—¡Es hora de regresar! —Comenté.

Al llegar al comedor estaba Rohn. Me miró y sonrió con dulzura, le regresé la sonrisa y fui directo a abrazarlo. Había encontrado en Río y Rohn unos seres protectores, lo que siempre he buscado. Con ellos me sentía totalmente aceptada y comprendida, pero sabía que no estarían por siempre en mi vida y eso me entristecía.

—Rohn perdóname por haberme ido sin ti.

—No te preocupes linda, ¿creen ustedes que podían ir ahí si no se les hubiera permitido? —Sonrió y me guiñó un ojo y entonces comprendí que era parte del plan.

Me acerqué a Rakim para despedirme.

—Gracias por el increíble momento que me regalaste y por llevarme a conocer ese lugar tan maravilloso. Gracias por todo, no sabes cuánto he aprendido aquí contigo. —Me acerqué a darle un beso y abrazo, sin él imaginar de cuánto aprendizaje me refería.

—Guapa, soy yo el que tiene que agradecer. Con palabras sencillas me hiciste ver que si no perdono me condeno y estoy atado a las personas que no deseo cerca de mí. Haré el ejercicio que me enseñaste. Empezaré de inmediato y lo repetiré cada momento que lo necesite hasta sentir que el pasado con mi padre ya no me afecta. Lo haré, te lo prometo, además quiero salir de acá y estar listo para ir por ti.

—Si está en nuestro destino volvernos a encontrar, sucederá. ¡Cuídate mucho! Y sobre todo recuerda cuidar tu corazón porque de ahí viene todo lo que sientes. No puedes amar realmente si adentro hay rencor. Fíjate bien cómo hablas y te darás cuenta de lo que albergas en tu corazón. La boca habla de lo que proviene de ahí. Todo eso que te estoy diciendo no es invento mío. Está escrito en El Libro Sagrado.

Nos dimos un último abrazo y antes de separarnos Rakim besó mis labios. Regresé con Rohn y nos dirigimos al lugar donde Río me esperaba.

24

EL PODER DE CREAR ESTÁ EN EL HOY

"La muerte y la vida están en poder de la lengua,
Y el que la ama comerá de sus frutos."
Proverbios 18:21

"No digan malas palabras,
sino palabras que ayuden y animen a los demás,
para que lo que hablen le haga bien
a quien los escuche."
Efesios 4:29

—¡Hermosa Ruth! Me da gusto volver a verte.

—Hola Río, perdóname por haberme escapado con Rakim. Lo único que puedo decir es que sirvió de algo mi desobediencia. Este encuentro me fue útil para identificar señales a tener en cuenta en futuras relaciones. —Dije queriendo justificar de alguna manera el haber roto las reglas de la cueva.

—Hermosa alma, recuerda que todo va de acuerdo al plan que Rapha tiene para ti y tu libre albedrío. Era beneficioso que ustedes se conocieran y en ti estaba la decisión de aceptar o no la invitación que te hizo. Seguiste tu instinto, como lo has hecho en muchas ocasiones. No tienes por qué pedir perdón.

—Okay, ahora veo cómo funcionan las cosas. En la vida se nos dan oportunidades con el fin de que siempre haya una enseñanza. A veces aprenderemos errando y otras dando pasos acertados que nos llevarán a decir "¡Qué bueno que hice tal cosa!"

como en este caso lo fue escaparme con Rakim. —Comenté y sonreí.

—Recuerda lo que dice El Libro Sagrado: *"Todo me es lícito, pero no todo conviene; todo me es lícito, pero no todo edifica."* En otras palabras, en lugar de tener miedo de cometer errores y ser juzgada, confía en tu instinto, lo que diga tu corazón. Una vez que te conoces, te aceptas y valoras, tu corazón será tu mejor brújula porque él siempre te hará tomar decisiones acertadas, porque ten presente que, aun cometiendo errores, todo obrará para bien. No lo olvides, El Libro Sagrado te lo dice.

—¡Claro! Al aceptarme y valorarme, vuelvo a confiar en mí y en las decisiones que tomo, además de que siempre me tengo que responsabilizar por ellas. —Mencioné al discernir las palabras de Río.

—Vas progresando rápidamente. Eres una gran aprendiz y muy perspicaz. Si ya has mirado hacia adentro y escuchado tu voz interior, te aprendes a conocer mejor. Sabes cuáles son tus fortalezas y debilidades, qué es lo que te llena y lo que deseas hacer en la vida, por ende, tus decisiones serán más conscientes, además, ya no te importará lo que los demás opinen de ti. Me contenta verte seguir creciendo Ruth, quiero verte recibir todo lo que te pertenece y que no has obtenido antes por la resistencia al cambio y en ocasiones por miedo a hacer, como tú dices, cosas erradas. ¡¡Es hora de cosechar!!

—Gracias Río, ya era hora de despertar y no seguir cometiendo los mismos errores, finalmente captar que soy yo la que provoca la mayoría de las situaciones en mi vida. ¡¡Ya tengo cuarenta y seis años!!

—Nunca es tarde, además ha sido todo un proceso llegar hasta acá. Lo has hecho bien. —Mencionó Río.

—Sí, pero debo estar más despierta. Me descubrí haciendo con Rakim, lo mismo que hice con mis otras parejas. Me contó sobre la difícil vida que tuvo con su padre y en mi interior estaba empezando a nacer la necesidad de ayudarlo y de tomar su situación como si fuera propia. Si hubiera tenido este encuentro con él allá afuera, seguramente lo adoptaría y me haría cargo de sus problemas emocionales a partir de ahora. Ya no quiero seguir repitiendo lo mismo Río. ¡No por favor, ya no quiero! Jamás volveré a ser la psicóloga o madre de mis parejas. De hecho, los únicos hijos que tengo son mis mascotas.

—El detalle no es que intentes ayudar, porque eso es muy lindo. No todos los de tu especie se interesan por el dolor ajeno, el problema es que pretendes ayudar a quienes no lo quieren y no están listos para dejar que entres y los apoyes.

—Exacto, son personas que aún no se aceptan y no desean ayuda. Entonces no sé para qué me buscan. Lo único que hacen es quitarme la energía porque empiezo a cargar con sus problemas. Reconozco que antes lo hice porque tenía un concepto errado de lo que era amar y además no me valoraba. Ahora que he iniciado mi camino hacia el amor propio, sé que una relación de ese tipo me haría retroceder. No niego que me encantaría poder ayudar y hacerles ver que tienen la solución más cerca de lo que se imaginan, pero ya no lo haré a costas de perder el control de mi vida y desestabilizarme emocionalmente.

—Muy bien Ruth, cambiaremos la autocrítica y juicio por algo productivo como la autoobservación. Debes estar alerta cuando comiences a dar más de lo que te corresponda y te involucres en relaciones que drenan tu energía, para salir inmediatamente de ahí. Eres una mujer muy intuitiva, no la pierdas por favor, porque llegará gente que viene solo a eso; familiares o amistades, consciente o inconscientemente te dañarán física, mental, emocional e incluso espiritualmente. Tú no podrás ayudarlos a menos que lo deseen, por lo tanto, nada puedes hacer y estar cerca de ellos te perjudica en todos esos niveles.

—Cierto Río, acabo de recordar cuantas personas, de mi familia y amistades me afectaron en todos esos campos que acabas de mencionar. Lo mejor que hice fue alejarme, no me importa que haya una conexión sanguínea. No tengo rencor hacia ninguno que me afectó de manera consciente ni tampoco remordimiento o culpa por dejar de insistir en ayudar a quienes solo venían a traerme toda su basura emocional y me dejaban sin fuerzas, así que preferí mantenerme alejada. Con respecto a amistades es un poco más fácil, precisamente pasó con todas esas de las que me alejé a partir de que internamente empezó a ocurrir un cambio en mí. Este tiempo acá contigo me dio las respuestas que necesitaba para confirmar que había hecho bien.

—Ya te lo he dicho, desde niña has sido guiada por la intuición, esa voz interna sabes que proviene de tu comunión con Rapha, así que nunca permitas que alguien venga a interponerse en esa relación. Con respecto a lo que dijiste sobre familiares y amigos de los que te distanciaste, has hecho bien. Perdonar es, no llevar la carga emocional que te produce al recordar o incluso ver a personas que te afectaron de una u otra manera, pero no significa que tengas que seguir unida a ellos.

—Sí, estoy libre de esas cargas Río. Ahora con respecto a las parejas, puedo decir que de ninguna tengo mal recuerdo o les guardo algún resentimiento. Hoy puedo ver a las personas y comprender sus batallas y el dolor de no poder soltar el pasado.

—Porque eres empática Ruth, el perdón y el amor hacen que los seres humanos sean compasivos. Eres un alma bella, por eso estás acá. Realmente tu trabajo era contigo misma porque no te veías con amor.

—¡Qué tristeza! A cambio de mendigar un poco de atención y amor de las personas que amaba, permitía muchos abusos emocionales. Gracias a Dios, nunca fueron físicos, eso sí no lo permitiría, pero me da mucha tristeza ver el trato que yo misma me daba.

—Lo importante es que abriste los ojos, lo demás es pasado y recuerda que es solo un maestro. Ya no puedes hacer nada con lo que sucedió. Ahora es tu gran oportunidad de hacer que las cosas cambien. Este instante es donde radica el poder de crear y hacer cosas nuevas para obtener los resultados que deseas. Acuérdate que atraes lo que eres y no lo que quieres.

—Me quedó muy claro Río, yo creo mi realidad, así que tengo que estar como bien dijiste, auto observándome para saber qué estoy creando. Es como el proceso de auditoría que hacemos en nuestros trabajos y que nos enseñaron en la escuela. ¡Wow! No lo había discernido así, hasta ahora que me doy tiempo para meditar acerca de esto. Nosotros los seres humanos debemos trazarnos metas, diseñar planes para alcanzarlas y hacer periódicamente controles para evaluar los avances, además detectar si vamos en el camino correcto para lograrlos o si nos hemos desviado.

—Mejor dicho, imposible. Así que ya lo tienes, a visualizar esas metas y luego trazar los planes para que se cumplan. —Comentó Río.

—¡Sí! Creo estar lista para ello. Anotaré en mi libreta las metas que quiero lograr. No, pero primero quiero tener más claro mi propósito para no errar.

—Ruth, ¿Sabes que quiero que hagamos antes? Un encuentro con tu niña interna. ¿Alguna vez lo has intentado?

—No, solo cuando por casualidad veo alguna foto mía antigua. Me produce tanta dulzura y a la vez dolor. Siempre que miro hacia atrás, a mi niñez o a los últimos años, desearía ir a abrazar a esa niña o a esa mujer que fui, para consolarla y pedirle perdón por cómo la he tratado; Ojalá llegue el día que, al mirar a mi pasado, ya no sienta el deseo de regresar a abrazarme para sanar, sino para felicitarme por lo bien que nos hemos cuidado. Amar es cuidar, pero hay que empezar por cuidarse a uno mismo. Antes no lo entendí así. —Dije con un poco de nostalgia y congoja.

—Por eso debes cuidar con quien andas preciosa alma. Tu personalidad siempre buscará ayudar a otros, pero recuerda que primero está tu bienestar.

Al escuchar esas últimas palabras de Río recordé algo que siempre mencionaban en los vuelos aéreos.

—¡En caso de emergencia, ponerse uno primero la máscara de oxígeno antes de ayudar a otros! Increíble, en todas partes están las señales, pero no nos damos cuenta. Hoy me queda clarísimo. ¿Cómo puedo ayudar a que alguien esté bien si primero no lo estoy yo? Ahora concibo lo acaecido después de tantos años de servicio en la iglesia, Dios sabe lo feliz que era al socorrer a los demás, pero guardé en un cajón mis necesidades, mis tristezas y la situación en mi matrimonio. Estaba ayudando a los demás a colocarse la máscara de oxígeno sin antes yo ponerme la mía, y esa actitud la tuve desde pequeña. Hasta que no pude más y tuve que soltar todo. En este momento siento más compasión por mí, por haber puesto la necesidad de los demás por encima de las mías. —Dije sin poder contener el llanto. —Cómo me duele ver cómo me desvaloricé. Quisiera poder volver atrás y abrazar a esa niña y decirle que me perdone por no haberla cuidado como se lo merecía y prometer cuidarla.

—Llora preciosa alma. No puedes volver atrás, además ¿cómo una niña iba a saber cuidarse si alguien no le enseña? Pero, recuerda el poder que tienes hoy sobre tu vida. Si quieres puedes ir a donde está esa niña triste, temerosa y sintiéndose sola para que le digas lo que de tu corazón salga. Te invito a hacer un ejercicio de visualización. Yo te guiaré y viajarás hasta donde está la Ruth de 3 años y cuando estés ahí, serás libre de hacer y decir lo que consideres necesario.

Río me invitó a respirar profundamente y transportarme cuarenta y tres años atrás. Visualicé a la bebé que vi en algunas fotos y cuando estuve frente a ella no pude contener el llanto. Lloré como esa bebé, estaba asustada, desvalida y necesitada de un abrazo. Me visualicé cargándola, la abracé y la llené de besos hasta que dejó de llorar. Yo solo decía "perdóname princesa, perdóname por no cuidarte".

Una vez que estuvimos tanto la niña como la adulta calmada me dirigí a ella: —Te amo Ruth, te mereces todo lo mejor y no permitas que nadie te diga lo contrario. No podemos cambiar lo que ya pasó, pero a partir de ahora no te preocupes bebé, ya no temas, no estamos solas, Dios está con nosotros y mora en nuestro corazón; Es quien nos ama incondicionalmente y nos protege de cualquier peligro. Te aseguro que nada nos faltará porque hasta hoy lo ha demostrado. Todo lo que necesitemos lo proveerá y no solo hablo de lo material, también nos regala sanidad física y espiritual. A partir de hoy me comprometo a ponerte siempre en el primer lugar. No te obligaré a hacer cosas que no desees, pero más que eso, me comprometo a cuidar nuestro corazón y a no hacer algo que lo dañe, ya sufrimos bastante. Te amo Ruth, estamos plenas y somos fuerte en Dios. Nada nos falta"

Pasado un largo rato, abrí nuevamente los ojos y no daba crédito a lo que estaba viendo. Miré con dirección a Río y a su lado estaba Rohn.

—¿Qué hacemos acá Río? —Pregunté temerosa de escuchar la respuesta que en mi interior ya presentía.

—Ruth, recuerda que eres tú quien da la pauta y quien crea todo lo que vives. De acuerdo a mi experiencia si estamos acá es porque estás lista para salir.

Como todo lo que ocurría dentro de la cueva, al abrir los ojos noté que de forma misteriosa nos habíamos transportado al lugar en el que conocí a Río el día que me creí extraviada. Solo una razón nos llevaría de vuelta ahí, Río me lo había mencionado. Cuando llegara el momento de partir.

—¡Noo! Aún no estoy preparada, faltan algunas cosas por saber y no me quiero ir.

Las despedidas son muy difíciles para mí cuando logro conectar de la manera que lo había hecho con Río y Rohn. No quería dejarlos. De por sí, encontrar un lugar que se sienta familiar para mí es muy raro y cuando lo hallo no lo quiero soltar. Comencé a somatizar la emoción en el estómago como expresando el desagrado por no querer pasar lo que estoy viviendo.

—¿Qué falta Ruth? Llegaste con el conocimiento adquirido a través de tus experiencias. Lo que debía ser revelado acá ya se logró. Era lo necesario para continuar en tu proceso de evolución. Rapha quería que terminaras de sanar y así proseguir con tu crecimiento y aprendizaje. Recuerda que el conocimiento es infinito. Hay mucho aún por descubrir.

—¿No falta aprender aún algunas cosas?

—¿Cómo qué? Si te refieres a tu propósito, eso ya lo sabes mejor que yo ¿o no?

—Creo que sí.

—Claro que lo sabes muy bien. Tu propósito de vida está en aquello que te quema por dentro. Esas cosas que muchas veces te indignan y que desearías hacer algo para poder cambiarlas.

Además, lo has hecho desde muy temprana edad, ayudas a la gente, escuchas a los que muchas veces nadie quiere escuchar, de los que algunos se burlan o critican, te gusta motivarlos y hacerles ver su valía.

—Es cierto, porque me indigna la gente que solo juzga, critica y se mete en la vida de los demás como si la de ellos estuviera resuelta y fuera perfecta. Me gustaría decirles que en vez de estar perdiendo su tiempo analizando la vida de los demás, lo hagan con la suya, que se vean en un espejo.

—Es que eso es lo que hacen de manera inconsciente. Reflejan sus virtudes y defectos en los demás.

Cavilé acerca de lo que Río comentó y repasé las críticas que me hicieron las personas más cercanas a mí, desde temprana edad a la actualidad, y era totalmente cierto.

—¡Si, lo confirmo! Ahora me doy cuenta que yo no era la amargada, sino quien me lo solía decir desde muy niña.

—Ahí está, tienes mucho por hacer Ruth. Tu compromiso es difundir lo que has aprendido a lo largo de tu vida. Comparte esa información con los demás y seguramente edificará a quién esté listo para comprenderlo.

—¡Ojalá! Ahora que lo he experimentado por mí misma, es mi sueño invitar a la gente que mire hacia adentro y se interese en conocerse de la misma manera que hacen cuando les gusta alguien, que empiecen por a aceptarse a sí mismos y a gustarse. Que no escuchen a aquellos que los desaniman y los critican. Tampoco hay que creerse los halagos que nos dicen, porque generalmente quien nos halaga y nos pone en un pedestal, es el mismo que después nos dejará caer. Estamos acostumbrados a volar con las alas que los demás nos construyen, pero luego nos las cortan y nos vamos en picada al suelo y entonces nos cuesta volver a levantarnos. ¡Ya sé! Me encantaría decir a los demás que miren hacia dentro, encuentren todas sus virtudes y con ellas construyan las alas que requieren para volar muy alto.

—Muy bien Ruth, ya tienes un gran propósito por delante y nada fácil, porque la mayoría pondrá excusas y seguirá pensando que, gracias al pasado, ellos no pueden aspirar a volar muy alto.

Pero tú acuérdate de las palabras de El Libro Sagrado y coméntales que sí pueden. Rapha les ha prometido que, *"No recuerden lo que pasó antes ni piensen en el pasado. Fíjense, voy a hacer algo nuevo. Eso es lo que está pasando ahora, ¿no se dan cuenta? Haré un camino en el desierto y ríos en tierra desolada."*

—¡Es cierto Río! Gracias por traer a la memoria ese hermoso pasaje. Es verdad que no es fácil cuando estamos en esos desiertos, pero yo los he vivido y sé que podemos atravesarlos y salir mejor de ahí. Como la ocasión que estaba viviendo un momento muy doloroso y preferí seguir porque, peor ya no me podía ir y así, avancé hacia las puertas que se estaban abriendo delante de mí. En un inicio no me entusiasmaba nada, hubiera sido más fácil quedarme a lamer mis heridas, pero algo me decía, "Levántate Ruth y avanza" y mira todo lo que ha pasado. Hoy estoy acá en esta aventura maravillosa, agradecida por haberme encontrado con ustedes y por todo lo que he aprendido a su lado. No existen palabras suficientes para expresar mi gratitud y es cierto lo que dice El Libro Sagrado acerca de que *Dios tiene planes de bien y no de mal para nosotros con el fin de darnos un futuro lleno de esperanzas.*

—Muy bien alma bella, ve y lleva a todos ese mensaje. Algunos lo necesitan.

—Río, ¿Sabes cuál deseo también he tenido desde hace mucho tiempo? Me gustaría decirles a todos que promovamos el amor, pero no es algo fácil. Cuando lo he hecho la mayoría se burla de mí porque dicen que es una utopía y cuando les hablo de que el amor vence a la maldad, me responden que es imposible acabar con la violencia, la corrupción y la crueldad de este mundo solo amando. Lo que sucede es que ellos no conocen el amor de Dios, porque estoy segura que no hay persona en este mundo, por muy mala que sea, que se pueda resistir a ese amor. Es que te cambia la vida. Yo lo experimenté, cuando cambié mi mundo cambió. No es inmediato, sino paso a paso y si empezamos por amarnos a nosotros mismos, podremos amar a los demás.

—Claro, cuando te amas a ti, te aceptas y conoces tu propósito, trabajas en ello y no hay tiempo para la maldad, la envidia, el chisme y tiempo de ocio. Cuando haces lo que amas, eres una persona feliz aportando su granito de arena para promover un mundo mejor.

—Imagínate qué hermoso sería eso y los que tienen hijos heredarían un mejor futuro a sus generaciones.

—¿Y todavía te preguntas si estás lista después de todo lo que acabas de decir? ¡Claro que lo estás! Te diré algo: Para llevar a cabo el propósito cada quien viene equipado con lo necesario. No es casualidad que un tema en específico arda dentro de su ser. Esa es la pasión y siempre ha estado ahí, solo que hay que descubrirla. Y eso sucede cuando en el silencio escuchan esa voz interna y callan las de afuera que no permiten que encuentren su destino. Por eso es necesaria la soledad temporal. Lo difícil no es desarrollar las habilidades para llevar a cabo el propósito, porque vienen con el equipamiento, lo complicado está en quitar toda la basura mental que les impide realizarlo. Por eso la importancia de emprender ese viaje interior para descubrir todo lo que hay que desechar. Eso se va haciendo poco a poco y se empieza con lo que tienen. Hay que atreverse. Tú has sido una mujer valiente y ya sabes lo que dice El Libro Sagrado, que los valientes arrebatan las bendiciones. Así que ve a por todo Ruth y háblale a los demás sobre todo esto. Allá afuera existen guerreros valientes que creen estar solos y que piensan que nada más a ellos les pasa lo que les pasa. Esto es para esas almas, para que se motiven también y sepan que son elegidos para volar muy alto y cumplir sus sueños.

—Qué hermoso todo lo que dices, pero te confieso que no sé si ya estoy lista, me da miedo volverme a perder.

—No te preocupes ya eso no pasará. Recuerda siempre volver a ti, protegerte y no tomarte los problemas de los demás como si fueran tuyos. Tú los apoyarás, pero si ellos no hacen ningún esfuerzo por salir adelante, no los vas a empujar ni dejar el aliento tratando de ayudarlos. Tú solo los impulsarás con tus palabras para que ellos arranquen, pero si ves que no colaboran o no les interesa, significa que aún no están preparados. Tu sigue adelante, siendo esa mujer apasionada llevando a cabo ese liderazgo divino que se te ha dado y siempre ten presente que, si

Rapha da libre albedrío para que cada quien decida qué camino elegir, tú no vas a imponer nada a nadie. No trates de controlar ni convencer a nadie más y tampoco permitas que nadie lo haga contigo.

—Tienes razón Río, hoy ya estoy más despierta como para permitir que alguien influya en mí y en mi propósito. A partir de ahora haré como muchas veces he leído, pondré toda mi atención y energía en mis metas y no en alguna persona.

—Así es, tienes la suficiente experiencia como para poder detectar quién no te conviene. Llegará ese compañero que te complementa para que se cuiden, se amen, procuren y deseen mutuamente, pero recuerda que no es responsabilidad de ninguno de los dos hacer feliz al otro o llenarlo. Se supone que son dos seres completos que vienen a multiplicar sus fuerzas, sus energías y no a dividir ni tampoco a dar lo que a al otro le falte. Recuerda que como te trates, te tratarán y siempre llegarán personas espejos que te lo harán ver. También llegarán esas almas que te ayudarán con amor a mejorar cada día. Esas son las que te deben acompañar en tu camino. ¡Importante! Ten presente siempre, que todo lo que necesitas lo encuentras en Rapha, no en el ser humano. Él es la totalidad, el principio y el fin, el alfa y el omega, con todos los nombres que lo representan será quien sana, liberta, el proveedor, quien te sustenta y da su apoyo y refugio cuando lo requieras.

25

VUELA ALTO

"Los que confían en el Señor encontrarán nuevas fuerzas;
volarán alto, como con alas de águila.
Correrán y no se cansarán;
caminarán y no desmayarán"
Isaías 40:31

"No naciste para ser una simple gaviota
Naciste para ser un águila."
Juan Salvador Gaviota

—Estoy lista Río. —Dije llevando mis manos al estómago por el nervio que sentía, el mismo que tuve cuando dejé mi casa para venir a Monte Rourbante. Otra vez con sentimientos encontrados, por un lado, no deseaba irme y dejar la seguridad y el calor afectivo que había encontrado en ese lugar, pero también sabía que me esperaba un nuevo comienzo con un propósito muy claro en el que serviría como instrumento de Dios para ayudar a otros y esto me motivaba mucho.

—¡Más que lista! Has demostrado ser una mujer valiente que no teme a los retos, cruzaste ese puente hace tiempo atrás. Jamás pierdas el positivismo y cuando te falten fuerzas, sabes a dónde recurrir. Rapha siempre será el faro que guíe tus pasos al lugar que te corresponde con la gente que necesitas para que trabajen juntos. Como dicen ustedes, *"Dios los crea y ellos se juntan"*. Mantén tu mirada siempre en tus objetivos y no se te olvide vibrar a la frecuencia correcta para atraer esas almas que tienen un propósito afín al tuyo. Lucha por tu sueño. No desistas. Nadie dijo que es fácil, pero con voluntad, disciplina y dominio propio lo lograrás. ¡Tampoco se te olvide vivir! La vida pasa rápido y se trata de dejar una bonita huella en los demás. Lleva todo este mensaje a los de tu especie y diles que cada uno vino con un propósito divino a servir y no a ser servido. Para encontrar lo que les apasiona, repito una vez más, es necesario conocerse primero y saber con qué equipamiento cuentan, y cuando lo descubran, deben hacerlo con amor. En eso se basa el verdadero éxito, no en buscar fama y dinero, sino en que cuando le den un vistazo a su vida, hallen satisfacción y felicidad con lo que han hecho y aportado a la sociedad. Lo demás viene por consecuencia, se vuelven un imán de bendiciones.

Las palabras de Río emitían una especie de energía indescriptible y, lágrimas de emoción brotaban de mis ojos. Sentía como que algún tipo de depósito desconocido en mí se llenaba mientras hablaba, o... ¿Será que experimentaba estar en la presencia de Dios? Solo quien lo ha vivido podría saber de lo que hablo, era como si una fuerza incontrolable me llenaba y era más grande que lo que mi propio cuerpo podía contener. Una sensación muy difícil de explicar y Río aún no concluía.

—No tienen que preocuparse por lo que falta para empezar, sino dar el primer paso con lo que poseen. Verán una avalancha imparable de gratificaciones venir. No se agobien si ven que el tiempo pasa y no logran hacer las cosas que desean. Para todo hay un momento preciso y si saben lo que quieren hacer, ocúpense en trabajar con disciplina, determinación y constancia. El tiempo correcto llegará y empezarán a ver los frutos. Seguramente lo han escuchado antes, pero lo importante no es llegar, sino disfrutar del camino. Los tiempos de Rapha son perfectos.

Río hizo una pausa y giró su cabeza para referirse a Rohn.

—¿Está listo el encomendado para Ruth?

—Está todo listo. —Respondió Rohn.

—Muy bien Ruth, ahora te pregunto ¿Estás lista para saltar?

—Si Río, en realidad ya lo estoy, pero los voy a extrañar.

—Caminé hacia Rohn primero para abrazarlo y luego me acerqué a Río. Sus calurosos abrazos me llenaron de mucha paz y de la confianza de saber que al menos en pensamiento los volvería a tener.

—Recuerda que la vida es como las vías de un tren con una serie de paradas. En algunas estaciones bajarás por un periodo con la finalidad de aprender algo y luego seguir tu camino hacia otro destino. Lo importante es ver muy bien las señales para saber si vas en el camino correcto. Nosotros ya hemos cumplido con nuestra parte en esta fase de tu camino Ruth, estamos muy orgullosos de ti y sé que nos llevarás en tu corazón para el resto de tu vida. Eres muy agradecida, eso te ha abierto muchas puertas. —Comentó Rohn.

Con ojos llenos de lágrimas me despedí, agradecí nuevamente todo lo aprendido, por el amor y la atención recibidas, y confirmé que ya estaba lista para seguir a la siguiente estación.

—Una última pregunta Río: ¿En algún momento puedo volver acá?

—Eso nadie lo sabe, hasta ahora ninguno ha regresado, pero nos escucharás y verás en tu corazón, así como lo haces con tu padre que ya no está contigo físicamente.

—Es cierto Río. Bueno, estoy lista. ¿Qué debo hacer?

—Ya lo sabes, volar muy alto preciosa alma. No dudes y salta.

Miré hacia el vacío que estaba bajo mis pies. Tenía temor, pero ahora sí la confianza de que todo saldría bien. «Hagámoslo» Pensé y me lancé al vacío usando la técnica que usan los paracaidistas al saltar del avión y empecé a caer tan rápidamente que preferí cerrar los ojos por la impresión de sentir que me golpearía contra el agua.

Segundos después sentí flotar y elevarme por los aires, pero jamás noté haber sido atrapada por un murciélago, parecía que lo hacía sola y experimentaba el típico vértigo en el estómago así que, decidí abrir mis ojos y descubrir cómo podía volar sin la ayuda aparente de algo o alguien.

Al mirar dónde estaba quedé desconcertada, en *shock* total.

Un cúmulo de preguntas se arremolinaron en mi cabeza y ninguna tenía respuesta lógica en ese instante.

«¿Qué es esto? ¡No puede ser! Entonces...¿todo fue un sueño?» Sin salir del asombro aún, me levanté en medio de la oscuridad y pasé el interruptor que encendía la luz.

Me encontraba nuevamente en la habitación de casa de mi amiga Roxana. No podía ni quería creerlo. No pudo haber sido un sueño toda esa increíble aventura y mucho menos quería pensar que Rohn y Río fueron fruto de mi imaginación, pero al parecer sí eran.

Triste y un poco decepcionada aún, corrí a tomar mi lápiz y libreta con el deseo de mantener intacto el sueño antes de que algo se me olvidara. Por más que busqué la libreta que estaba en uso, no la hallé, así que decidí tomar una nueva, siempre cargo con otra por si termino la que estoy escribiendo. Pensé que tal vez era una señal de empezar a llenar una libreta en blanco con esa historia, pero se me hizo extraño no encontrar la que estaba usando.

Para agregarle más drama a lo que estaba viviendo en ese momento, escuché golpes en la puerta de la habitación. Era mi amiga Rox.

—¡Buen día! Hora de levantarse para que no se nos haga tarde.

Suspiré, me levanté, abrí la puerta y confirmé que todo había sido un sueño porque Rox estaba aún en pijamas.

—Buen día amiga. ¡Qué gusto verte! —Dije a Rox y la abracé. —No vas a creer lo que me sucedió. Tuve un sueño de esos que cuando te despiertas y te das cuenta que solo estabas soñando, te sientes decepcionada y melancólica. Por cierto, se supone que tú ya no irías conmigo al retiro porque ibas a una parada.

Rox me veía con cara de no entender nada de lo que decía, pero se enfocó en contestar sobre lo primero que mencioné.

—¡Ay sí! Me ha pasado. Se siente raro cuando tienes ese tipo de sueños. Te la pasas suspirando el resto del día cada vez que piensas en él. ¿Cuéntame qué soñaste? Y menos mal que fue un sueño el que no iría al retiro, porque estoy deseosa de ya llegar al refugio.

—Te cuento en el coche para que no se nos haga tarde. Además ¿sabes que quiero? Escribirlo, porque no te imaginas todo lo que ese sueño me reveló. Con decirte que mejor me llevaré la computadora para escribir más rápido y tratar de no olvidar algo. Obviamente sé que no podré usarla durante el retiro, pero quiero aprovechar el tiempo de camino hasta el refugio. Me agobia pensar en que pueda olvidar lo importante.

—Según lo que sé, lo importante de un sueño no se puede olvidar, incluso si no lo escribes ahora. Los detalles si se pierden. ¡Y me parece perfecto lo que dices! Vamos a apurarnos para salir de acuerdo al plan inicial. Yo conduzco, así que, puedes aprovechar el camino para escribir eso tan importante. Aunque también te sugiero que no te vayas a perder las vistas, son hermosas.

Al Rox decir esa última frase, recordé que en mi sueño me sugirió lo mismo sobre el hermoso paisaje que iba a recorrer, me recomendó tratar de disfrutarlo, aunque yo conduciría. Quise comentarle algo, pero pensé que sería mejor después.

—¡Súper Rox! Nos vemos ahora entonces, me daré un duchazo.

Por primera vez rompí récord en estar vestida y arreglada para salir. Quise aprovechar tiempo en la casa para escribir mientras Roxana se preparaba. Me mataba la angustia de pensar que sucediera como en otras ocasiones que, a lo largo del día se iba desvaneciendo el recuerdo de un sueño. No quería perder los detalles ya que todo fue muy hermoso. Incluso, pospuse la tristeza que tenía de haberme dado cuenta que Rohn y Río no existieron en realidad. Esa misma tristeza que ya había experimentado al despertar de un sueño que en reiteradas ocasiones había tenido, donde aquel hombre maravilloso me abraza y besa, y deja en mí una hermosa sensación, lástima que el sueño no fuera tan recurrente.

Siempre despertaba con la dolorosa nostalgia de aquel abrazo auténtico, el que solamente puede extender alguien que no tenga miedo de entregarse y, hasta ahora, no había conocido algún hombre sin ese temor. Ninguno me lo había confesado obviamente, pero hay cosas que son invisibles a los ojos y las palabras sobran. Finalmente entendí, después de lo que aprendí con Río, que el hombre que llegue a abrazar de esa manera, tiene que ser alguien que se sienta completo, que haya trabajado en todas sus heridas y sanado. Por eso sentía tanta tristeza y nostalgia. Sin conocer a esa hermosa alma, ya lo extrañaba. Deseo pronto estar lista para encontrarme con él. Sé que pasará cuando yo también pueda ofrecerle el mismo tipo de abrazos, y me sentía ahora más cerca que nunca de lograrlo.

Roxana apareció, cerré la computadora y en lo que desayunábamos una taza de café y una rebanada del rico pan de frutos secos que mi querida amiga y buena anfitriona había preparado, metimos las cosas al jeep y finalmente emprendimos nuestro camino hacia las montañas.

Rox estaba intrigada con el sueño, además le encanta escucharlos porque tiene el don de interpretarlos.

—Sé que quieres aprovechar el tiempo para escribir, pero cuéntame algo del sueño. No me dejes con la duda y, además, cómo fue eso de que no iba porque tenía que ir a una parada.

—En el sueño me desperté en la madrugada a orinar y te encontré en el pasillo, entre nuestras habitaciones, me dijiste que ya no podrías ir porque tenías que cubrir a un compañero tuyo que enfermó o tuvo un accidente. Ya no recuerdo lo que le pasó a él. ¿Ves? ¡Se me olvida el sueño Rox! Tengo que escribir lo más importante. Bueno, para no dejarte con la intriga, soñé que entré a una cueva y de repente se cerró y ya no podía salir. Luego me encontré frente a una especie de pozo y con unos murciélagos que hablaban, entonces me decían que la única forma de salir, sería lanzándome a ese pozo, y alguno de ellos me levantaría en el aire y me ayudaría a salir de ahí. Pasaron muchas cosas, pero al final me lancé, volé sola en el aire y cuando abrí los ojos, estaba nuevamente en tu casa. Sin embargo, no te imaginas todo lo que me dijeron esos murciélagos. Uno se llamaba Río y otro Rohn.

—¡Wow! ¡Qué sueño tan increíble! Lo de lanzarte al agua y volar, según lo que interpreto, es que tienes que atreverte a superar algún tipo de miedo. Si volaste, significa que lo has vencido y estás preparada para emprender lo que desees. Con razón te sientes ansiosa de escribirlo. Ahora, lo de los murciélagos, no tengo idea por qué soñaste específicamente con ellos, generalmente esos animales se asocian con algo obscuro, pero no estoy muy segura y nunca he investigado sobre su significado. Primera vez que alguien me dice que sueña con ellos y... ¡Qué hablen! Mucho menos.

—Ahora me dio curiosidad a mí, voy a buscar rápido en internet a ver si consigo algo.

Tomé mi móvil y busqué el significado de soñar con murciélagos que hablaran. No hallé al respecto nada, pero después de haber revisado en varias páginas conseguí algo que me hizo soltar un grito de sorpresa por lo que decía.

—¡¡Oooh!! Increíble lo que dice. Habla de cambios, de desarrollar la habilidad de entrar en lo misterioso y en el mundo espiritual. Esta página en particular me ha dejado atónita porque menciona que soñar con ellos significa prácticamente lo que me dijo Río cuando llegué a la cueva y me encontré con él: Que estaba ahí para trascender, morir a lo viejo y evolucionar. ¡Wow! Rox, mírame.

Le mostré mis brazos a Rox para que viera que estaba totalmente erizada.

—Amiga, este sueño realmente me ha transformado. No puedo describir ahora todo, pero te digo que esto fue como una especie de retiro para mí. Todo lo que viví me hace hoy ver las cosas muy diferentes. ¿Sabes qué? Ahora sí me voy a callar y aprovecharé el camino para escribir. No quiero olvidar nada, como dices tú, se pueden olvidar los detalles y son muy importantes, porque además te cuento que uno de mis propósitos es escribir todo lo que aprendí para difundirlo.

—¡Ruth que sueño tan maravilloso! Está bien, aprovecha la computadora durante el viaje porque quién sabe si te permitan usarla en el retiro, ya que se supone que uno de los objetivos es desconectarse totalmente.

—Ya sé, la traje para el camino y escribir lo más que pueda, pero ya sabes que ando siempre con mis libretas. Por cierto, la que estaba usando no la encontré esta mañana. Qué extraño porque siempre la tengo conmigo, pero bueno, supongo que estará en algún lugar en tu casa, de regreso la buscaré. Hay escritos muy valiosos para mí ahí. Así que durante el fin de semana escribiré en la libreta nueva a medida que vaya recordando cosas del sueño en caso de no poder usar la computadora.

Después de un rato, miré el reloj y habían transcurrido cuarenta minutos. Cogí mi botella de agua y al levantar la mirada para tomar un trago, observé que el camino por el que estábamos transitando se me hacía familiar. No dije nada, pensé que sería un trayecto en el que había pasado anteriormente con Rox para llegar a algunos de los lugares que habíamos visitado en días pasados. Había montañas por todas partes, así que preferí no distraerme y volví mi mirada a la computadora para continuar escribiendo y así aprovechar el resto del tiempo que faltaba por llegar.

En ese momento sonaba una de las canciones preferidas de mi amiga, *Chasing Cars de Snow Patrol,* la cual encajaba con lo que estaba escribiendo, ya que la canción habla de no hacer caso a lo que los demás dicen y vivir, porque el tiempo es muy corto. Sonreí y seguí escribiendo, las sincronicidades estaban por todas partes. Tal eran las señales, que dos canciones después escuchábamos *Afuera de Caifanes,* y analicé que los mensajes siempre habían estado ahí, pero si no estamos despiertos, no los captamos.

Solía escribir muy rápido, pero mis dedos ese día volaban y las voces en mi cabeza también. Parecía como si alguien me estaba dictando lo que escribía.

—Llegamos amiga, aquí es donde dejamos el coche y continuamos a pie.

La voz de Rox me sacó del trance en el que estaba y alcé la mirada, sentí un remolino en el estómago y mi corazón acelerarse. Emocionada y a la vez asustada exclamé, —¡Ya estuve aquí Roxana! —Apenas mi voz salió. Giré mi cabeza para verla y repetí, —¡Ya estuve acá!

Ambas nos quedamos viendo sin emitir palabra por un

instante.

—¡Increíble! ¿Sería un viaje astral? —Comentó Roxana.

—No sé, no sé. ¡Apurémonos! —Mencioné.

Me apresuré a guardar la computadora en la mochila y llevármela a la espalda. Sentía necesidad de correr al lugar donde estaba la cueva. Necesitaba encontrar respuestas.

Iba algo excitada en el camino, pensando si veía a Río y a Rohn nuevamente. Necesitaba confirmar lo que había sucedido, porque ahora estaba segura que un sueño no fue al darme cuenta que ya había estado ahí. Volví a ver los inmensos pinos, pasamos por el denso bosque donde no entraba ni un rayo de sol y, precisamente fue ahí donde Rox me pidió que bajáramos el ritmo ya que, quería disfrutar el paseo y caminaba muy rápido. No me había percatado de la velocidad con la que íbamos subiendo, en mi mente yo llevaba un diálogo e imaginaba las posibilidades de volver a ver a mis queridos amigos, pero comprendí la petición que hacía Roxana y bajé el ritmo de la caminata.

—Perdona Rox, yo pensando solo en llegar a aquel lugar, y no me había percatado de que voy rápido.

Para relajarme le conté del miedo que sentí en esa parte del trayecto, gracias a la experiencia que había tenido muchos años atrás.

Roxana me veía con extrañeza y se admiraba de que realmente yo hubiera estado anteriormente ahí.

—Ruth, qué experiencia tan maravillosa y sobre todo muy misteriosa.

—Para ser honestas, sí amiga, jamás imaginé que algo así me pudiera pasar. Es raro, nunca he desconfiado de alguien que cuente una historia de este tipo, pero son cosas que uno cree que jamás vivirá.

—¡Exacto! —Respondió Rox.

A partir de ese trayecto empezamos a conversar sobre muchos temas. Rox había hecho varios viajes alrededor del mundo y en donde hubiera montaña, practicaba senderismo, así que cada vez que veía algo que le recordaba otro lugar, hablaba sobre esas experiencias vividas.

Sin darnos cuenta habíamos recorrido gran parte del camino. A unos 100 metros pude divisar la montaña rocosa donde estaba la cavidad en forma de ojo. Mi corazón empezó a latir más rápido y le comenté a Rox que estábamos acercándonos al lugar. Nos desviamos a la izquierda para llegar a la entrada de la cueva, pero ya no estaba ahí. Ahora era una montaña maciza, sin ningún tipo de aberturas. Caminamos de un lado a otro y no encontramos algún acceso al interior de aquella roca.

—Después que entré se cerró. No sé qué pensarás por lo que voy a decir Rox, pero probablemente se abre para algunos nada más. Creerás que enloquecí, y no te culpo. Yo sé que no lo estoy, pero si no fuera porque reconocí el lugar y sé que estuve acá antes, también diría que estoy enloqueciendo.

—Amiga, para ser honesta no es fácil comprender lo que me estás contando, pero sé que loca no estás. Sin embargo, no sé qué creer.

Necesitaba respuestas, y pensé que, si era necesario quedarme sola para poder volver a encontrarme con Rohn y Río, lo haría.

—Tampoco sé qué pensar. Se me ocurre algo, ¿Por qué no te adelantas al lugar del retiro y ahora yo te alcanzo? No me quiero quedar con la duda.

—¿No te da temor quedarte sola? —Preguntó Rox.

—Ya no, ahora necesito encontrar una respuesta. No es tiempo de temer. Han sucedido cosas sobrenaturales y quiero encontrar una explicación lógica en este momento.

—No creo que haya nada de lógica en todo lo que has experimentado Ruth, pero entiendo que necesites saber qué fue lo que sucedió. Está bien, yo avanzaré, cuídate por favor y cualquier cosa háblame al móvil.

Rox se marchó y esperé un rato, pero no se abrió la cueva. Vi mi reloj y habían transcurrido veinte minutos, me quedaba muy poco tiempo para llegar al refugio, así que tomé mi mochila y empecé a caminar. No estaba decepcionada porque sabía que tuve una experiencia inexplicable, pero algo me decía que lo que había sucedido fue más que un sueño.

Corrí para ver si alcanzaba a mi amiga antes de llegar al refugio, pero no fue así.

26

FLOREZCO A TRAVÉS DE MI PROPÓSITO

"Solo una vida vivida al servicio de los demás merece ser vivida" Albert Einstein

Media hora más tarde, comencé a distinguir a lo lejos un lugar con varias cabañas. Antes de llegar vi un señalamiento indicando que había arribado a mi destino. Era un lugar hermoso, un inmenso jardín lleno de plantas y algunas flores. Alrededor había seis casas de madera y una séptima al fondo. Para llegar ahí, había que cruzar un puente de piedras y por debajo pasaba un canal de agua que terminaba en una piscina natural. El agua parecía provenir de la parte alta de la montaña. Caminé por el puente y me detuve en medio para escuchar el sonido del agua correr y el canto de las aves. Saqué el móvil para hacer un video y de repente escuché mi nombre. Era Rox que salía de la cabaña grande. Me dirigí hacia ella y noté que estaba con compañía.

—Buen día Ruth, ya te esperábamos. Soy Remigia, propietaria y fundadora de este lugar de retiros. ¡Bienvenida!

Remigia era una mujer de aproximadamente 70 años. Tenía un cabello rojizo que le llegaba a la altura de los hombros y ojos color verdes que se contraían al sonreír. Poseía *la sonrisa de Duchenne,* aquella que se le considera imposible de fingir según la ciencia. Era del tipo de personas que irradian alegría de tan solo verlas.

—Buen día Remigia, mucho gusto. Qué sitio tan hermoso

has construido acá. Es un paraíso, el lugar idóneo para desconectar, encontrarse con uno mismo y conseguir la calma que a veces necesitamos.

—Gracias, así es. Es una locación maravillosa. Hace más de cincuenta años mi esposo y yo compramos los terrenos con este propósito. Poco a poco hemos ido logrando lo que deseamos, no fue así desde el inicio. Como toda visión lleva su tiempo, pero con pasión, paciencia y sin desistir, todos podemos conseguir lo que queremos. Empezamos con una casa, precisamente esta, la más grande, pero con el pasar de los años, se requirió de más espacio por la cantidad de personas que querían venir a alojarse. Entonces pensamos en cabañas individuales, porque además de un lugar de retiro, la gente vuelve con la idea de desconectar de la rutina y del bullicio, para reencontrar el equilibrio que su alma les pide.

—¡Qué maravilla! Seguramente para nosotras tampoco será ésta la única ocasión de venir. Aunque para ti será más fácil regresar Rox. —Mencioné.

—Mientras siga viviendo en Monte Rourbante y no esté trabajando, estoy segura que regresaré, así que te espero Ruth. —Comentó Rox y todas nos reímos.

—Para mí será un inmenso placer recibirlas las veces que lo deseen chicas. Ahora permítanme invitarlas a pasar a la casa y seguir conversando con un rico te. Me comentó Roxana que están acostumbradas a hacer ejercicios, sin embargo, vendrán un poco cansadas del recorrido que hicieron a pie. —Mencionó Remigia.

Por un instante pensé en contarle mi experiencia previa, no obstante, decidí esperar alguna señal que me indicara que era adecuado hacerlo. Tal vez encontraría el momento durante estos días de retiro.

Tomamos una deliciosa y caliente infusión a base de hierbas, canela, cúrcuma y otras especies, endulzada con polen de abeja. Remigia nos presentó con el grupo de servidores voluntarios que estarían a cargo de algunas tareas como, la preparación de los alimentos, la limpieza y otras tareas necesarias durante el retiro. Luego nos pidió que la acompañáramos a otro espacio de la cabaña

Entramos a un salón muy amplio con puertas de cristal que se mantenían abiertas, permitiendo así, que el viento de la montaña se colara y refrescara de grata manera el lugar. Era hermoso el paisaje que teníamos en frente, un bosque de pinos y robles que se extendía más allá de lo que nuestra vista podía alcanzar a ver. Nos sentamos en unos amplios sillones de mimbre con cojines muy esponjosos mientras esperábamos la llegada de nuestras guías.

—¡Qué vista tan maravillosa! —Comentó Roxana —Tantos años viviendo en este lugar y nunca había visitado este lado de la montaña.

—Mi esposo y yo desde que nos conocimos en la escuela empezamos a hacer senderismo con amigos. En el verano del setenta y dos descubrimos este paraíso y solo faltó mirarnos a los ojos para saber que este era el lugar donde íbamos a vivir. Dos años después nos casamos e iniciamos la construcción de esta casa. No tenía este tamaño en ese entonces, la fuimos ampliando a medida que fue necesario ya que algo que inició como terapias personales, se fue difundiendo entre amigos y familiares y finalmente empezaron a llegar los recomendados de los recomendados. —Comentó Remigia con su hermosa sonrisa.

—¡Wow qué bonita historia! La parte que dijiste que con tan solo mirarse supieron que este sería su hogar me encantó. ¡Qué hermosa conexión tienen! —Mencioné.

—Así es, desde muy niños nos reconocimos porque cada quien tenía muy claro el propósito para el que nació y, en el fondo sabíamos que nuestro destino era estar juntos para apoyarnos en nuestra misión. Tenía veinte años cuando me casé y él veinte y cuatro. Estar juntos nos ayudó a crecer muy rápido y llegar al punto en donde estuviéramos listos para dar nuestro servicio a los demás. Necesitábamos empezar por nosotros para entender muy bien nuestros roles y adaptarnos.

—¡Increíble! Qué importante es rodearse de la gente que tiene un propósito parecido al de uno para evolucionar y alcanzar las metas, pero nunca lo hacemos así. Nos enamoramos del primero que nos trate bonito y listo. Por eso necesitamos este tipo de retiros luego. —Comenté y Rox y yo nos reímos.

—Acabas de decir algo muy cierto Ruth, pero cuando eliges a la persona que estará contigo, tomando en cuenta sus propósitos divinos, es maravilloso lo que sucede. En nuestro caso todo empezó a materializarse de rápida manera. Como les mencioné, empezamos a atender a personas recomendadas o simplemente viajeros que pasaban por acá. De esa manera, llegaron también, personas que trabajarían junto a nosotros. Cuando vibramos en la frecuencia correcta, atraemos a la gente indicada para llevar a cabo la misión que el universo nos tiene preparado.

Las palabras de Remigia, me hicieron recordar a Río cuando dijo que mi propósito no lo llevaría a cabo sola, sino que me rodearía de la gente adecuada, la que vibrara en la misma frecuencia que la mía.

—Y eso se consigue solo cuando te amas y valoras. —Susurré en voz alta, mientras observaba al horizonte y evocaba a mi querido amigo de las cuevas.

—¡*Elemental mi querido Watson!* —Mencionó Remigia, reviviendo de manera graciosa una frase muy antigua que se le atribuyó a un personaje famoso de la televisión. Rox y yo la conocíamos y festejamos también el chiste.

—Ya delatamos nuestra edad—Dije mirando a Rox y ambas reímos.

—Muy bien chicas, en unos minutos llegarán sus guías. Siéntanse en confianza de pedirles lo que necesiten ya que van a estar en todo momento a su servicio. Como les mencioné antes, llevan muchos años de preparación y saben que su misión espiritual es la de apoyar a otros en su proceso de autoconocimiento y sanación. Son personas muy sensibles a la energía y no es casualidad la guía que escogió a cada una de ustedes. Logran ver cosas que solo entenderán una vez que convivan y fluyan. Si se entregan al proceso podrán ver milagros ocurrir. Recuerden, es importante creer, tener fe, como ustedes le quieran llamar. El Libro Sagrado menciona que si tuviéramos fe del tamaño de una semilla de mostaza podríamos hacer que cosas maravillosas ocurran. ¿Alguna vez han visto una semilla de mostaza?

Rox y yo nos miramos tratando de indagar si alguna de las dos había tenido esa oportunidad, pero ambas negamos con la cabeza.

Remigia se levantó y tomó algo de un cofre de madera que estaba en el mesón de una de las esquinas del salón y se acercó a nosotras para mostrarnos lo que traía en la mano.

—De este tamaño hay que tener fe para que ocurran cambios maravillosos en sus vidas. Ustedes son más capaces de lo que creen. El Maestro y Señor Jesús dijo que aún cosas mayores que las que Él hizo, haríamos nosotros. Dispongan su corazón chicas, están acá para experimentar una versión de ustedes más evolucionada. Para que conozcan que han sido hechas a la imagen y semejanza de nuestro Ser Supremo, Dios o como ustedes se refieran a su deidad.

—¡Wow! ¡¿Este es el tamaño que requerimos de fe!? —Preguntó Rox asombrada por el diminuto diámetro de la semilla de mostaza. Era tan grande como una semilla de amaranto.

Ambas nos sorprendimos y finalmente mencionó Rox.

—¡Qué poca fe necesitamos para ver milagros!

—Exacto, pero no solo se trata de tener fe, sino a qué le tenemos fe. La mayoría de la gente pone toda su confianza afuera, en otras personas o cosas materiales y, cuando es decepcionada, la pierde. Es necesario que toda nuestra esperanza la pongamos en nuestro Ser Supremo y en uno mismo. —Recomendó Remigia.

—Ahora que lo dices, recuerdo que en la iglesia nos decían lo mismo, que no debíamos poner nuestra confianza en los seres humanos, porque no somos perfectos y vamos a fallar. A cambio comentaban que nuestra fe debe estar siempre en Dios para no ser defraudados y así no perderla. —Mencioné.

En ese preciso momento, Remigia miró hacia la puerta que estaba a espalda mía y de Rox y levantó la mano como invitando a pasar a alguien.

—¡Adelante Raiza! Ven y te presento. Roxana, ha llegado tu maravillosa compañera de equipo, ella es quien te asistirá y guiará en este hermoso proceso. Cualquier duda, señal, en fin, cualquier cosa que necesites saber, ella estará para apoyarte. Aprovecha toda la sabiduría que ha recibido de nuestro Ser Supremo, no te quedes con nada, por muy extraño que te parezca. Estoy completamente segura que aprenderás mucho a su lado y saldrás de acá transformada.

—¡Gracias por tan preciosa presentación! Buenas tardes Roxana, es un gran placer poder ser tu guía en este camino, si gustas acompáñame, te llevaré a tu dormitorio antes de iniciar y vamos conversando en el camino. —Dijo Raiza.

—Mucho gusto Raiza, te sigo. —Rox tomó sus cosas y se acercó a mí para despedirnos. —Amiga, cuídate mucho y deseo que sean unos días increíbles. —Nos abrazamos con mucha emoción y salió por otra puerta acompañada de su guía.

Al instante, se escuchó que alguien se acercaba nuevamente por la misma entrada donde minutos antes había llegado Raiza.

—¡Regina! Por favor acércate. —Remigia se refirió a la persona que acababa de entrar. —Ruth, te quedarás en manos de esta preciosa mujer. Te comento que en un principio no era quien habíamos designado para ti, pero algo sucedió esta madrugada y ella misma se acercó a mi pidiendo que le permitiera ser tu guía. Confiamos en las señales cien por ciento, así que estará a tu lado y te dará mensajes que ha recibido para ti. Las dejo para que se conozcan, me retiro. No está de más decirte que estés abierta a las señales y no dudes jamás en compartirle a Regina todo lo que consideres necesario para tu crecimiento. —Remigia se acercó a mí y habló mirando en dirección a mi frente. —A ti ser divino te hablo en este momento, sigue floreciendo en tu camino, viniste a ser guía de almas que están heridas y perdidas, buscando llenar el vacío existencial. Estás preparada, confía y déjate guiar por tu Ser Superior.

Al terminar de decir aquellas palabras, se marchó sin despedirse o decir algo más, sabía que algo importante acababa de pasar. Nadie me había hablado de esa manera antes, no entendí porque no se comunicó conmigo mirándome a los ojos y, tampoco por qué su semblante cambió de una manera notoria. Definitivamente necesitaba indagar sobre muchos temas que hasta ese momento no me quedaban claros.

—¡Buen día Ruth! —De repente aquella voz cálida me trajo de vuelta a la realidad con un simple saludo —¡Qué gusto poder asistirte en esta fase del camino! Eres consciente de que solo somos instrumentos para que ustedes reciban las herramientas y enseñanzas necesarias en su crecimiento. Se me ha permitido conocer tu progreso en estos últimos tiempos y, que has terminado con hábitos que te estaban estancando. Rapha ha sanado tu alma y ahora estás preparada para conocer lo que Rohi quiere mostrarte y así seguir trabajando en tu misión.

Desde el momento que Regina mencionó a Rapha mi corazón empezó a latir emocionado al saber que lo que había vivido fue más que un sueño y, que aquel encuentro con Rohn y Río sucedió.

Ahora Regina me hablaba de Rohi, otro de los nombres de Dios que significaba *"El Señor es mi pastor"*. Supuse que, así como el pastor de ovejas cuida a su rebaño y lo guía hacia un lugar seguro y le provee de lo necesario para su sustento, con el fin de que cumplan con su rol de ovejas, seguramente Él quería hacer conmigo lo mismo, para poder llevar a cabo mi misión espiritual.

—Vamos Ruth, acompáñame, te mostraré el lugar e iremos a tu habitación para que dejes tus cosas.

Aún asombrada por todo lo acontecido en los últimos minutos, sin emitir palabra alguna, tomé mis cosas y seguí a Regina por un pasillo hacía unas escaleras.

En el camino me topé nuevamente con mi amiga Roxana y Raiza, su guía.

—¡¡No fue un sueño!! Te deseo un viaje increíble y así como me dijeron, te digo yo ahora: Mantente despierta y muy atenta a las señales y aun cuando duermas, trata de estar receptiva. ¡Te quiero amiga! Estoy muy feliz. —Susurré en el oído a Rox.

Rox envolvió con sus manos mis manos, asintió con la cabeza y dibujó una gran sonrisa en su rostro mostrando mucha emoción. Nos soltamos y seguimos nuestro recorrido en direcciones opuestas.

Llegamos a la habitación y Regina cerró la puerta.

—Este es tu lugar de descanso. Siéntete cómoda de estar en cualquiera de las áreas del refugio, pero es necesario que sigas nuestras recomendaciones para que saques el mejor provecho a cada segundo que estés aquí. Como bien sabes, el uso de dispositivos no es recomendable, la idea es silenciar el ruido externo y subir volumen a esa voz interna que siempre ha estado ahí y sé que la has escuchado a lo largo de tu vida, pero como todos, has puesto más atención a lo que dicen los demás que lo que esa voz te quiere decir. Por eso este retiro no es como otros en donde se te guía a hacer diferentes actividades, por el contrario, se propicia a estar solos y en silencio, a escuchar y fluir. Tú me indicarás el momento que requieras de mi compañía, así como de estar sola.

—Muchas gracias, me gustaría aprender de ti todo lo que pueda y te diré en algún momento si deseo quedarme a solas, aparte de los momentos del descanso. Quiero aprovechar el tiempo como lo aproveché con Rohn y Río. —Expresé a Regina.

—Por ahora me gustaría comentarte que Rohi desea que recuerdes los dones que desde muy niña te regaló. Ahora estás acá para retomarlos ya que es importante que los uses, sabes que los dones se retiran a quienes no los ponen al servicio de la gente.

—Si, según entiendo mis dones tienen que ver con escuchar y guiar a otros en su camino. Aprendí que se les llama conocimiento y palabra de sabiduría.

—Recordarás otros dones que tienes desde muy pequeña y trabajarás en ellos poniéndolos en práctica, primero en ti y así te convenzas que puedes hacer más de lo que crees. Obviamente sabes que son dones dados de manera gratuita por Rohi y de la misma manera tú tienes que darlos a los demás.

Como si estuviera viendo una película en mi mente, se reflejaba mi vida a la edad de diez años y lo que pude hacer con mis manos y con la visualización. Me asombré de grata manera porque hasta ese día lo había olvidado.

Me di cuenta que ese retiro sería tan increíble y revelador como el que tuve con Rohn y Río. Pensé que con ellos había adquirido todo el conocimiento que me faltaba, pero entendí que

Dios es una fuente de sabiduría infinita que nos revela sus misterios a medida que vamos floreciendo. De inmediato escuché una voz no audible decir —*"Soy la lámpara que guía tus pasos, la luz que alumbra tu camino."*

Reconocí que mientras tengamos aliento de vida, tenemos un mundo de cosas por aprender para seguir el camino hacia la autorrealización. No importa los años que tengamos, el sentirnos inútiles y además que ya no tenemos nada que aprender, son limitaciones que los seres humanos nos ponemos. Las experiencias de vida dan sabiduría a quienes se mantienen despiertos, humildes, curiosos y, por ende, tienen mucho que aportar a la humanidad.

—Estoy lista, tengo mi corazón dispuesto para conocer y desarrollar aún más los dones y talentos que Rohi me mostrará a través de ti. Al igual que como hice con Rohn y Río, me propongo a salir de aquí llena de vida y conocimiento.

—¡Maravilloso! Entonces aprovechemos el tiempo Ruth, comenzaremos de inmediato. Te dejaré un instante aquí para que te prepares. Te estaré esperando afuera. También pasaré un momento a mi habitación que está exactamente en frente de la tuya. Recogeré algunas cosas que necesitaremos para iniciar. Te veo ahora —Comentó Regina, guiñando un ojo y de inmediato salió de mi recámara.

Al quedarme sola, pasé al baño y tuve el deseo de cambiarme los zapatos que había utilizado para subir la montaña por unas sandalias más cómodas. Entusiasmada y con expectativas de lo que estaba por empezar, tomé mi mochila y metí la mano para buscar mi libreta y pluma, y mis dedos se encontraron con el móvil. De manera automática lo tomé con la intención de apagarlo, pero antes vi que tenía mensajes de wasap. Al desbloquearlo noté que uno de los mensajes era de Renzo. Sentí dolor de estómago, hasta ahora no había tenido tiempo de pensar en él.

No quise abrir el mensaje, ni siquiera hacer una lectura previa. Imaginaba lo que decía y por primera vez fui honesta conmigo misma. Desde hace tiempo mi intuición me alertaba de las razones por las que siempre regresaba a buscarme, pero yo no quería creerlo...sinceramente no quería aceptarlo, solita me engañaba.

«Ruth, sabes que te escribe, no por saber de ti desinteresadamente, ni porque tiene sentimientos reales hacia ti.»

Sentía que me escribía con la intención de recibir las atenciones y adulaciones que generalmente le daba. Él se alimentaba de eso y al no recibirlas, propiciaba las oportunidades para que yo reincidiera. Por mi parte, yo quería que él me necesitara. Esto último me quedó completamente claro con Río.

Me costó entenderlo hasta ahora. Mientras, fueron muchas las veces que me engañé creyendo que me buscaba porque sentía algo verdadero hacia mí. Cada vez que caía me dolía, pero más que dolor físico, era el moral por ser incoherente en lo que pensaba y lo que terminaba haciendo. Me fui cerrando más y más, ya no podía volver a ser la Ruth genuina con él, esa que se sentía en zona segura a su lado.

«¡No! Ya no deseo más relaciones de este tipo. En las que todo comienza con pasión y entrega total y de la nada se pierde la conexión emocional, y tal vez la espiritual que un principio nos unió y, solo quede la física o ni siquiera esa, como me pasó con Rafael. Ya no estoy dispuesta a ir tras nadie, ni estar preguntando qué fue lo que sucedió para que la relación cambiara. Gracias a Dios me liberé de la culpa, ya hoy puedo estar sola y no sentir abandono, porque me tengo a mí y a Dios, y aún mejor, el amor propio va creciendo a medida que me conozco más. Tengo muchos planes en mi vida por hacer y no tengo tiempo para dramas.» pensé.

Nuevamente escuché una voz no audible decir, *"Las personas que buscan emociones fuertes y les cuesta conectar emocionalmente, son quienes no han trabajado en sí mismas y aún no sanan las heridas que traen. Esto lo hacen de manera inconsciente, porque no se han dado cuenta que viven lo mismo una y otra vez. No se han detenido a mirar hacia adentro. Tú ya lo hiciste y por eso lo notas. Recuerda siempre seguir tu intuición, eres una mujer muy valiente."* Esa era la voz de Río, claramente la escuché. No sé si hablaba en ese instante o tan solo un recuerdo de todo lo que me había enseñado. Realmente no me importaba lo que hubiera sido, pero era mi Río amado. Cerré los ojos y sonreí de gratitud y amor.

El dolor de estómago que sentí al ver el mensaje de Renzo sabía que era el que me daba siempre por la sensación de inseguridad al no saber cómo actuar, si no le contestaba me sentía culpable y sí lo hacía, tenía la incertidumbre de volver a caer y hacerme daño.

Mentalmente desee enviarle un mensaje de luz y amor, ya que no había sentimientos negativos hacia él, «Renzo, perdona por pensar así, tal vez no estoy en lo correcto, pero desde hace tiempo es lo que siento. Sabes que siempre tendrás un lugar especial en mi vida. Por ahora suelto y como siempre te he dicho, lo vivido, nada ni nadie nos lo quita. Me quedo con ese bonito recuerdo. Espero muy pronto encuentres el poder de crear que hay dentro de ti y así logres todos tus objetivos. Siempre te querré.»

De manera que preferí esta vez quedar como la mala de la película, defraudarlo y no contestar. Estaba avanzando en mi proceso, él era una tentación y lamentablemente un obstáculo para seguir lográndolo. Siempre retrocedía y esta vez no lo quería permitir. Por tanto, tomé el móvil, lo apagué y se lo entregué a Regina, pidiéndole que me lo regresara hasta el final del retiro y explicándole sobre las razones por las que tomé esa decisión. Los ojos de ella se iluminaron, sonrió y finalmente me dijo.

—Bien sierva buena y fiel, bienvenida a un nuevo nivel y prepárate para todo lo que Rohi desea revelarte.

—¡Amén!

—Acompáñame, iremos a un lugar que te encantará, está cerca de acá en las montañas. Mientras me encantaría irte diciendo las actividades que promovemos en este lugar para cultivar mayormente el amor propio, finalmente forma parte del florecimiento. A las plantitas hay que regarlas, nutrirlas, hablarles y mantenerlas para que crezcan y den fruto. —Comentó Regina sonriendo y prosiguió. —Los invitamos a que diariamente se ejerciten, tengan contacto con la naturaleza y eso acá es imposible de no hacerlo como te das cuenta, la alimentación es ¡primordial!, no solo la física sino la espiritual y emocional, escribir es también muy recomendable…

—¡Perfecto! porque para eso soy muy buena — Interrumpí y continué hablando. — Aquí traigo mi libreta ya que, aparte de las enseñanzas que quiero anotar para luego compartir y ponerlas en práctica, mi cabeza no para de dictarme mensajes y necesito retenerlos, incluso ni respeta mis sueños—Solté la carcajada y Regina río conmigo también.

—El descanso es muy importante. Esperemos que tu cabecita te lo permita. Y hablando de actividades necesarias, no podemos dejar de mencionar que hay que fluir y dejar que las emociones broten, llorar, reír, gritar por algún enojo que haya atorado, aquí pueden sentirse libres de hacerlo, es muy difícil que alguien los escuche…*jajajaja*…Poco a poco retomaremos cada uno de esos temas para aclarar las dudas que tengas Ruth. Mientras decreta que este será, ¡un fabuloso retiro del que saldrás más iluminada y floreciente!

EPÍLOGO

Cuando miramos hacia adentro descubrimos el inmenso poder que reside en nuestro ser para crear nuestra realidad. Sin embargo, el miedo a enfrentar nuestras heridas, nos detiene. La vida, como ocurrió con Ruth, puede aislarnos para que utilicemos nuestro libre albedrío y confrontemos nuestros temores, guiándonos hacia el rumbo correcto.

Es crucial asumir la responsabilidad de nuestras vidas y sanar nuestras heridas para no seguir perpetuando el daño. Hoy en día, el mundo está lleno de personas heridas que, al no sanar, siguen abriendo nuevas heridas en otros.

Debemos tener el coraje de enfrentar el dolor causado por otros, pero también es fundamental reconocer que, al adoptar el papel de protagonista en lugar de víctima, podemos ver cómo hemos permitido que estas heridas nos afecten. Aunque, en nuestra niñez no teníamos ese poder, como adultos, es hora de madurar y tomar las riendas de nuestras vidas.

De otro modo seguiremos viviendo en un mundo liderado por personas heridas que creen que la vida les debe algo y pagan ese resentimiento dañando a niños y personas de cualquier edad. No solo hablo de quienes maltratan físicamente a otros; son muchos más los que, con sus palabras y acciones emocionales, causan un daño profundo. El chisme, la envidia, el odio, la venganza, el resentimiento y la falta de perdón son males comunes en este mundo. Falta empatía, y aún más, amor por los demás. Vivimos en una sociedad egoísta, donde cada quien busca su propio beneficio, sin importar a quien deba pisotear para lograrlo.

Cuando Jesús dijo: *"Amarás a tu prójimo como a ti*

mismo", nos recordó que primero debemos sanar nuestro interior. Es necesario mirar hacia adentro, limpiar lo que está sucio y desordenado, para comenzar a valorarnos, descubrir nuestros talentos y dones, y así encontrar nuestro propósito. Al hacerlo, llegaremos a un punto donde podamos agradecer a todas las personas y experiencias de nuestra vida, entendiendo que cada una de ellas ha sido una preparación para nuestro verdadero propósito.

Cuando finalmente encontramos nuestra misión en la vida, no habrá nada que nos importe más. Nos convertiremos en personas verdaderamente felices, haciendo felices a otros, porque nuestro propósito no solo nos da un sentido de vida, sino que también está destinado a ser compartido con los demás.

Al descubrir tu propósito, dejarás de enfocarte en la vida de otros y comenzarás a florecer. Tu amor propio y autoestima atraerán a personas que vibren en la misma frecuencia que tú. Esta tarea no es exclusiva de los jóvenes; todos tenemos la responsabilidad de encontrar y cumplir nuestra misión antes de partir de este mundo. Solo así alcanzaremos la plenitud y autorrealización.

Dios no nos ha dado el aliento de vida para simplemente sobrevivir o sentirnos inútiles porque creemos que ya no hay nada más que hacer. Especialmente las personas mayores, que han acumulado experiencia valiosa, pueden compartir mucho con los demás. Pero primero, al igual que todos, deben mirar hacia adentro, sanar, y amarse a sí mismos profundamente, para así poder amar a otros de manera auténtica.

Cuando encuentras tu propósito, floreces y colaboras en el florecimiento de los demás. Al hacer lo que te apasiona y trabajarlo con amor, suplimos las necesidades de otros de manera generosa. Ya no tendremos que preocuparnos por perseguir las bendiciones materiales, porque serán ellas las que nos seguirán a nosotros.

Y recordemos que la palabra tiene poder. Nunca volvamos a declarar en nuestras vidas pensamientos limitantes que ceden nuestro poder a los demás. Somos bendecidos, arquitectos de nuestro propio destino. Venimos equipados para alcanzar nuestro propósito y triunfar en la vida. ¡Ese es nuestro propósito y también el de enseñar a otros a lograrlo!

AGRADECIMIENTOS

A Dios, por darme aliento de vida y fortaleza para cumplir este sueño. Estoy segura que también estaba en Sus planes divinos.

A esas personas que, con sus palabras, actos y apoyo, han colaborado en mi florecer y a entender mi propósito:

A mis padres, parte de mi ser, y quienes me impulsaron a lograr lo que yo deseara en la vida.

A mi hermano, mi amigo y quien ha sido un gran apoyo.

A las siguientes dos personas, que jamás imaginaron el poder de sus palabras:

A mi tía Maritza, que a los diez años de edad me dijo, "¡Qué bonito escribe corazoncito!", usted hizo que creyera en mí.

A mi amigo Dayán, veinte años después de mí tía, me respondiste en un correo, "¡Amiga, deberías escribir un libro!" me hiciste pensar en que podía ser posible.

A Ángel, fuiste mi tercera confirmación cuando me expresaste, "Escribe tu propio libro", contribuiste a que creciera la confianza en mí y no has dejado de insistir en que escriba.

A esas mujeres fuertes, independientes, trabajadoras y amorosas, que me han apoyado de una u otra manera y además inspirado: Sharon, Carolina, Yelitza, Diana y Vanessa.

A Claudia, escritora y gran maestra, quien creyó en mí y en lo que podía expresar desde el corazón.

A mis alumnos, de quienes aprendo cada día y han sido una gran motivación para escribir estas líneas.

A Martín, quien es y siempre será, alguien muy importante en mi vida. Agradecida con tu apoyo y confianza todos estos años.

A mi alumna Alejandra. Inmensamente agradecida por tu ayuda, no me quedan dudas de que Dios te envío.

QUERIDO LECTOR

Espero la historia de Ruth haya sido de mucha bendición para tu vida. La intención de haberla compartido con otros, es para que conecte con esas personas que se identifican con ella y sepan que no están solas en este hermoso caminar.

De la misma manera que hizo Ruth, te invito a no seguir recetas de otros para hallar las respuestas en tu vida. Lo único es mirar adentro, callar las voces externas y solo escuchar la de nuestro corazón.

Para finalizar, si tú deseas compartir, te dejo mis datos de contacto y así me cuentes de qué manera hoy tú practicas el amor propio y el autoconocimiento en tu vida. Será un deleite poder leer tus líneas y aprender de ti.

También te dejo al final de este libro, una serie de preguntas, para que, en el silencio, en un lugar que sea de tu agrado, cierres tus ojos y conectes contigo y tu Ser Superior y, encuentres respuestas. No son para compartirlas con nadie, son para ti. No te preocupes, lleva su tiempo encontrarlas y estoy seguro que ya vas en el camino.

Te envío un fuerte abrazo y muchas bendiciones para ti y los tuyos.

Con amor,

R. Marlión
IG: @r_marlion
Correo: rmarlion@gmail.com

RECONOCIMIENTO ESPECIAL

A mi hermosa perhija Kaunis, que estuvo a mi lado durante todos los años de creación de este libro, el cual ha sido escrito con mucho amor.

Por las horas en las que me adentraba en la escritura y ella pacientemente esperaba para llevarla al baño, a pasear y a veces por su comidita.

"Dedicado a la memoria de
mi amado padre y abuela,
cuyo amor y enseñanzas
siguen inspirando mi vida y
siempre estarán en mi corazón!

EJERCICIOS DE INTROSPECCIÓN

1. ¿Qué es lo que más valoro de mí mismo(a) y por qué?

   _____

   _____

   _____

   _____

   _____.

2. ¿Cuáles son los momentos en los que me siento más auténtico(a) y con qué tipo de personas puedo ser yo?

   _____

   _____

   _____

   _____.

3. ¿Qué miedos me han estado limitando y de qué manera puedo empezar a enfrentarlos?

   _____

   _____

   _____

   _____.

4. ¿Qué áreas de mi vida necesitan más atención y cuidado en este momento?

   _____

   _____

   _____

   _____.

5. ¿Cuáles son las tres cosas que me hacen sentir más agradecido(a) en la vida?

   _____

_____
_____
_____
_____.

6. ¿Qué hábitos o pensamientos negativos estoy dispuesto(a) a dejar atrás para avanzar?

_____
_____
_____
_____.

7. ¿Cómo puedo conectarme más profundamente conmigo mismo(a) en mi día a día?

_____
_____
_____
_____.

8. ¿Qué aspectos de mi vida me gustaría cambiar y cuál podría ser el primer paso para hacerlo?

_____
_____
_____
_____.

9. ¿Cuáles son mis valores principales y cómo se reflejan en mis decisiones diarias?

_____
_____
_____
_____.

10. ¿Qué le diría a mi yo del pasado para ayudarlo(a) a superar momentos difíciles?

_____

_____

_____

_____.

11. ¿Cómo me imagino mi futuro ideal y qué puedo hacer hoy para acercarme a esa visión?

_____

_____

_____

_____.

12. ¿Cómo definiría mi propósito de vida, considerando que está relacionado con una pasión profunda o una injusticia que me indigna en el mundo?

_____

_____

_____

_____.

13. ¿Qué significa para mí 'florecer' en la vida?

_____

_____

_____

_____

_____

_____

_____

_____.

Made in the USA
Middletown, DE
03 October 2024

61719868R00170